Jutta Profijt

Delikatessenfriedhof

Dank

Wieder haben mir viele Menschen dabei geholfen, aus einer unappetitlichen Idee einen Kriminalroman zu machen. Dazu zählen die Menschen im Fachbereich Oecotrophologie der Hochschule Niederrhein, besonders Ludgera Bärtels, wissenschaftliche Mitarbeiterin. Für die strenge Korrektur der sachlichen Fehler danke ich ihr herzlichst.

Ein ganz spezieller Dank geht an zwei Herren des Mercure Parkhotels: an Küchenchef Michael Volgmann, der meine vage Idee von »essbaren« Kapitelüberschriften aufgegriffen, in Form des Krimi-Menüs virtuos umgesetzt und für das Titelfoto »gezündelt« hat und an Hoteldirektor Ben Lambers. Er zeigte sich von der Mischung aus Kriminellem und Kulinarischem besonders angetan und versprach spontan, dass das Mercure Parkhotel die Spende in Höhe von 50 Cent pro Buch an die Mönchengladbacher Tafel übernimmt.

Hinweis

Bei diesem Buch handelt es sich um einen Kriminalroman. Handlung und Personen sind erfunden. Ich gestehe, dass ich die Arbeit der Mönchengladbacher Kriminalpolizei vorsätzlich in einem für meine Zwecke dienlichen, sehr ungünstigen Licht dargestellt habe. Auch die Verhältnisse an der Hochschule Niederrhein wurden von mir stark verzerrt. Tatsächlich habe ich dort weder wiederholte Verstöße gegen den Datenschutz noch sonstige kriminelle Machenschaften beobachtet oder davon gehört.

Autorin

Jutta Profijt, geboren 1967, ist gelernte Exportkauffrau, Übersetzerin und Dozentin. Sie ist unter anderem als Lehrbeauftragte im Fachbereich Oecotrophologie der Hochschule Niederrhein tätig.

Von Jutta Profijt sind bisher erschienen:

Motiv: Münsterschatz

Das Tuch des Schweigens

Jutta Profijt

Delikatessenfriedhof

Kriminalroman

Verlegt von: Markus Profijt

Das Buch (ohne Umschlag) wurde auf 100% Recyclingpapier gedruckt.

Originalausgabe

Umschlaggestaltung: Markus Profijt
Umschlagfoto: Detlef Ilgner
Titelfoto:
entstanden im Mercure Parkhotel, Mönchengladbach
Gesamtherstellung: Fritz Altgott oHG, Mönchengladbach
Printed in Germany
ISBN 3-00-016516-9

Bevor es richtig losgeht...

Die zwei Kriminalbeamten standen vor dem Schaufenster und spürten, wie ihnen das Wasser im Mund zusammenlief. Gänseleberpastete, spanischer Schinken, Kaviar in Dosen mit kyrillischer Aufschrift, eine Auswahl leuchtend bunter Früchte und eine sehr gelungene Dekoration erinnerten sie daran, dass Mittagszeit war. Sie sahen sich kurz an.

»Los?«, fragte der Jüngere. Sein deutlich älterer Kollege nickte. Der Jüngere ging voran, öffnete die Tür, die in den Delikatessenladen führte und löste damit die Glocke aus. Eine ältere Dame kam aus dem Dämmerlicht im Hintergrund. Sie zögerte kaum merklich, als sie die Dienstausweise bemerkte, die die Herren in der Hand hatten.

»Was kann ich für Sie tun?«

»Frau Marianne Schwerdtfeger?«

»Ja, das bin ich.«

»Wir möchten Sie bitten, uns ins Polizeipräsidium zu begleiten. Sie stehen unter dem Verdacht, Ihren Mann, Hubert Wilhelm Schwerdtfeger, vergiftet zu haben.«

Der jüngere der beiden Beamten war reaktionsschnell und sportlich genug, Frau Schwerdtfeger aufzufangen, als sie langsam, mit seltsam verdrehten Augen und um ihre eigene Achse rotierend, vor den beiden verblüfften Polizisten zusammenbrach.

Apéritif

Sandemann Sherry Extra Dry

Annabelle schüttelte ihr Handy und drückte wieder mit zunehmender Intensität auf die Taste, die das Gerät normalerweise einschaltete. Ihre Schüttelbewegungen wurden langsamer. Sie erkannte, dass es diesmal nichts nützen würde. Der Akku war leer. Definitiv. Sie wusste genau, dass sie ihn vorgestern noch geladen hatte. Aber seitdem hatte sie mehrere Telefonate geführt, eins davon erst vor ein paar Minuten mit Harun. Dieser Macho hatte ihr zum wiederholten Mal erklärt, dass diese Angelegenheit nichts für sie sei. Nicht nur, weil sie eine Frau sei, sondern überhaupt sei die Sache zu gefährlich. Annabelle spürte, dass der Ärger wieder in ihr hochstieg. Nachdem sie sich erneut gestritten hatten, hatte Harun mitten in ihrer Argumentation das Gespräch beendet. Und jetzt war der Akku leer. Dabei war ihr seit Tagen bewusst gewesen, dass sie sich keinen Fehler erlauben durfte.

Sie wühlte in ihrer diagonal tragbaren Tasche herum, fand das Portemonnaie und suchte die diversen Kartenfächer ab. Bis auf die Bäckerei verteilte inzwischen jedes Geschäft Kundenkarten, Rabattkarten und Kaffeegutscheine, die sowieso nie jemand einlöste. Sie fand eine alte Telefonkarte, jetzt brauchte sie nur noch ein Telefon. Also Tasche wieder umgehängt, rauf auf's Rad und eine Telefonzelle suchen. Es dauerte geschlagene zehn Minuten, bis sie endlich vor einer dieser neuerdings grauen Säulen stand. Sie führte die Karte in den dafür vorgesehenen Schlitz. Nichts. Auch das noch. Sie schwang sich zurück auf ihr Fahrrad. Beim nächsten Apparat hatte sie mehr Glück.

»Fiedler.«

Annabelle war erleichtert. Dass ihr ehemaliger Vermieter noch lebte und auch noch unter der bekannten Adresse wohnte, hatte sie bereits vor einigen Tagen in Erfahrung gebracht. Diese Information war ihr schon sehr nützlich gewesen und sie hatte ihr Glück kaum fassen können, schließlich war der Kauz schon vor einigen Jahren über achtzig gewesen.

»Guten Abend, Herr Fiedler. Hier spricht Annabelle Sievers. Erinnern Sie sich noch an mich? Ich habe vor zwei Jahren mal bei Ihnen im Dachgeschoss gewohnt.«

»Ihre Stimme und Ihr Name kommen mir bekannt vor, wenn ich auch im Moment kein Gesicht zuordnen kann. Was verschafft mir denn die Ehre?«

»Kann ich wieder bei Ihnen wohnen? Jetzt gleich, gewissermaßen?«

»Das hört sich nach einem Notfall an.«

»Ja, das ist es wohl auch.«

»Nun, ich vermiete das Studio gar nicht mehr.«

Annabelle konnte ihr Pech nicht fassen und spürte, wie sich ihr gesamter Körper verspannte. Ihre Hoffnung schwand. Sie hätte es niemals so weit kommen lassen dürfen.

»Aber wenn Sie schnell eine Unterkunft brauchen, kommen Sie trotzdem. Entweder können Sie bei meiner Nachbarin schlafen, oder auf meinem Sofa. Es ist nicht sehr bequem, aber wenn es ein Notfall ist, sind Sie vielleicht nicht wählerisch?«

»Herr Fiedler, Sie sind ein Schatz. Ich komme. Kann ich mein Fahrrad wieder im Garten abstellen?«

»Natürlich, stellen Sie es ans Gartenhaus, daran können Sie sich bestimmt noch erinnern? Bis gleich.«

»Tausend Dank. Bis gleich.«

Herr Fiedler kramte in seinem Gedächtnis und förderte zunächst ein pausbäckiges Gesicht mit sandfarbenen Haaren hervor, brachte es probeweise mit dem Namen Annabelle in Verbindung und schüttelte dann den Kopf. Nein, das passte nicht. Annabelle, Annabelle, aha, ein schmales, ernstes Gesicht mit pechschwarzen Haaren erschien vor seinem geistigen Auge. Eine schlaksige Person, nicht wirklich hübsch und meist recht ernst. Und richtig, diese Frau, an die er sich jetzt erinnerte, fuhr Fahrrad. Sommers wie winters. Jawohl, das musste sie sein. Was das wohl für ein Notfall war?

Herr Fiedler ging zurück zu seinem Freund Theo, der in der Küche Schnittlauch schnitt. Der Fußboden war bereits voller grüner Röllchen, von denen einige Herrn Fiedler freudig entgegenzukommen schienen.

»Theo, was hast du dem Schnittlauch getan, dass es vor dir flieht wie vor dem Nachbarshund mit der schwachen Blase?«

Theo, auf dessen Stirn ein dünner Schweißfilm glänzte, grinste schief und lockerte seinen Nacken durch kreisende Bewegungen der runden, leicht hängenden Schultern.

»Ich beantrage ein Wiegemesser oder die Akquisition von bereits küchenfertig geschnittenem Schnittlauch, wenn ich in diesem Kochduell weiter den undankbaren Part des Schnippelmeisters übernehmen soll.« Sein Lächeln zeigte deutlich, dass der Part so undankbar nicht war.

»Das Wiegemesser ist eine gute Idee, aber küchenfertige Kräuter sind unter unserer Würde und dem Schnittlauch kommt man am besten mit der Küchenschere bei.«

Herr Fiedler öffnete eine Schublade, kramte darin herum, fand offenbar nicht das, was er suchte, und sah Theo mit einem strafenden Blick durchdringend an.

»Wo?«

Theo hatte die Schere schon in der Hand und zeigte mit der Nasenspitze auf eine andere Schublade.

»Theo, warum räumst du alle Sachen in der Küche herum, so dass ich immer wie ein Döspaddel suchen muss, wenn ich mal ein Werkzeug in die Hand nehmen will?«

Theo, der in einer für seine Verhältnisse rasenden Geschwindigkeit den Schnittlauch mit der Schere direkt in die Salatschüssel schnippelte, ließ ein geistesabwesendes »hm« hören.

Herr Fiedler schüttelte den Kopf und beugte sich über das Kochrezept, das er gestern von einem anderen Teilnehmer des Kochkurses zugesteckt bekommen hatte. Dann erinnerte er sich an das Telefongespräch und eröffnete Theo die Neuigkeit.

»Wir bekommen gleich Besuch von einer meiner früheren Untermieterinnen.«

»Hm.« Theo fand mehr und mehr Geschmack an der Schnippelei und nahm sich auch das zweite Bund Schnittlauch vor.
»Sie ist in einer Notlage und braucht eine Unterkunft. Wir können Frau Heidrich fragen oder sie hier auf dem Sofa schlafen lassen.«
Theo blickte von seiner Arbeit auf und lächelte seinen alten Freund an. »Bereust du es nicht, mich in deinem Dachgeschoss-Studio aufgenommen zu haben, anstatt all der jungen Damen, die früher hier zur Untermiete wohnten?«
»Keinesfalls, Theo. Ich finde, wir zwei alten Knaben passen hervorragend zusammen. Und die Eleganz, mit der du Schnittlauch schneidest, ist absolut unerreicht. Apropos unerreicht, reicht es nicht langsam mit dem Schnittlauch?«
Diesmal beugten beide Männer die Köpfe über das Rezept und studierten die Zutatenliste.
»Frischer Salbei gehört auch da hinein. Wo nehmen wir den eigentlich her?«, fragte Theo.
»Der wächst im Garten.«
»Dann hättest du ihn besser hereingeholt, bevor es dunkel wurde«, murmelte Theo.
»Wieso ich? Du bist für die Kräuter zuständig.«
Theo sah Herrn Fiedler mit hochgezogener Augenbraue an, ließ sich wortlos die für diese Fälle auf der Anrichte stehende Taschenlampe reichen und trollte sich in den Garten. Herr Fiedler naschte derweil von der Salatsauce, kleckerte etwas auf sein Hemd und musste sich deswegen rügen lassen, als Theo aus dem ungemütlichen Schmuddelwetter wieder hereinkam - mit einem Zweig Salbei in der Hand.

*

Das Wetter machte auch Annabelle zu schaffen, die sich nach dem Telefongespräch etwas erleichtert fühlte und mit neuer Hoffnung in die Pedalen trat. Sie bog zweimal links ab, stellte aber bald fest, dass sie sich verirrt hatte. Während der Suche nach der Telefonzelle hatte sie nicht darauf geachtet, wohin sie fuhr. Nach einigen weiteren Abbiegemanövern landete sie auf der Brunnenstraße. Sie atmete auf. Hier hatte früher eine Kommilitonin gewohnt, von hier aus fand sie den Weg zur Hochschule und nach Rheydt zu Herrn Fiedler. Vor der Bahn rechts rein, dann käme sie automatisch in der Nähe des Fachbereichs Oecotrophologie aus, der an der Rheydter Straße in einem der neueren Hochschulgebäude untergebracht war. Von dort war der Weg einfach zu finden. Sie bog ab.

Nach ein paar hundert Metern bereute sie ihre Entscheidung. Die Bebauung, die wegen des links verlaufenden Bahndamms nur auf der rechten Straßenseite zu finden war, endete ganz. Die Straße lag dunkel und einsam vor ihr. Die Angst, mit der sie seit Tagen lebte, kam mit neuer Wucht über sie, ließ sie frösteln und schwitzen zugleich, nahm ihr den Atem. Sie fuhr schneller. Von hinten hörte sie ein Auto näher kommen. Sie fuhr ein Stückchen weiter rechts an die Seite. Die Fahrbahndecke war besonders an den Rändern extrem schlecht und stellenweise richtig ausgefranst. Nicht ungewöhnlich, so war es im gesamten Stadtgebiet, ein ständiges Ärgernis für Radfahrer. Annabelle hatte einen Fahrstil entwickelt, der dieser Problematik Rechnung trug. Sie fuhr da, wo die Fahrbahn gut war, also meistens in der Mitte. Etliche Verwarnungen und sogar einige Bußgelder hatte ihr das eingebracht. Ihr Freund Harun hatte ihr vorgeworfen, dass sie aus reiner Opposition wie ein Schwein mit brennendem Schwanz durch die Stadt fegte. Daraufhin hatte sie ihren Fahrstil kurzzeitig gemäßigt. Jetzt fuhr sie so weit rechts, wie es eben ging.

Der einzige Punkt, in dem sie nie mit der Straßenverkehrsordnung in Konflikt geraten war, war die Beleuchtung. Sie hatte ihr Fahrrad mit starken Front- und Rücklichtern ausgestattet, die nicht nur dazu dienten, gesehen zu werden. Der Scheinwerfer vorn war stark genug, dass sie die Beschaffenheit des Wegs gut erkennen konnte. So sah sie das Schlagloch kommen.

Im selben Moment jaulte der Motor des hinter ihr fahrenden Wagens auf. Der Schlenker, den sie nach links machen wollte, um das Schlagloch zu umfahren, würde sie in den Weg des herannahenden Fahrzeugs bringen. Sie packte den Lenker fester und fuhr geradeaus auf das mit Wasser gefüllte Loch zu. Das Vorderrad war noch etwa fünfzig Zentimeter von der Stelle entfernt, als sie einen starken Schlag spürte und aus dem Sattel flog. Sie landete halb unter dem Rad, der rechte Fuß steckte in einem seltsamen Winkel zwischen Rahmen und Vorderrad. Annabelle spürte keinen Schmerz. Aber sie spürte Angst, und zwar eine ganze Menge. Sie hatte doch das Schlagloch noch gar nicht erreicht, als der Unfall passiert war. Der Wagen... Sie schaute sich um, so gut es ging, und sah in einigen Metern Entfernung einen Wagen mit abgeschalteten Lichtern stehen. Der Motor lief. Hektisch versuchte sie, sich unter dem Rad hervorzuwinden und von der Fahrbahn zu kommen. Ihr rechtes Bein bewegte sich nicht, der Rücken war taub. Annabelles Bewegungen wurden fahriger, sie sah jetzt fast ständig zu dem Auto hinüber, während sie mit zitternden Händen versuchte, ihren Fuß aus dem Rad zu befreien. Dann wurde die Fahrertür geöffnet, eine Silhouette erschien auf der Straße. Sie kannte den Mann, da war sie sicher, obwohl sie sein Gesicht im Dunkeln kaum erkennen konnte. Er schlenderte auf sie zu.

»Helfen Sie mir bitte, ich kann mich nicht bewegen«, sagte sie in der irrigen Hoffnung, ihr Sturz wäre doch durch das Schlagloch verursacht worden. Der Mann kam näher, sagte aber nichts. Sie versuchte weiter, sich aufzusetzen, hatte aber kein Gefühl und keine Kraft in den Beinen. Der Mann trat hinter sie.

Annabelle schloss die Augen und dachte an Harun. »Diese Sache ist zu groß für dich. Schalte die Polizei ein.« Das waren seine Worte gewesen, kurz bevor er das Gespräch unterbrochen hatte. Er hatte Recht behalten. Und sie würde diesem muslimischen Macho nicht mehr sagen können, dass sie ihn liebte. Sie spürte Tränen des Verlustes und der Wut in sich aufsteigen, dann zwei Hände, die ihren Kopf fassten. Dann spürte sie nichts mehr.

Amuse-gueule

Gänseleberpraline auf Cassis-Feigen-Kompott

»Es war wirklich eine hervorragende Idee, einen Kochkurs zu besuchen«, murmelte Herr Fiedler, der sich mit geschlossenen Augen in seinem Stuhl zurückgelehnt hatte.

»Ja, das war es«, bestätigte Theo.

»Vielleicht war es sogar eine meiner besten Ideen«, fügte Herr Fiedler an.

Theo blickte ihn streng an, sagte aber nichts. Herr Fiedler öffnete ein Auge und grinste seinen Mitbewohner an. Beide wussten genau, dass es Theos Idee gewesen war. Aber unter so alten Freunden spielte das nun wirklich keine Rolle.

Es klingelte an der Tür.

»Nanu, um diese Zeit?«, wunderte Theo sich.

»Ich gehe schon«, bot Herr Fiedler an und schnappte sich seinen Stock.

»Annabelle Fiedler?« fragte der Bote des Paketdienstes, als Herr Fiedler die Tür öffnete.

»Sehe ich so aus?«

»Können Sie die Sendung für sie entgegennehmen?«

Herr Fiedler brauchte nur einen Augenblick, um über die Situation nachzudenken. Annabelle hatte sich zwar seltsamerweise gestern nicht blicken lassen und auch nicht mehr gemeldet, aber offenbar hatte sie wirklich vor, wieder bei ihm einzuziehen, wenn sie bereits ihre Post an seine Adresse schickte. Und noch dazu unter seinem Namen. Das war ja sehr geheimnisvoll. Er würde den Brief entgegennehmen und für sie aufbewahren.

»Wo muss ich unterschreiben?«

Er kritzelte seine Unterschrift auf das Display eines nicht sehr sauberen Gerätes, das ihm der Paketbote entgegen streckte. Dann griff er nach dem Umschlag und schloss die Tür. Er schlurfte zurück zum Esstisch und berichtete Theo, wer da zur Mittagszeit geklingelt hatte. Dabei schwenkte er den Briefumschlag, der tatsächlich an Annabelle S. Fiedler unter seiner Adresse gerichtet war.

Theo blieb einen Moment still. »Hast du schon die Zeitung gelesen?«, fragte er dann unvermittelt.

»Nein, wie hätte ich das tun sollen? Hast du nicht den ganzen Vormittag damit verbracht, jedes Wort vom Papier zu saugen, seine explizite und implizite Bedeutung zu erforschen und zu überlegen, ob der Schreiberling dieses Wort wegen seiner Bedeutung gewählt oder allein aufgrund der Anzahl der Buchstaben eingefügt hat?«

Theo nickte, lächelte aber nicht.

»Eine Studentin hat gestern Abend einen Verkehrsunfall gehabt.«

Herr Fiedler richtete sich auf und blickte seinen Freund unter zusammengezogenen Augenbrauen an.

»Annabelle?«

»Der Name wurde nicht genannt. Aber sie war mit ihrem Fahrrad in Richtung Rheydt unterwegs.«

Herr Fiedler wurde blass. »Ich habe mir ja schon Sorgen gemacht, weil sie nicht kam. Aber das...«

Theo nickte und legte Herrn Fiedler die Hand auf den Arm. »Vielleicht ist sie es ja nicht.«

Herr Fiedler schüttelte den Kopf. »Theo, die Frau war höchst zuverlässig. Ein bisschen verschlossen, vielleicht, aber höchst zuverlässig. Sie hat gesagt, dass sie kommt, und sie ist nicht gekommen. Gemeldet hat sie sich auch nicht. Dafür muss es einen sehr triftigen Grund geben. Wo ist sie? Ich glaube, wir sollten die Dame im Krankenhaus besuchen.«

Theos blasse, hängende Wangen bekamen rote Flecken, ein sicheres Zeichen, dass noch mehr unangenehme Nachrichten ins Haus standen.

»Die, von der die Zeitung berichtet hat, ist tot.« Mit offensichtlichem Unbehagen sah Theo seinen Freund an.

Herr Fiedler, der als Kapitän der Handelsmarine ein bewegtes Leben geführt und viel Leid auf der Welt gesehen hatte, wurde blass wie die Wand, vor der er saß. »Tot?«

Theo nickte.

Herr Fiedler sackte in sich zusammen. »Da sitzen wir zwei alten Haudegen hier und schmausen nach italienischen Rezepten, und eine junge Frau stirbt, obwohl sie noch gut sechzig Jahre aufzuholen hätte.«
Theo nickte wieder.
»Theo, das können wir nicht einfach so auf sich beruhen lassen. Wir sollten ein paar ernste Worte mit den Herren von der Kriminalpolizei reden.«
»Über einen Verkehrsunfall?« Theos Stimme klang skeptisch. Das war, wie Herr Fiedler wusste, normal bei ihm, der als ehemaliger Spezialist für alte Handschriften mit viel Ruhe und Überlegung an alle Entscheidungen herangegangen war.
»Vorausgesetzt, es handelt sich um Annabelle Sievers, dann stellt sich die Situation folgendermaßen dar«, begann Herr Fiedler, hoch aufgerichtet in seinem Stuhl und mit den Manschetten seines bügelfreien Hemdes in den Resten des Mittagessens. »Annabelle ruft mich an und bittet um Unterkunft. Sie sagt, es handelt sich um einen Notfall. Ich sage, sie soll kommen. Sie sagt zu, kommt aber nicht. Am nächsten Tag bringt ein Kurierdienst einen Brief für Anna Fiedler zu meiner Adresse. Und es scheint so«, Herr Fiedler benutzte die Formulierung der Wahrscheinlichkeit, um den immer noch zweifelnden Theo nicht durch voreilige Schlüsse abzuschrecken, »als sei genau diese Annabelle bei einem Verkehrsunfall auf dem Weg zu mir getötet worden.«
Herr Fiedler musste sich keine Mühe geben, ein gewisses Entsetzen in seine Worte zu legen. Er empfand es tatsächlich bei dem Gedanken, dass Annabelle die Spröde, wie er sie damals heimlich bei sich genannt hatte, auf dem Weg zu ihm zu Tode gekommen war. Dass es sich bei dieser merkwürdigen Folge von Notruf und Todesfall um einen Unfall handelte, erschien ihm mit jeder Minute unwahrscheinlicher.
Er betrachtete den Brief, den er immer noch in der Hand hielt. »Sollen wir ihn öffnen?«, fragte er vorsichtig, in Erwartung einer entrüsteten Ablehnung.
Theo nickte. Herr Fiedler riss den Umschlag auf und zog mehrere aneinander geheftete Seiten heraus. Absender war das

Analyse-Institut Dr. Pryzok, Dr. Warbende und Dr. Machalek aus Neuss. Neben einigen Referenznummern waren mehrere Tabellen mit Begriffen und Zahlen aufgeführt. Herr Fiedler gab den Brief kopfschüttelnd an Theo weiter.

Theo blickte nur kurz darauf und legte ihn weg. »Da gibt es einige Fragen, die wir der Polizei stellen sollten. Erstens, ist die Tote Annabelle Sievers? Zweitens, gibt es Hinweise, dass es kein Verkehrsunfall war? Und drittens, warum sprach sie von einem Notfall?«

Herr Fiedler sah seinen Freund mit entschlossenem Blick an. »Wann gehen wir?«

»Lass uns unseren Mittagsschlaf wie gewohnt halten und danach zur Polizei gehen. Dann sind wir ausgeruht...« Theo unterbrach sich selbst und hob die Hand. »Na gut, wir sind nicht ausgeruht, aber wir haben über die Sache noch einmal nachgedacht und können etwas geordneter auftreten.«

»Also treffen wir uns um drei hier zum Tee und gehen dann los?«

Theo nickte.

Herr Fiedler saß noch einen Moment sinnend am Tisch, stand dann auf und sah Theo ernst an. »Irgendwie habe ich das Gefühl, dass diese Sache nicht mit einem einmaligen Besuch bei der Polizei erledigt sein wird.«

*

Kommissar Walter Bechstein sah die beiden alten Herren - das Wörtchen »ältere« fand er hier wirklich nicht mehr angebracht - nachdenklich an. Der eine war ordentlich gekämmt, hatte eine altmodische Brille auf der Nase und trug einen dunklen Wintermantel sowie bequeme Schuhe. Der andere hingegen... Bechstein musste ein Grinsen unterdrücken. Dieser Mann trug eine modische Outdoorjacke aus regenfestem Kunstfasergewebe, eine schwarze Jeans und Trekkingschuhe mit orangefarbenen Schnürriemen. Außerdem steckten seine Füße links in einer roten und rechts in einer grünen Socke. Für sein Alter war die graue Haarpracht beeindruckend, wenn man auch nicht von einer Frisur spre-

chen konnte. Die Haare standen ungekämmt in alle Richtungen vom Kopf ab.
»Sie wollen also eine Zeugenaussage machen zu dem Verkehrsunfall mit Fahrerflucht, der sich gestern Abend ereignet hat?«
»Keine Zeugenaussage, sondern eine Hintergrundaussage.«
»Eine was?«
Bechstein sah Herrn Fiedler, der gesprochen hatte, und Theo, der mit betroffenem Gesichtsausdruck dabei saß, ungläubig an.
»Wir waren bei dem Unfall nicht dabei. Aber die junge Frau, wenn es denn dieselbe ist, wollte zu uns.«
»Wer wollte zu Ihnen?«
»Annabelle Sievers.«
Bechstein wurde etwas wacher. »Dann erzählen Sie mal.«
»Ich wohne in Rheydt und habe fast fünfzehn Jahre lang ein Dachgeschoss-Studio an Studenten vermietet. Annabelle Sievers hat vor ein paar Jahren bei mir gewohnt, dann aber einen Platz im Studentenwohnheim bekommen. Gestern rief sie gegen fünf Uhr nachmittags bei mir an und fragte, ob sie wieder bei mir einziehen könnte. Sofort.«
»Warum wollte sie plötzlich wieder bei Ihnen wohnen?«
»Das hat sie nicht gesagt. Nur, dass es sich um einen Notfall handelt.«
»Was für einen Notfall?«
»Hören Sie, junger Mann«, begann Herr Fiedler.
Bechstein zog die Augenbrauen hoch. Er hatte noch zwei Wochen bis zur Pensionierung vor sich und da kam dieser Witzbold und nannte ihn einen jungen Mann.
Fiedler redete schon weiter. »Ich erzähle Ihnen einfach mal das, was wir wissen. Von Anfang an, der Reihe nach und vollständig. Danach können Sie Ihre Fragen stellen und ich kann diese Fragen dann schön gleichmäßig mit ›Das weiß ich nicht, das hat sie nicht gesagt‹ beantworten. OK? Also, dann weiter.«
Der zweite Mann, der sich bisher nur vorgestellt, ansonsten aber nichts weiter gesagt hatte, lächelte den altgedienten Polizisten etwas schräg an, als wolle er um Nachsicht bitten.

»Sie rief also an, ich sagte, dass sich die geäußerte Bitte so anhörte, als ob es sich um einen Notfall handelte und sie bestätigte, dass dies einer sei. Ich sagte ihr, dass ich das Studio gar nicht mehr vermiete, und konnte ihre Enttäuschung förmlich durchs Telefon spüren. Daraufhin habe ich ihr angeboten, trotzdem zu kommen, weil sie entweder bei uns auf der Couch oder vielleicht bei unserer Nachbarin Frau Heidrich schlafen könnte. Sie war sehr erleichtert und sagte, sie käme dann gleich. Mit dem Fahrrad. Ich habe ihr noch gesagt, dass sie das Fahrrad wie immer in den Garten stellen soll, sie kennt sich ja aus.«

Bechstein fragte vorsichtig »Fertig?« und musste sich einen vernichtenden Blick und eine Ruhe gebietende Geste gefallen lassen.

»Sie kam nicht. Sie hat sich auch nicht mehr gemeldet. Das sieht ihr nicht ähnlich. Sie war immer sehr zuverlässig. Deshalb habe ich mir Sorgen um sie gemacht.«

Kommissar Bechstein nickte widerwillig. Der alte Knacker machte einen geistig ganz fitten Eindruck. Ob er selbst in zehn oder zwanzig Jahren noch so fit sein würde? Heute jedenfalls fühlte er sich nicht ganz auf der Höhe. Er hatte Sodbrennen. Der Kaffee im Präsidium schmeckte nicht besonders gut, bekömmlich war er erst recht nicht. Aber besser als das Magen schonende Zeug, das seine Frau zu Hause aufschüttete. Da konnte er auch Kinderkaffee trinken. Er unterdrückte ein Aufstoßen.

»Heute Mittag, wir saßen gerade beim Mittagessen, kam ein Kurierdienst und brachte einen Brief für Annabelle S. Fiedler, wohnhaft unter meiner Adresse.«

»Ihre Frau?«, fragte Bechstein dazwischen, wusste aber im selben Moment, dass er einen Fehler gemacht hatte.

Fiedler klappte den Mund wieder zu, ohne dass ein Wort über seine Lippen kam und schaute kurz auf seine fleckigen, faltigen Hände, die er über den Knauf seines Stocks gelegt hatte. Theo Streckbein blickte noch unglücklicher drein, wenn das überhaupt möglich war, und legte ihm eine Hand auf den Arm. Herr Fiedler fasste sich offenbar und sprach weiter, als sei nichts geschehen. Nur seine Stimme war jetzt ein bisschen schneidend.

»Ich habe den Brief, der meiner Meinung nach nur für Annabelle Sievers bestimmt sein kann, geöffnet, nachdem Theo mir von dem tödlichen Verkehrsunfall einer radelnden Studentin aus der Zeitung berichtet hatte. Es handelt sich um den Bericht eines Analyse-Instituts aus Neuss. Hier.«

Herr Fiedler hatte den Brief aus seiner Jackentasche gekramt und hielt ihn Bechstein hin. Der warf einen kurzen Blick darauf, sah Zahlenkolonnen und Messwerte, lateinisch oder sonstwie fremd klingende Worte und leider nicht viel, das verständlich gewesen wäre. Außer im Kopf oben den Vermerk »Stichprobenanalyse gemäß telefonischem Auftrag von Fr. Annabelle Fiedler.«

»Was soll das?«

»Das weiß ich nicht«, antwortete Herr Fiedler prompt.

»Ist das alles, was Sie mir zu diesem Fall zu sagen haben?«, fragte Bechstein, diesmal deutlich vorsichtiger.

Beide Herren nickten.

»Nun, vielen Dank. Mal sehen, inwieweit uns das weiterhelfen wird. Wir suchen natürlich nicht nach verloren gegangener Post der jungen Dame, sondern nach einem Autofahrer, der sie überfahren hat und dann vom Unfallort geflohen ist.« Das besondere Detail, auf das ihn der Rechtsmediziner aufmerksam gemacht hatte, verschwieg er.

»Wir bestehen darauf, dass Sie unsere Aussage zu Protokoll nehmen und bei den weiteren Ermittlungen in diesem Fall berücksichtigen«, mischte sich plötzlich der bisher schweigsame Begleiter des seltsamen alten Wichts ein.

»Sie bestehen darauf?« Bechstein wollte seinen Ohren nicht trauen. Diese beiden Zeugen waren die Krönung seines unerfreulichen Tages. Langsam wurde er ungeduldig.

»Wir sind der Meinung, dass die junge Dame Angst hatte, als sie um sofortige Aufnahme in unseren Haushalt bat. Die Tatsache, dass sie nur wenige Minuten später Opfer eines Unfalls mit tödlichem Ausgang wurde, verleitet uns zu der Vermutung, dass dies kein gewöhnlicher, also kein zufälliger

Verkehrsunfall war. Es könnte ja genauso gut ein als Unfall getarnter Mord gewesen sein.«

Der Kommissar sah die beiden Männer einen nach dem anderen an. Mit Pensionären war das so eine Sache. Wenn die sich erst einmal etwas in den Kopf gesetzt hatten, konnten sie einem wochenlang auf den Sender gehen. Mein Gott, bald gehörte er selbst dazu!

»Ich werde Ihre Aussage aufnehmen, dann können Sie beide unterschreiben und dann werden wir auch in dieser Hinsicht ermitteln. Ist es so recht?«

Die letzte Frage hatte Bechstein mit spöttischem Unterton gestellt. Herr Streckbein fühlte sich offenbar provoziert, denn er konterte mit leicht erhobener Stimme. »Es geht hier nicht um uns, sondern um eine junge Dame, die frühzeitig aus dem Leben gerissen wurde, und zwar, dessen sind wir sicher, nicht aufgrund eines ungnädigen Schicksals, sondern mit krimineller Absicht.«

Er sah Herrn Fiedler an, der heftig nickte. Dann fuhr er mit etwas ruhigerer Stimme fort. »Wir möchten einfach sicherstellen, dass der oder die Verantwortliche gefunden und zur Rechenschaft gezogen wird. Auch wenn das die junge Frau nicht wieder lebendig macht.«

Während Bechstein das Protokoll nach Herrn Fiedlers Angaben tippte, beruhigten sich die beiden »Hintergrundzeugen« wieder.

»Den Analysebericht hänge ich an das Protokoll«, erklärte Bechstein.

»Sie können eine Kopie haben, das Original behalten wir«, beschied Herr Fiedler ihm.

Auf Diskussionen hatte Bechstein, dessen Magen jetzt drückte und den das Tippen des Berichts auf der alten Schreibmaschine genervt hatte, nun wirklich keine Lust mehr. So fertigte er für seine Unterlagen eine Kopie an und machte erleichtert Feierabend, sobald die zwei Besucher das Präsidium verlassen hatten.

»Was ist los mit dir, Theo?«, fragte Herr Fiedler seinen Freund, sobald sie an der frischen Luft waren. Sie hatten beschlossen, zu Fuß nach Hause zu gehen. So konnten sie sich ein bisschen abreagieren und bekamen auch ihre tägliche Bewegungsration. Außerdem waren die Busse um diese Tageszeit recht voll, was im Zustand nervlicher Anspannung, in dem sie sich befanden, nicht leicht zu ertragen war. Sie gingen langsam nebeneinander her, Herr Fiedler wie immer rechts.

»Dieser Mensch vermittelte mir den Eindruck, dass ihm die ganze Sache zu viel Aufwand ist. Das ist eine Frechheit. Es geht immerhin um ein Menschenleben.«

Herr Fiedler war baff. Dass sein Freund sich echauffiert und den unwilligen Kommissar unter Druck gesetzt hatte, sah ihm gar nicht ähnlich. Und Worte wie »Frechheit« kamen ihm ausgesprochen selten über die Lippen. Normalerweise war er der ruhige, beherrschte Pol, während Herr Fiedler seine Leidenschaften mit angemessener Vehemenz vertrat. Theo ging die Sache wohl sehr an die Nieren, dachte Herr Fiedler. Er wurde langsam alt und dünnhäutig.

Nach einem kurzen Moment der Stille sagte Theo ruhiger und leiser: »Dieser Kommissar wird wohl beruflich dauernd mit dem Verlust von Menschenleben konfrontiert, da stumpft man vielleicht ab, wenn man noch nicht am eigenen Leib erfahren hat, wie wertvoll so ein Leben ist.«

Herr Fiedler schwieg nachdenklich. Dann kam ihm die Erleuchtung. »Mensch, Theo, morgen ist der Todestag deiner Frau.«

Theo nickte mit unglücklichem Gesichtsausdruck.

»Wollen wir nach Wegberg zum Friedhof fahren?«

Theo hob unschlüssig die Schultern. »Ach, das ist so ein Aufwand...«

Herr Fiedler fing langsam an, sich ernsthafte Sorgen um seinen Freund zu machen. »Wir sind jeden Monat dort gewesen, seit du bei mir wohnst. Warum sollten wir morgen nicht fahren?«

»Ich weiß nicht recht. Die Bahnfahrt, dann zum Friedhof, dort das Grab pflegen. Das wird mir, glaube ich, alles ein bisschen viel. Ich bin ja nicht mehr der Jüngste.«

Herr Fiedler blieb stehen und sah seinen Freund entrüstet an. »Theo, du bist sieben Jahre jünger als ich. Nun mach also mal einen Punkt.«
»Ich glaube, wir werden das morgen früh entscheiden«, beendete Theo die Diskussion. Herr Fiedler kannte ihn gut genug um zu wissen, dass weiteres Festhalten an diesem Thema nichts brachte.
Auf dem weiteren Heimweg sagte Theo nicht mehr viel und wollte sich auch nicht an weiteren Mutmaßungen zum Fall Annabelle Sievers beteiligen. Zu Hause angekommen, setzte er sich in seinen Lieblingssessel im Wohnzimmer und sah in den Garten hinaus. Schon gegen halb neun verabschiedete er sich und ging schlafen.
Theos Stimmung hatte auch Herrn Fiedler zu schaffen gemacht. Seine Frau Ilse war zwar schon lange tot, und über die Jahre hatte er sich an das Alleinsein gewöhnt. Aber trotzdem vermisste er sie. Er sprach jeden Tag mit ihr.
Zum Glück hatte ihn die Nachbarin damals auf die Idee mit den Untermietern gebracht. Mit den Studenten hatte er immer Leben im Haus gehabt, manchmal mehr, als ihm lieb war. Bei diesem Gedanken angekommen, gab er sich selbst einen Ruck und nahm den Brief des Analyse-Instituts zur Hand. Gewissenhaft ging er die Worte unter der Überschrift »Substanzen« durch, die in der linken Spalte aufgelistet waren. Binapacryl, Captofol, Mancozep und ähnliche mehr. Diese Begriffe sagten ihm nichts. Auch bei den »Substanzklassen« wurde er nicht schlauer. Dithiocarbamat, Phtalsäurev. chl., Dinitrophenol. In der rechten Spalte waren Zahlen aufgelistet, mit denen er ebenso wenig anfangen konnte. So kam er nicht weiter. Unter der Tabelle gab es einen Schlusssatz, der ein Fazit enthielt. »Es handelt sich bei der eingesandten Stoffprobe um ein Präparat, das beispielsweise als Fungizid Verwendung finden kann, wenn es auch stark verunreinigt ist und den modernen Anforderungen in punkto Wirksamkeit nicht entspricht.«

Was sollte das wohl bedeuten? Herr Fiedler rieb sich die müden Augen, sah auf die Uhr und beschloss, für heute das

Grübeln zu beenden. Er legte eine Platte mit klassischer Musik auf und ging gegen Mitternacht schlafen.

*

Der nächste Morgen begann neblig und kalt, aber es dauerte nicht lang, bis die Sonne die grauen Schleier vertrieb und das erste Blau am Himmel zu sehen war. Während er seinen Tee braute und das Frühstück vorbereitete, pfiff Herr Fiedler vor sich hin, was er immer schon gern getan hatte. Leider war das Pfeifen seit ein paar Jahren wegen des locker sitzenden Unterkiefergebisses mit einem gewissen Risiko verbunden. Dann wartete er darauf, dass Theo herunterkam. Nach zwei Tassen Tee und dem Studium der Zeitung sah er zum wiederholten Mal auf seine Uhr. Er machte sich Sorgen und beschloss, nach seinem Freund zu sehen. Er stieg die Treppe hoch und klopfte laut und vernehmlich an die Tür zu Theos Studio. Er hörte ein seltsames Geräusch, rief Theos Namen und horchte nochmal. Genug gezaudert, dachte Herr Fiedler und öffnete die Tür.

Herr Fiedler ging zum Fenster, zog den Vorhang zur Seite und sprach seinen Freund vorsichtig an. »Theo, geht es dir nicht gut?«

Ein Blick in das Gesicht, das sich ihm langsam zudrehte, jagte Herrn Fiedler einen gehörigen Schrecken ein. Theos Augen waren rot und verquollen und glänzten unnatürlich. Seine Nase schien zu glühen, die wenigen Haare klebten ihm schweißnass am Kopf.

»Theo, du siehst schrecklich aus.«

»So fühle ich mich auch«, flüsterte Theo und hustete.

»Ich bringe dir das Fieberthermometer und ein Glas Wasser, bevor wir entscheiden, was wir mit dir anstellen«, sagte Herr Fiedler und verließ das Zimmer.

Die Temperatur war leicht erhöht, aber nicht Besorgnis erregend, und so verordnete Herr Fiedler seinem Freund Bettruhe und Lindenblütentee. Theo verzog das Gesicht. Als er widersprechen wollte, kam ihm ein erneuter Hustenanfall dazwischen.

»Und Honig musst du lutschen gegen den Hustenreiz. Am besten Waldhonig, ich besorge gleich welchen. Und dann hole ich auch noch Husten- und Bronchialtee, Erkältungstee und ein Huhn.«
»Ich brauche keine Gesellschaft«, krächzte Theo.
»Das Huhn ist nicht als Haustier gedacht, das kommt in den Topf. Ist ein altes Hausmittel gegen Erkältung«, erklärte Herr Fiedler und brachte noch zwei Liter Wasser ans Krankenbett. Dann kaufte er Waldhonig, diverse Tees und ein Huhn, außerdem Porree, Möhren und Buchstabennudeln für die Hühnersuppe.
Herr Fiedler war regelrecht erleichtert über die Erkältung seines Hausgenossen. Das also war die Erklärung für die verdrießliche Stimmung und das Motivationstief gestern. Wenn einem eine Grippe in den Knochen steckt, hat man auf gar nichts Lust. Armer Theo. Aber auch wieder nicht so schlimm, das ging vorüber.
Herr Fiedler pfiff vor sich hin, als er mit den Einkäufen nach Hause kam und seinem Patienten die erste Kanne Husten- und Bronchialtee ans Bett stellte. »Das Gebräu schmeckt ungefähr zwei Liter lang akzeptabel, dann etwa 5 Liter lang widerlich und ab dem zehnten Liter schlägt es auf den Magen. Sieh also zu, dass du die Erkältung schnell wieder los wirst.« Er zwinkerte seinem alten Freund verschwörerisch zu und fragte nach den Wünschen des Kranken.
»Ich will sofort in ein Krankenhaus, hier ist mir die Behandlung zu schlecht.«
»Papperlapapp. Ich komme regelmäßig nach dir sehen. Wenn du etwas brauchst, klingelst du.« Er stellte eine kleine Portiersglocke auf den Tisch, die Theo erstaunt betrachtete. »Jetzt gehe ich die Suppe kochen und heute Nachmittag lasse ich dich, wenn dein Zustand es zulässt, allein und höre mich im Studentenwohnheim um. Vielleicht kann mir dort jemand sagen, welcher Notfall bei Annabelle vorlag.«

Das Studentenwohnheim sah von außen aus wie ein ganz normales Haus. Bei den Klingelschildern begannen allerdings schon die Probleme. Der erste Knopf gehörte zu Karin.

Der Punkt auf dem »i« war kein Punkt, sondern ein Blümchen. Der zweite Knopf kam ganz ohne Namen aus und der dritte sollte ein Schallsignal in die Wohnung von Schlipsi und Babs senden. Vortrefflich. Herr Fiedler beschloss, die offen stehende Haustür als Einladung aufzufassen und sich nicht länger mit kryptisch verschlüsselten Klingelschildchen aufzuhalten.
Im Treppenhaus begegnete er niemandem, also stieß er die Etagentür zum ersten Stock auf und lugte in den Korridor. Ein Pärchen stand auf dem Flur und versuchte sich an einem filmreifen Kuss. Herr Fiedler überlegte kurz, ob er die beiden ansprechen und nach Annabelle fragen sollte, entschied sich dann aber dagegen und stieg langsam zum zweiten Stock hinauf.
Vor der dritten Wohnungstür auf der rechten Seite war ein ganzer Pulk von Menschen versammelt. Studentinnen und Studenten gafften auf die Wandöffnung, die normalerweise von einem Türblatt verschlossen war, jetzt aber offenbar einen unwiderstehlichen Einblick in die dahinter liegenden Räumlichkeiten gestattete.
»Entschuldigung«, sagte Herr Fiedler laut und deutlich, als er sich der Menschentraube bis auf wenige Schritte genähert hatte. »Ich suche die Wohnung von Annabelle Sievers.«
Die Studenten starrten den alten Mann an. Er hatte sich nicht die Mühe gemacht, sich zu kämmen oder besonders herzurichten und trug die übliche Kombination aus Trekkingschuhen, Jeans und Outdoorjacke. Er stützte sich schwer atmend auf den Stock.
Aus der offenen Tür trat Kommissar Bechstein. »Was wollen Sie denn hier?«
»Ich bin auf der Suche nach jemandem, der Annabelle Sievers gekannt hat.« Herr Fiedler hatte einen ausgesprochen höflichen und bescheidenen Ton angeschlagen.
»Die kannte hier keiner näher, das haben wir schon gefragt«, blaffte Bechstein und blieb in der Tür stehen. »Außerdem gibt's hier gar nichts zu sehen. Gehen Sie bitte alle weiter.«
Den letzten Satz hatte er mit lauter Stimme gesprochen, seine rechte Hand vollführte die dazu passenden wedelnden

Bewegungen. Die Meute blieb, wo sie war. Der Kommissar winkte lustlos ab und verschwand wieder in der Wohnung.
»Woher kannten Sie denn die Annabelle?«, fragte eine junge Frau mit langem, blondem Haar, das sie kunstvoll hochgesteckt hatte.
»Mein Name ist Fiedler. Sie hat mal bei mir zur Untermiete gewohnt. Vorgestern rief sie mich an und sagte, sie sei in einer Notlage. Jetzt mache ich mir Gedanken darüber, was das für eine Notlage gewesen sein könnte. Vielleicht kann mir von Ihnen jemand helfen?« Herr Fiedler blickte erwartungsvoll in die Runde. Die jungen Leute starrten ihn weiterhin an, ließen aber keine Regung erkennen.
»Die war sehr verschlossen, die Anna.« Diese Bemerkung kam von einer kleinen, pummeligen Schwarzhaarigen, die fast genau vor Herrn Fiedler stand. »Sie hatte hier keine Freundinnen. Aber vielleicht kann Charlie Ihnen weiterhelfen. Sie war eben hier in der Wohnung.«
»Wo finde ich Charlie?«
»Im fünften Stock bei Berger, Hausmann und Wölfinger.«
»Das klingt ja wie eine Rechtsanwaltskanzlei.«
Die Pummelige lächelte. »Ist aber nicht im Entferntesten damit zu vergleichen. Sie werden ja sehen.«
Herr Fiedler dankte und trat in die Wohnung. »Herr Kommissar, gibt es denn hier nun einen Hinweis, was die Sache mit dem Analyse-Institut soll?«, fragte er mit möglichst unschuldigem Tonfall. Er sah sich unauffällig um.
Der Ausdruck »Wohnung« war eigentlich übertrieben, das wurde ihm auf den ersten Blick klar. Unmittelbar rechts neben der Eingangstür führte eine schmale Tür in ein winziges Bad, geradeaus lag der einzige Raum. Das Fenster erlaubte einen Blick auf eine kahle Birke. Gardinen gab es keine.
Kommissar Bechstein knurrte Herrn Fiedler unwillig an. »Raus hier. Wir sind in einer Ermittlung. Was fällt Ihnen ein, hier ungebeten reinzuplatzen?«
Herr Fiedler spürte einen festen Griff an seinem rechten Oberarm, als ein jüngerer Ordnungshüter ihn von hinten packte. So leicht würde er es ihnen nicht machen. Er hatte sich noch keinen ausreichenden Überblick verschafft. Sein

Stock schwang nach hinten, ein unterdrückter Fluch war zu hören.
»Huch, da haben Sie mich aber erschreckt. Vorsicht, ich verliere das Gleichgewicht, wenn Sie mich so schubsen!«, rief Herr Fiedler laut.
Bechstein bekam einen roten Kopf und baute sich drohend vor dem kleineren Rentner auf. »Ich belange Sie wegen Behinderung polizeilicher Ermittlungen, wenn Sie nicht sofort verschwinden.«
Herr Fiedler wusste, wann er sich geschlagen geben musste. Außerdem hatte er genug gesehen. Er verließ die Wohnung mit einem zufriedenen Gefühl und einem möglichst ausdruckslosen Gesicht. Dann stieg er in den fünften Stock.
Die »Praxis Berger, Hausmann und Wölfinger« war nicht zu übersehen. Ein großes handgemaltes Schild an der Tür gab sogar die Geschäftszeiten an: »Nie vor Mittag, nachmittags wie's grad passt, abends meist im Außendienst.« Herr Fiedler klingelte.
Ein schlaksiger junger Mann öffnete die Tür, sah Herrn Fiedler einen Moment erstaunt an, drehte sich dann halb um und rief über die Schulter »Udo, deine Gebete wurden erhört. Merlin ist da.«
»Hier liegt ein Missverständnis vor. Mein Name ist Fiedler, nicht Merlin und ich möchte nicht zu Udo, sondern zu Charlie.«
»Kommen Sie rein«, forderte der junge Mann ihn unbeeindruckt auf und ging voran in die Wohnung, die deutlich größer war als das Zimmer ein paar Stockwerke tiefer. Es gab eine richtige Küche, in der sich etwa acht junge Menschen drängten. Es roch stark nach Malz.
»Wie war doch gleich die Temperatur, die wir jetzt erreichen sollen?«, fragte eine männliche Stimme vom Herd her, auf dem, wie Herr Fiedler jetzt sehen konnte, ein etwa zehn bis fünfzehn Liter fassender Kochtopf stand, in dem jemand rührte.
»Dreiundsiebzig. Hast du die?«, entgegnete eine andere Stimme.
»Jawoll, dreiundsiebzig Grad erreicht.«

»Eieruhr auf vierzig Minuten«, befahl eine weibliche Stimme. »Protokollchef: Verzuckerungsrast bei dreiundsiebzig Grad um sechzehn Uhr begonnen. Sind die Hopfenpellets und die Dolden abgemessen und abgewogen?«
»Alles parat«, meldete ein stämmiger junger Mann mit dunklen Locken, der am Küchentisch etliche Utensilien sortierte. Herr Fiedler stand in der Tür und staunte. Diese Bande braute Bier!
»Was wird es denn, Alt oder Kölsch?«, fragte er niemand Bestimmten.
Die junge Frau, die die Anweisungen gegeben hatte, drehte sich um und blickte Herrn Fiedler von oben bis unten aus ihren strahlend grünen Augen an. Die Sommersprossen auf Nase und Wangen passten wunderbar zu der üppigen Mähne lockiger roter Haare, die sie offen trug. Ihre orangefarbene Jeans endete deutlich unter, ihr Oberteil deutlich über dem Bauchnabel. Sie war definitiv nicht dem Schlankheitswahn verfallen, ihre Formen hätten manchen Maler des Barock sicher inspiriert.
»Von welcher Expedition sind Sie denn übrig geblieben?«, fragte sie mit einem leicht spöttischen Grinsen.
»Ich bin mit Columbus Richtung Westen gesegelt und habe auf dem Rückweg irgendwie den Anschluss verloren«, antwortete Herr Fiedler und schaute genauso forsch zurück.
Sie kicherte. »Ist ja interessant. Ich wollte immer schon mal einen Zeitzeugen fragen, wie das damals war mit der Entdeckung der Neuen Welt.«
»Der Ausguck rief ›Land in Sicht‹ und Chris sagte ›Das ist Indien‹«, antwortete Herr Fiedler.
»Warum fragen Sie nicht, ob wir Pils machen?«, fragte sie.
»Pils ist untergärig und braucht für die Gärungsphase eine sehr niedrige Temperatur. Das ist schwer zu realisieren. Obergäriges Bier ist mit Haushaltsmitteln leichter herzustellen.«
Sie nickte anerkennend. »Stimmt. Haben Sie etwa schon selbst gebraut?«
»Reichlich.« Herr Fiedler grinste. Dann wechselte er den Stock von der rechten in die linke Hand und streckte ihr

die frei gewordene entgegen. »Fiedler. Mit wem habe ich die Ehre?«

»Charlie.«

»Frau oder Fräulein?«

»Sehr witzig.« Sie zog die sommersprossige Nase wieder kraus, was ihr außerordentlich gut stand. Diese Frau könnte Reklame für Herrn Fiedlers heiß geliebtes Irland machen, wenn sie nicht diesen herausfordernden Blick hätte.

»Also, wollen Sie uns beim Brauen unterstützen oder was führt Sie hierher?«, fragte sie.

»Ich habe gehört, dass Sie eben in Annabelle Sievers' Wohnung waren. Haben Sie irgendeine Information, die mir helfen könnte, diesen Todesfall zu verstehen?«

»Woher kannten Sie Annabelle und was gibt es bei einem Verkehrsunfall zu verstehen?«

»Annabelle hat bei mir im Dachgeschoss gewohnt, bevor sie hierher zog. Am Tag ihres Todes rief sie mich an und sagte, dass sie Hilfe in einem Notfall bräuchte. Ich glaube nicht, dass sie einem Unfall zum Opfer fiel, sondern einem Mord. Haben Sie eine Idee, wieso?«

In der Küche wurde es schlagartig still. Charlie zuckte zusammen. »Ist das Ihr Ernst?«

Herr Fiedler nickte. »Kannten Sie sie gut?«

»Nein, gar nicht. Nur vom Sehen«

»Warum waren Sie dann in der Wohnung? Und warum war überhaupt die Kriminalpolizei dort?«

»Die Wohnung ist aufgebrochen worden und ich bin im AStA.«

»Was ist das denn?«

»Der Allgemeine Studierenden-Ausschuss.«

»Aha. Und dieser Ausschuss wird gerufen, wenn die Polizei einen Einbruch in die Wohnung einer gerade verstorbenen Studentin aufnimmt?«

»Keine Ahnung, was in solchen Fällen üblich ist. In diesem Fall suchte die Polizei eben jemanden, der idealerweise die Wohnung kannte und erkennen konnte, ob etwas fehlte. Da niemand hier Annabelle näher kannte, war das nicht mög-

lich. Immerhin hat die Polizei mit dem Vermieter verabredet, dass jemand vom AStA dabei ist, und das war nun mal ich.«
»Und, ist Ihnen etwas aufgefallen?«, fragte Herr Fiedler.
»Kein Computer da.«
»Genau das habe ich auch bemerkt. Haben Sie die Polizei darauf hingewiesen?«
»Klar. Aber da ich nicht wusste, ob vorher ein Computer da war, waren die Grünen Jungs nicht sehr interessiert.«
»Als sie bei mir gewohnt hat, hatte sie einen. Das ist allerdings zwei Jahre her«, gab Herr Fiedler zu bedenken.
»Haben Sie schon jemals von jemandem gehört, der einen Computer wieder abgeschafft hat?«, fragte Charlie in eindeutig spöttischem Tonfall. Herr Fiedler schüttelte den Kopf. Er selbst besaß erst seit einigen Wochen ein solches Gerät und hatte sich schon sehr daran gewöhnt.
»Also, wie geht's weiter, Sherlock?« fragte Charlie und fuhr gleich selbst fort. »Wollen Sie diesem Todesfall, den Sie für Mord halten, nachgehen?«
Herr Fiedler nickte. »Das bin ich ihr wohl schuldig, meinen Sie nicht?«
Charlie zögerte einen Moment und nickte dann. »Und natürlich brauchen Sie eine Assistentin, die sich in der Hochschule auskennt?«
Herr Fiedler nickte wieder.
»Geben Sie mir Ihre Nummer, ich höre mich mal um und melde mich bei Ihnen. Haben Sie eine Karte oder sowas?«
Herr Fiedler verneinte. Charlie fischte einen Kugelschreiber aus ihrer hinteren linken Hosentasche und suchte in allen anderen Taschen nach einem Zettel. Auch ein kurzer Blick durch die Küche, in der ihre Braukollegen sich wieder dem Topf und einer lautstarken Diskussion über den Stammwürzegehalt, das Ausschlagen der Maische und die Sterilisation der zum Filtern vorgesehenen Baumwollwindel zugewandt hatten, brachte keinen Erfolg. Sie entblößte ihren Unterarm und hielt Herrn Fiedler den Kuli hin. »Aber nicht kitzeln.«
Herr Fiedler malte mehr schlecht als recht seine Telefonnummer auf Charlies Unterarm und gab ihr den Stift zurück. »Rufen Sie möglichst nicht in der Mittagszeit an. Mor-

gens ab sechs und abends bis Mitternacht ist kein Problem, aber zwischen zwölf und drei ist ganz miserabel.«

Charlie nickte. »Morgens ab sechs ist ja eine tolle Idee, Sherlock. Ich leide allerdings noch nicht unter seniler Bettflucht.« Dann blickte sie auf Herrn Fiedlers Stock. »Wie sind Sie eigentlich hier herauf gekommen? Funktioniert der Aufzug wieder?«

»Keine Ahnung, ich bin zu Fuß gekommen.«

»Mit Ihrem Holzbein kraxeln Sie fünf Stockwerke hoch?«

»Treppensteigen ist gesund«, gab Herr Fiedler zurück. »Sollten Sie auch mal probieren.«

»Über lebensverlängernde Maßnahmen denke ich frühestens in fünfzig Jahren nach«, antwortete Charlie mit einem breiten Grinsen.

Herr Fiedler packte seinen Stock mit der rechten Hand und wandte sich zum Ausgang. Wie gut, dass dieser Feger nie bei ihm gewohnt hatte. So ein Rotzlümmel - gab es dafür eigentlich eine weibliche Form? - hätte ihn sicher einige Nerven gekostet.

Hors d'œuvre froid

Ruccola mit sautierten Pfifferlingen und Kartoffeldressing

Zu Hause schaute Herr Fiedler nach Theo, der laut schnarchend schlief, und nahm sich den Bericht des Analyse-Instituts wieder vor. Er schaute eine Zeitlang darauf und ging dann zum Telefon.

»Guten Tag! Sie sind verbunden mit dem Anschluss des Analyse-Instituts Dr. Pryzok, Dr. Warbende und Dr. Machalek. Leider rufen Sie außerhalb unserer Geschäftszeiten an. Sie erreichen uns...«

Herr Fiedler legte auf. Er beschränkte die Kommunikation mit sprechenden Maschinen auf das absolut Notwendige. Lieber würde er es morgen noch einmal versuchen.

Wie sollte er nun weiter vorgehen? Die Sache auf sich beruhen lassen und abwarten, ob Charlie oder Kommissar Wie-war-doch-gleich-sein-Name etwas herausfanden? Herr Fiedler zog diese Option nur kurz in Erwägung. Zwei wichtige Gründe sprachen eindeutig dagegen. Erstens hatte Annabelle sich in einer Notsituation an ihn gewandt, hatte ihn angerufen und hatte dem Analyse-Institut seine Adresse gegeben. Und zweitens - Herr Fiedler war ehrlich genug, sich auch diesen Grund einzugestehen - zweitens hatte ihn die Erregung gepackt. Es gab ein Geheimnis, das Annabelle an seiner Tür abgeladen hatte. Das wollte er lösen. Auch um ihretwillen. Damit war er wieder bei Grund Nummer eins angelangt. Die Sache war entschieden, Herr Fiedler würde die Ermittlungen aufnehmen. Aber wo? Heute Abend jedenfalls schien das nicht mehr ganz einfach zu sein. Das Analyse-Institut hatte geschlossen, Charlie war mit dem Bierbrauen beschäftigt und Theo schlief.

Herr Fiedler setzte sich an seinen Computer. Der Grund, der ihn bewogen hatte, sich in fortgeschrittenem Alter dieses Gerät anzuschaffen, lag viele Jahre in der Vergangenheit. Sein

Sohn Ludwig war vor fast dreißig Jahren nach Australien gereist, hatte dort eine Frau kennen gelernt und wollte sich mit ihr auf dem fünften Kontinent niederlassen. Nur wenige Monate später war er in Australien gestorben.

Herr Fiedler und seine Frau Ilse reisten nach Australien, konnten aber die Frau, die Ludwig geliebt hatte, nicht ausfindig machen. Ilses Krankheit zwang sie, die Suche abzubrechen. Danach hatten sie die Suche nicht wieder aufgenommen.

Erst vor wenigen Wochen hatte die Begegnung mit Robin, einem kleinen Ausreißer, der sich in Herrn Fiedlers Gartenhaus eingenistet hatte, dazu geführt, dass Herr Fiedler sich gedanklich wieder sehr mit dem Tod seines Sohnes beschäftigt hatte. Er hatte den Entschluss gefasst, die vor fast dreißig Jahren unterbrochene Suche nach der Frau, die sein Sohn geliebt hatte, wieder aufzunehmen. Vor allem wollte er aber auch nach etwaigen Nachkommen der beiden suchen.

Herr Fiedler zog den Hefter hervor, in dem er sich notiert hatte, wie er den Computer bedienen musste. Einschalten, auf das Symbol mit dem gewünschten Programm klicken und eine Internetverbindung herstellen, das konnte er bereits auswendig. Automatisch erschien als Startseite die Suchmaschine Google, das hatte der unendlich geduldige junge Mann, der ihm die Apparatur verkauft und installiert hatte, so eingestellt. Herr Fiedler tippte »Australia Immigration Records« ein. Die Einwandererlisten würden zwar nicht den Namen der Frau enthalten, denn sie stammte aus einer Stadt im Staat New South Wales, aber den Namen seines Sohnes müsste er dort finden können. Aus einem Grund, den er sich selbst nicht recht erklären konnte, wollte er den Namen seines Sohnes sehen, wollte sehen, dass Ludwig tatsächlich als Einwanderer in Australien registriert worden war.

Die Anzahl der Internetseiten, die Google ihm auf seine Suchanfrage anbot, war unüberschaubar. Er klickte sich auf jede Seite, die ihm auch nur halbwegs hoffnungsvoll erschien. Etliche Seiten versprachen »Ships lists«, also Listen von Schiffen, die Einwanderer nach Australien gebracht hatten. Dann gab es sogar noch die so genannten »Passenger

Arrival Records«, Listen mit den Namen der Passagiere, die von diesen Schiffen an Land gegangen waren. Herr Fiedler probierte einige dieser Links aus. Seine anfängliche Erregung flaute schnell ab. Die Passagierlisten waren meist nur für die Jahre 1700 bis 1800 verfügbar. Unter dem Stichwort »Civil registration«, von dem er sich sicher war, dass es das australische Pendant zum Standesamt war, gab es Informationen über Geburtsurkunden für die Jahre 1837 bis 1945. Herr Fiedler war ernüchtert. Zwar hatte er nicht ernsthaft geglaubt, an einem Abend alle Rätsel der Vergangenheit lösen zu können, aber mit dieser Schwierigkeit hatte er nicht gerechnet. Dass ausgerechnet die früheren Daten verfügbar waren aber die aktuellen Daten nicht, das enttäuschte ihn gewaltig. Er hatte genug für heute und schaltete den Computer aus. Für den nächsten Versuch würde er sich eine andere Strategie überlegen müssen.

*

Herr Fiedler zuckte zusammen, als das Telefon direkt neben ihm klingelte. Er hatte nach dem Frühstück einige Einkäufe erledigt und trank gerade eine Tasse seines berühmten starken schwarzen Tees. Bereits nach dem ersten Läuten hob er ab.

»Hocken Sie den ganzen Tag neben dem Telefon in der Hoffnung, dass es klingelt, oder warum waren Sie so schnell dran?«, fragte eine unverkennbar weibliche Stimme nach einer kurzen Pause.

»Mit wem spreche ich, bitte?«

»Wieviele junge Frauen rufen denn durchschnittlich am Tag bei Ihnen an?«

»An guten oder schlechten Tagen?« Herr Fiedler war sich inzwischen sicher, mit wem er sprach.

»An guten.«

»Keine.«

»Auf's Komplimentemachen verstehen Sie sich ja prächtig, Sherlock. Ich erinnere Sie daran, dass Sie mich angequatscht haben.« Charlie klang beleidigt.

»Ich habe Sie nicht angequatscht, sondern um Hilfe gebeten. Und tatsächlich freue ich mich über Ihren Anruf. Also, was macht das Bier und was gibt es für Neuigkeiten über Annabelle?«

»Das Bier gärt so vor sich hin und will zweimal täglich umgerührt und vom Schaum befreit werden. Konni hat aus dem Malztreber Brötchen gebacken, die super lecker sind. Und jetzt zur Sache. Annabelle hatte einen Freund. Heißt vermutlich Harun oder so ähnlich. Kennen Sie so einen Namen?«

»Natürlich. So wie in ›Harun und das Meer der Geschichten‹ von Salman Rushdie«.

»Äh, ja. Leider kennt ihn hier niemand persönlich. Scheint auch nicht in Mönchengladbach zu wohnen.«

»Wie kontaktieren wir ihn?«

»Gar nicht, solange ich nicht mehr herausfinde.«

»Schade. Was ist mit Annabelles Eltern?« Herr Fiedler versuchte sich zu erinnern, ob seine ehemalige Untermieterin ihm von ihrer Familie erzählt hatte, aber es gelang ihm nicht.

Charlie seufzte. »Oje, schwieriges Thema. Über die Eltern weiß an der Hochschule niemand etwas. Ihre Heimatadresse ist die von ihrer Großmutter, sie scheint bei der Oma gelebt zu haben. Die Großmutter musste gestern die Leiche identifizieren. Dann kam sie zur Hochschule, wo sie den Dekan getroffen hat. Während dieses Gesprächs ist die Oma zusammengeklappt. Sie liegt im Krankenhaus, Herzattacke, ihr Zustand ist kritisch. Diese Infos kommen von der Dekanatsfee, sind also zuverlässig.«

Herr Fiedler schluckte. Er konnte sich die Qual der Großmutter gut vorstellen. »Was ist mit dem Computer? Hatte sie einen?«

»Jawoll.«

Herr Fiedler konnte Charlies zufriedenes Grinsen förmlich hören.

»Und ich habe nicht nur das herausgefunden, sondern bin sogar im Besitz einer Diskette, die sie im Computerraum der Hochschule hat liegen lassen.«

»Wie sind Sie daran gekommen, müssen wir die nicht dem Kommissar geben und was ist drauf?«
Charlie lachte laut. »Hey, ich sehe ein, dass Ihnen nicht mehr viel Zeit bleibt auf dieser schönen Welt, aber trotzdem sollten Sie die Fragen immer hübsch nacheinander stellen, okay?«
Herr Fiedler kicherte. »Also, wo liegt das Problem? Denn es gibt doch bestimmt eins, sonst hätten Sie mir von der Diskette gleich zu Beginn unseres Gesprächs erzählt und auch sofort berichtet, was drauf ist.«
»Die Daten sind geschützt. Mit einem Passwort. Und wenn ich auch viele Vorzüge und Talente habe, so gehört das Knacken von Passwörtern doch nicht dazu.«
»Aber Sie kennen sicher jemanden...«
»Klar. Er heißt Mr. Spock, ist ein alter Freund von mir, aber leider konnte ich ihn bisher nicht erreichen. Ich melde mich, sobald ich etwas Neues erfahre.«
Nachdem er Charlie nach ihrer Handynummer gefragt hatte, legte Herr Fiedler nachdenklich auf. Eine Diskette, die mittels Passwort geschützt war. Er hatte zwar noch nicht viel eigene Erfahrung mit Computern, aber diese Vorsichtsmaßnahme kam ihm für eine Studentin der Oecotrophologie seltsam vor. Er würde seine Ungeduld zügeln müssen und seufzte. Genau das war es, was ihm immer besonders schwer fiel.

*

»Das Passwort ist geknackt!«
Herr Fiedler war einen Augenblick verwirrt. Er war wohl eingedöst und hatte von seiner Frau geträumt. Das passierte ihm häufig.
»Ach, Charlie, Sie sind's. Melden Sie sich eigentlich nie mit Ihrem Namen am Telefon?«
»Soll ich meine Lebenszeit damit verschwenden, siebzehnmal am Tag meinen eigenen Namen zu sagen? Und müssen wir diese Frage jetzt diskutieren? Interessiert es Sie denn gar nicht, was auf der Diskette ist?«
»Was ist drauf?«

»Ein Praktikumsbericht.«
»Finden Sie es normal, dass man so etwas mit einem Passwort schützt?«
»Nein.«
»Können Sie mir den Bericht an meine Mailbox schicken?«
Es war einen Moment still in der Leitung.
»An Ihre Mailbox? Sie sind vernetzt?«
»Da sind Sie platt, was?« Herr Fiedler gab die Adresse durch und konnte eine halbe Stunde später, nachdem er die notwendige Vorgehensweise in seinem Hefter nachgeschlagen hatte, die Datei öffnen.
Er überflog den Anfang. Bericht über ein Praxissemester bei Feinkostkönig, Geilenkirchen, über die Dauer von fünf Monaten, begonnen am 1. Oktober. Praktikumsinhalte: Kennenlernen eines modernen Lebensmittelproduktionsbetriebs mit besonderem Augenmerk auf »Vorkehrungen und Maßnahmen, die bei der Herstellung, Behandlung, Lagerung und dem Vertrieb von Lebensmitteln notwendig sind, um ein einwandfreies, gesundes und bekömmliches Erzeugnis zu gewährleisten, das für den menschlichen Genuss tauglich ist (Grundsatz der Lebensmittelhygiene nach Definition Codex Alimentarius Commission)«.
Annabelle war also gerade in einem Praktikum gewesen. Ihr Bericht ging wochenweise auf ihre Tätigkeiten und Erkenntnisse ein. Da war die Rede von Qualitätskontrolle, Reinigungszyklen und Rezepturen. Fachwörter, die nach Herrn Fiedlers Meinung aus den Bereichen der Lebensmitteltechnologie und Lebensmittelhygiene zu stammen schienen, waren in einen flüssig geschriebenen, sachlichen Text eingeflochten. Herr Fiedler stellte erstaunt fest, dass er ein Gefühl von Stolz entwickelte. Stolz auf Annabelle. Dieser Bericht war wirklich gut, soweit er das beurteilen konnte.
Die Zufriedenheit, die mit dieser Erkenntnis einherging, schlug plötzlich in Zorn um. Jemand hatte dieser Studentin große Angst eingejagt und sie dann vermutlich sogar ermordet. Jemand hatte Annabelle auf dem Weg zu ihm, dem Mann, dem sie Vertrauen geschenkt hatte, umgebracht. Ein viel versprechendes Menschenleben war zerstört worden.

Vielleicht sogar zwei, wenn die Großmutter sich von dem tragischen Verlust nicht mehr erholte. Herr Fiedler bemerkte, dass er die Fäuste geballt hatte. Langsam streckte er die Finger aus und zwang sich zur Ruhe. Er las den Bericht weiter, wobei er sich eingestehen musste, dass er viele Abschnitte nicht verstand. Dann stutzte er. Der Text hörte plötzlich auf. Die Woche vor Annabelles Anruf bei ihm war schon nicht mehr in dem Bericht enthalten. Seltsam. Wer so ordentlich ist und einen derart ausführlichen und präzisen Bericht schreibt, dem hätte Herr Fiedler unterstellt, dass er die Niederschrift »zeitnah« erledigt, wie es neuerdings so schön hieß. Nach diesem Verständnis hätte Annabelle an dem Wochenende vor ihrem Tod den Bericht über die vorangegangene Woche anfügen müssen. Das war nicht der Fall. Warum nicht? Hatte sie einfach keine Zeit gehabt? Hatte sie sich um andere, wichtigere Dinge kümmern müssen? Oder war sie vielleicht gar nicht mehr dort gewesen? Herr Fiedler rief Charlie an.

»Fiedler hier. Gibt es an der Hochschule jemanden, der die Praktika betreut?«

»Frau Diepgen.«

»Wann und wo kann ich mit dieser Dame sprechen?«

»Fragen Sie im Dekanat nach und dann sagen Sie mir Bescheid, wann Sie sich mit ihr treffen. Ich möchte bei dem Gespräch gern dabei sein.«

»Langsam, langsam. Ich bin neu im Studentenmilieu. Was ist das Dekanat?«

»Wie Sie sicher wissen, gibt es an der Hochschule Niederrhein unterschiedliche Fachbereiche. Als da wären Wirtschaft, Sozialwesen, Oecotrophologie und noch einige andere. Diese Fachbereiche werden jeweils von einem Professor geleitet, das sind die Dekane. Und das Sekretariat des Dekans ist das Dekanat.«

»Danke.«

»Und noch was, wo wir schon mal bei den Erläuterungen des modernen Hochschulwesens sind: Die Studenten heißen an der Hochschule Studierende. Wegen der Gleichstellung«, fügte Charlie an.

Herr Fiedler seufzte. »Wie soll man das eindeutig aktive Wort ›Studierende‹ mit dem auf Sie zutreffenden Zusatz ›Bummel-‹ in Verbindung bringen? Das hört sich nicht gut an.«

»Vergrätzen Sie sich nicht die einzige Freundin, die Sie an dieser Hochschule haben, Sherlock.« Charlies Kichern nahm ihren Worten die Schärfe.

Herr Fiedler vereinbarte einen Termin mit Frau Diepgen für denselben Nachmittag und informierte Charlie. Dann stieg er hinauf unters Dach, fand Theo wach und berichtete ihm von den bisherigen Entwicklungen.

»Was macht denn diese Firma?«, fragte Theo zwischen zwei Hustenanfällen.

»Laut Annabelles Bericht, der wenigstens in dieser Hinsicht verständlich ist, wird dort Leberwurst, Wildpastete, Hühnchen in Aspik, Ente à l'Orange, Wachteleier, Suppenfonds, Lachshäppchen in Sud und Trüffelpastete hergestellt.«

»Hört sich alles nicht schlecht an. Da fällt mir ein, dass eine Rindfleischsuppe auch gut gegen Erkältung sein soll.« Theos Lächeln sah eindeutig verschmitzt aus.

»Du meinst natürlich keine Dosensuppe...?«, fragte Herr Fiedler grinsend zurück.

Theo schüttelte den Kopf. »Eher so eine, wie wir in der ersten Stunde des Kochkurses gemacht haben.«

Herr Fiedler erinnerte sich lebhaft. Die Kochstunde in der Familienbildungsstätte Rheydt, die hauptsächlich von jungen Singles und mittelalten Möchtegern-Fernsehköchen besucht wurde, war vollkommen aus dem Ruder gelaufen, als eine Teilnehmerin sich vor den Knochen geekelt und mit einer erschrockenen Bewegung den Topf mit dem Rotkohl für den Hauptgang von der Herdplatte gestoßen hatte. Zum Glück war niemand ernsthaft verletzt worden, wenn man vom Stolz der betreffenden Dame absah, die seither nicht mehr aufgetaucht war. Die Suppe jedenfalls war köstlich gewesen.

»Ich bringe die Zutaten gleich aus der Stadt mit und dann koche ich uns eine gute Rindersuppe. Sonst noch Wünsche?«

Theo winkte laut niesend ab.

*

Herr Fiedler ging die Richard-Wagner-Allee entlang bis zum ältesten Teil der Hochschule, der alten Textilfachschule. Sie war Anfang des zwanzigsten Jahrhunderts auf Anweisung aus Berlin genau an der Stadtgrenze zwischen Gladbach und Rheydt entstanden, da die beiden Städte sich damals schon nicht auf einen Standort einigen konnten. Herr Fiedler grinste. Manche Zustände blieben erstaunlich lang unverändert, unbeeinflusst von wechselnden Staatsformen, Kaisern, Diktaturen oder Republiken. Das alte Backsteingebäude mit dem sanierten Turmhelm jedenfalls war eine Augenweide, die alten - und neuen - Streitigkeiten sah man dem Bauwerk nicht an.
An dem alten Gemäuer vorbei ging Herr Fiedler zur Rheydter Straße, nicht ohne einen anerkennenden Blick in Richtung Mensa geworfen zu haben. Als er das moderne Gebäude des Fachbereichs Oecotrophologie an der Rheydter Straße betrat, staunte er nicht schlecht. Zunächst fiel ihm der Fernseher im Eingangsbereich ins Auge, auf dem eine aktuelle Raumänderung angezeigt wurde. Gleich darunter stand ein Computer, der gerade nicht benutzt wurde.
Charlie hatte ihn schon erwartet und ging voran durch die rechte Tür. Hier offenbarte sich eine eigenwillige Architektur mit einer geschwungenen Wand, an der entlang die Treppe über beide Stockwerke gerade hoch führte. Offenbar teilte die Treppe das Gebäude der Länge nach in einen vorderen Teil, dessen Fenster zur Straße gingen und einen rückwärtigen Teil, der auf den Parkplatz blickte. Das Büro von Frau Diepgen ging zur Straße.
»Wieso interessieren Sie sich für das Praktikum von Frau Sievers?« Elisabeth Diepgen machte einen zurückhaltenden, ja sogar vorsichtigen Eindruck. Bei der Erwähnung von Annabelles Namen wurden ihre Augen feucht.
Herr Fiedler erklärte die Umstände und Charlie stellte ihre Bedeutung als AStA-Mitglied heraus. Frau Diepgen nickte.
»Wir sind uns sicher, dass Annabelle nicht das Opfer eines bedauerlichen Verkehrsunfalls ist, sondern dass sie gezielt getötet wurde.«
Frau Diepgen wurde blass.

»Annabelle scheint nicht viel Kontakt hier an der Hochschule gehabt zu haben, daher ist es schwierig, etwas über ihr Leben in den letzten Wochen oder Monaten zu erfahren. Sie haben als Praktikumsbetreuerin Kontakt zu ihr gehabt, oder?«

Frau Diepgen nickte. Sie putzte sich die Nase und schniefte noch einmal. »Annabelle hatte eine Praxissemesterstelle bei einer Firma in Geilenkirchen. Eine beliebte Stelle. Ein großes, erfolgreiches Familienunternehmen mit einem hervorragenden Ruf. Dort werden hochwertige Wurst- und Fleischwaren hergestellt. Anna hatte die Praktikumsstelle verdient, sie war nicht nur klug, sondern auch außerordentlich fleißig. Es hat ihr dort gut gefallen, soweit ich weiß.«

»Hatten Sie auch in den letzten beiden Wochen noch Kontakt zu ihr?«

»Nein. Ich mache nicht die fachliche Betreuung, sondern bin für Beratung und Verwaltung von Praktikumsstellen zuständig. Insofern endet meine Aufgabe eigentlich in dem Moment, in dem die Studierenden ihren Praktikumsvertrag unterschrieben haben. Alle weiteren Kontakte und inhaltlichen Fragen gehen dann an den betreuenden Professor oder Dozent. In Annabelles Fall war das Professor Kräutlinger, Chemie und Biochemie der Ernährung. Allerdings hat Annabelle erstaunlicherweise in den letzten zwei Wochen versucht, mich zu erreichen. Vielleicht hatte sie organisatorische Probleme.«

»Dann hatten Sie also doch Kontakt zu ihr?«

»Nein. Ich war krank. Erst als ich wieder zur Arbeit kam, habe ich mehrere Nachrichten von ihr auf meinem Anrufbeantworter und einige E-Mails gefunden. Sie hat immer wieder hinterlassen, dass sie mich dringend sprechen wollte.«

»Aber einen Grund dafür, dass Sie sie sprechen wollte, hat sie nicht angegeben?«

»Nein. Wenn ich gewusst hätte, dass sie Hilfe braucht...« Frau Diepgen fing an zu weinen.

»Niemand macht Ihnen einen Vorwurf«, versuchte Herr Fiedler sie zu besänftigen. »Sie dürfen sich nicht die Schuld daran geben. Schuldig ist nur einer, nämlich der, der sie umgebracht hat.«

Anstatt beruhigend zu wirken, hatten diese Worte den gegenteiligen Effekt. Frau Diepgen schluchzte stärker. Charlie nickte Herrn Fiedler zu und deutete dann mit dem Kopf zur Tür. Sie verabschiedeten sich und ließen ein Häuflein Elend zurück.

»Und nun? Wir sind nicht wirklich schlauer als vorher.«

»Jetzt fragen wir der Einfachheit halber im Dekanat, wann und wo wir Kräutlinger sprechen können. Vielleicht hilft uns das weiter.«

Die nachmittags Dienst habende Dekanatsfee, wie Charlie die teilzeitbeschäftigten Damen gleichmacherisch nannte, musste sie enttäuschen. Professor Kräutlinger war verreist. Diese Woche war es eine Exkursion, letzte Woche hatte er einen Kongress besucht, und davor die Woche war der Festigung von Auslandskontakten vorbehalten gewesen. An der Hochschule hatte er sich in diesem Monat noch nicht blicken lassen. Die Wahrscheinlichkeit, dass Annabelle es geschafft haben könnte, mit ihrem Praxissemesterbetreuer Kontakt aufzunehmen, war äußerst gering.

»Wenn ich das richtig sehe, werden wir hier im Fachbereich niemanden finden, der in den letzten Wochen für Annabelle dagewesen ist. Sie scheint aus einer Verkettung unglücklicher Umstände heraus keinen Ansprechpartner gehabt zu haben«, sagte Herr Fiedler nachdenklich.

Charlie nickte. »Es sieht wirklich so aus, als ob unsere Recherchen hier erstmal beendet sind.«

»Nun denn«, sagte Herr Fiedler und straffte die schmalen Schultern. »Ich fahre nach Geilenkirchen und sehe mir das Werk mal an, in dem Annabelle ihr Praxissemester absolviert hat. Wollen Sie mitkommen?«

Charlie schüttelte den Kopf, dass die roten Locken flogen. »Ich habe diese Woche furchtbar viel zu tun. Einen ersten Eindruck können Sie sich allein verschaffen.«

»Schreiben Sie Klausuren, oder wofür müssen Sie so viel arbeiten?«

Charlie grinste. »Viel wichtiger. Ich organisiere die ultimative Adventsfete. Lassen Sie von sich hören, wenn Sie den Wurststopfern auf die Finger geschaut haben.«

Zu Hause war Theo etwas enttäuscht, als er von dem nicht sehr erfolgreichen Gespräch mit Frau Diepgen erfuhr. Dann dachte er einen Moment nach. „Wir müssen diesen Harun finden. Ohne jemanden, der Annabelle nahe stand, werden wir nicht entscheidend weiter kommen in unseren Ermittlungen.«

Herr Fiedler nickte. »Vorschläge?«

Theo zog die Stirn in Falten, ein deutliches Zeichen für angestrengtes Nachdenken. Er besaß das, was Herrn Fiedler fehlte - eine geradezu unendliche Geduld. Als Spezialist für alte Handschriften, der manchmal jahrelang damit beschäftigt gewesen war, ein einziges Blatt Papier zu entziffern oder einen beschädigten Text zu rekonstruieren, hatte er in seiner Berufslaufbahn das penible Feststellen und Aneinanderfügen von Fakten perfektioniert.

Plötzlich sah er auf. »Wo ist das Handy?«

»Theo, phantasierst du? Wir haben kein Handy.«

»Nicht unseres. Annabelles.«

»Wozu brauchen wir ihr Handy?«

»Sie hat sicher die wichtigsten Telefonnummern darin gespeichert. Vermutlich brauchen wir nur auf einen Knopf zu drücken und bekommen eine Liste derjenigen Menschen, die gelegentlichen oder regelmäßigen Kontakt zu ihr hatten. Einschließlich Harun.«

»Theo, du bist genial. Hast du auch schon eine Idee, wo wir das gute Stück finden?«

»Vermutlich in ihrer Tasche, ihrem Rucksack, ihrer Jacke oder so. Ein tragbares Telefon dient schließlich dazu, herumgetragen zu werden.«

Herr Fiedler sprang auf. »Darum kümmere ich mich gleich morgen früh. Jetzt mache ich allerdings erst mal etwas zu essen.«

»Was gibt es denn?«

»Die Suppe dauert ja noch etwas, vorher gibt's Nummer zwei.«

Die beiden Männer grinsten sich an. »Nummer zwei« war eine gemischte Platte diverser Leckereien aus dem Mittelmeerraum, deren richtigen Namen sie sich nicht merken konnten. Dieses Rezept aus der zweiten Stunde ihres Kochkurses hatte es ihnen angetan. Getrocknete Tomaten, auf die besonders Herr Fiedler scharf war, eingelegte Peperoni, marinierte Zucchini, Möhren in Knoblauchtunke und Weißbrot mit verschiedenen Paprika- und Kräuterquarkdips. Die marinierten Gemüse und Dips stellten sie inzwischen regelmäßig in größeren Mengen her, die eigentlich jeweils für eine Woche reichen sollten. Was sie aber niemals taten.

Nach dem Essen setzte Herr Fiedler sich an den Computer. Zwar gefiel es Herrn Fiedler nicht, sich der starren Logik des Gerätes zu unterwerfen, aber langsam gewöhnte er sich daran, dass die Maschine nur auf exakt definierte Kommandos reagierte.

Er stellte die Internet-Verbindung her, tippte »Feinkostkönig Geilenkirchen« in das Feld auf der Google-Seite ein und startete die Suche. Mehrere hundert Einträge wurden angezeigt, darunter die firmeneigene Homepage von Feinkostkönig. Herr Fiedler begann, sich durch die verschiedenen Seiten zu klicken. Nach einer halben Stunde hatte er genug. Die Öffentlichkeitsarbeit dieses Unternehmens war vorbildlich. Ansprechpartner mit Telefonnummern waren zu allen Bereichen wie Presse, Personal, Sicherheit und Kundeninformation übersichtlich aufgelistet. Herr Fiedler hatte einen virtuellen Rundgang über das Betriebsgelände und durch die Produktionshallen unternommen und war von einer animierten Trickfilmfigur mit weißer Schürze und hoher Kochmütze über die besonderen Vorzüge der einzelnen Nahrungsmittel belehrt worden.

Zur Absprache eines persönlichen Besichtigungstermins gab es eine Telefonnummer, die er morgen früh anrufen würde. Dann würde man weitersehen.

Herr Fiedler überlegte einen Moment, ob er mit der Suche nach eventuellen Nachkommen seines Sohnes Ludwig fortfahren sollte. Er entschied sich dagegen. Er war müde und brauchte Entspannung. Beim dritten Anlauf gelang es ihm, den Computer ordnungsgemäß herunterzufahren und auszuschalten. Er setzte sich in seinen Lieblingssessel, legte die »Sinfonie aus der Neuen Welt« von Dvořák auf und schloss die Augen.

*

»Fiedler hier. Habe ich Sie geweckt?«

Charlie versuchte, sich wenigstens so weit aus ihrer verdrehten Bettdecke zu befreien, dass sie sich aufsetzen konnte. »Geweckt? Das würde bedeuten, dass ich jetzt wach bin? Dann lautet die Antwort nein«, nuschelte sie in den Hörer.

»Es ist schon halb neun.«

»Abends?«

»Morgens.«

»Morgens gibt es diese Zeit gar nicht, Sie machen mir etwas vor.«

»Soll ich später nochmal anrufen?«

»Damit Sie mich nochmal wecken können? Sagen Sie lieber jetzt, was Sie wollen, und dann lassen Sie mich weiterschlafen.«

»Annabelle hat vermutlich eine Tasche bei sich gehabt, als sie überfahren wurde. Zumindest ihr Handy wird sie wahrscheinlich bei sich getragen haben. Wo ist das abgeblieben?«

»Woher soll ich das wissen?«

»Ich habe nicht erwartet, dass Sie das wissen.«

»Warum fragen Sie mich dann?«

»Damit Sie es herausfinden.«

Charlie stöhnte. Die Nacht war mal wieder kurz gewesen. Überhaupt waren die Nächte viel zu kurz und die Tage viel zu lang in diesem Leben.

»Sehr wohl, Sherlock. Sonst noch was?«

»Nein. Schlafen Sie weiter.«

Charlie ließ sich zurückfallen. Sie lag unbequem, wechselte die Stellung. Auch nicht besser. Sie drehte sich probeweise auf die andere Seite, aber auch das war kein Genuss. Sie fluchte lauthals und stand auf. Mit halb geschlossenen Augen tappte sie zur vorbereiteten Kaffeemaschine, schaltete sie ein und ging ins Bad. Nach einer Dusche, einem halben Liter Kaffee und etwas Müsli fühlte sie sich schon besser.
Wozu brauchte Herr Fiedler Annabelles Handy? Sie schleuste die Frage einige Zeit durch die Windungen ihres Hirns, stellte aber fest, dass sie zum logischen Denken noch nicht in der Lage war. Sie würde einfach darauf vertrauen, dass Herr Fiedler schon wusste, was er tat. Der alte Knabe machte einen geübten Eindruck.
Noch immer nicht ganz wach machte Charlie sich auf den Weg ins Dekanat. Die hilfsbereite Vormittagsfee sah sie mitleidig an. »Sind Sie krank?«
Charlie zuckte die Achseln. »Wieso?«
»Ihre Augen sind ganz verquollen. Oder ist etwas nicht in Ordnung?«
»Die Uhrzeit«, murmelte Charlie.
Ein leises Lachen war die Antwort. »Also, was kann ich für Sie tun?«
»Haben Sie die Handynummer von Annabelle Sievers?«
Liesel Brenners Lächeln erstarb. »Wollen Sie mich auf den Arm nehmen?«
»Nein, ich will das Handy finden. Da ist es doch am einfachsten, erst mal anzurufen und zu hören, ob jemand rangeht, oder?«
Frau Brenner klappte den Mund wieder zu. »Hm. Es kann wohl nicht schaden, wenn ich Ihnen die Nummer gebe.«
Sie ging hinüber ins Studentensekretariat, dessen Diensthabende an einer Sitzung des Prüfungsausschusses teilnahm, und reichte Charlie dann einen Zettel. »Aber machen Sie sich nicht allzu große Hoffnungen. Ich kann mir nicht vorstellen, dass jemand an das Telefon geht. Ich jedenfalls würde es nicht tun.«
Charlie kramte ihr Handy hervor und wählte. Eine weiblich klingende Automatenstimme informierte sie, dass der Teil-

nehmer zurzeit nicht erreichbar sei. »Schade. Weitere Vorschläge?«

Frau Brenners Gesichtsausdruck legte nahe, dass sie einen inneren Kampf ausfocht. Charlie wartete ab.

»Die Großmutter musste Annabelle doch identifizieren bei der Polizei.«

Charlie nickte.

»Danach kam sie direkt hierher. Sie hatte eine von diesen diagonalen Taschen bei sich, die man wie einen Rucksack trägt. Ich würde wetten, dass es nicht ihre eigene Tasche war.«

»Sie meinen, die Polizei hat ihr Annabelles Sachen mitgegeben? Das klingt logisch. Wo ist die Tasche abgeblieben, als die Oma ihren Zusammenbruch hatte?«

»Hier. In dem ganzen Trubel hat keiner an das Ding gedacht, das die arme Frau unter dem Tisch abgestellt hatte. Die Putzfrau hat die Tasche erst am nächsten Tag gefunden. Wir haben im Krankenhaus angerufen, aber Frau Sievers darf keinen Besuch empfangen. Also haben wir beschlossen, die Tasche hier solange zwischenzulagern.«

»Kann ich mal reinsehen?«

»Ich denke nicht.«

Charlie blies die Backen auf und ließ die Luft langsam wieder ab. »Warum nicht?«

»Es gehört sich wohl kaum, dass wildfremde Menschen in den Taschen von Verstorbenen herumwühlen.«

»Ermordeten.«

Frau Brenner erstarrte. »Das ist überhaupt nicht gesichert. Das behaupten Sie bloß.«

»Nein. Und wenn wir der Sache nicht nachgehen, kann es sein, dass niemals aufgedeckt wird, was wirklich passiert ist.«

Frau Brenner schüttelte immer noch den Kopf. Charlie erzählte ihr alle bisher bekannten Fakten.

Frau Brenner wurde immer blasser. »Aber dann sollten wir die Tasche der Polizei geben«, hauchte sie, als Charlie geendet hatte.

»Von dort kommt sie doch«, konterte Charlie. »Wenn es etwas zu untersuchen gab, haben das die Herren von der Kripo sicher bereits erledigt. Die waren ja auch in ihrer Wohung, nachdem dort eingebrochen worden ist.«

Langsam kehrte die Farbe in Frau Brenners Gesicht zurück. »Das mit der Tasche, das soll der Chef entscheiden.« Sie griff zum Telefon und erläuterte dem Dekan die Situation. »Er kommt«, verkündete sie dann und ließ sich gegen die Stuhllehne sinken.

»Hallo Frau Wagenrad«, begrüßte Professor Dr. Matthias Eberding Charlie. Sein übliches Lächeln fehlte. »Sie glauben also, dass Frau Sievers ermordet wurde und die Polizei ihre Arbeit nicht ordentlich genug macht.«

Charlie nickte. Sie mochte den Prof, obwohl er sie schon mehrfach darauf hingewiesen hatte, dass er ihren mangelnden Einsatz für eine schnelle und erfolgreiche Beendigung des Studiums sehr bedauerlich fand. Auch ihre Mitarbeit im AStA, die sie anfangs gern zu Ihrer Entlastung angeführt hatte, sei nicht umfangreich genug, um ihr mangelndes Fortkommen im Studium zu entschuldigen. Nach einer solchen Standpauke meldete sie sich immer wieder für die eine oder andere Klausur an und erkaufte sich auf diese Art eine neue Gnadenfrist. Trotz dieser regelmäßigen Ermahnungen schätzte sie den Eber, wie die Studierenden ihren Dekan nannten, sehr. Er behandelte sie nicht von oben herab, sondern wie einen erwachsenen, vernünftigen Menschen - was oft genug nicht ganz den Tatsachen entsprach. Insofern fühlte sie sich in seiner Gegenwart wohl - außer wenn er gerade wieder ihren Motivationsmangel ansprach. Momentan allerdings vermittelte er den Eindruck, als sei ihm ihr Engagement in dieser Sache eher zu viel als zu wenig.

»Und nun wollen Sie auf eigene Faust ermitteln?«, fragte Eberding weiter.

Erneutes Nicken.

»Trauen Sie sich das zu?«

Die Frage war gut. Charlie dachte einen Augenblick darüber nach.

»Nein«, entgegnete sie dann wahrheitsgemäß. »Allein würde ich mir das nicht zutrauen. Aber Herr Fiedler ist die treibende Kraft und der weiß, was er tut. Er ist derjenige, den Annabelle am Dienstagabend um Hilfe gebeten hat. Sie hatte also in ihrer Notlage, von der wir noch nicht wissen, um welche Not es sich handelt, zu diesem Mann Vertrauen. Sie hat sich nicht bei ihrer Oma gemeldet, nicht bei Ihnen, der Polizei oder der Telefonseelsorge, sondern bei Herrn Fiedler. Darum fühlt er sich verantwortlich, dieser Sache nachzugehen. Und er hat mich um Hilfe gebeten. Deshalb bin ich jetzt hier.«

Der Eber dachte noch einen Augenblick nach. »Sie suchen das Handy?«, vergewisserte er sich.

Charlie nickte. »Alternativ auch ein Adressbuch, damit wir ihren Freund Harun kontaktieren können. Er ist nicht aus Gladbach und niemand weiß, wie man ihn erreichen kann.«

»Frau Brenner, Sie schauen in der Tasche nach, ob Sie die gesuchten Dinge finden. Ich würde es ja selbst machen, aber vielleicht ist es besser, wenn eine Frau das übernimmt.«

Auf Liesel Brenners Wangen zeigten sich hektische rote Flecken. Sie holte eine abgenutzte, annähernd dreieckige Tasche mit einem diagonal verlaufenden Tragriemen aus dem verschlossenen Schrank und stellte sie auf den Schreibtisch. Der Tragriemen hatte ein Handyfach, das leer war. Sie durchsuchte nacheinander Vordertasche und Hauptfach.

»Kein Handy, kein Adressbuch«, verkündete sie nach einigen Minuten.

»Vielleicht hatte sie das Handy ja auch in der Jacke«, überlegte Frau Brenner. »Wo wohl die Kleidung geblieben ist?«

Einen Augenblick herrschte Stille. »Wenn meine Enkelin von einem Auto überfahren würde, hätte ich sicher kein Interesse daran, ihre Klamotten wiederzubekommen«, sinnierte Charlie.

Eberding schüttelte den Kopf. »Ich auch nicht. Aber selbst wenn das Handy in der Jacke gewesen wäre, hätte die Polizei es bestimmt herausgenommen und der Großmutter mit den anderen persönlichen Dingen und Wertgegenständen ausgehändigt.«

»Also gehen wir davon aus, dass Annabelle kein Handy bei sich hatte?« Frau Brenner klang von ihrer Vermutung selbst nicht sehr überzeugt.

»Oder dass sie zwar eins bei sich hatte, als sie überfahren wurde, aber keins mehr bei ihren Sachen gefunden wurde, als die Polizei die Leiche eingesammelt hat.«

Frau Brenner und Professor Eberding sahen Charlie entsetzt an.

»Das würde Ihre Theorie von einem Mordfall sehr erhärten«, sagte Eberding nach einem Augenblick des Nachdenkens. »Vielleicht sollten Sie die Polizei auf das Fehlen des Handys aufmerksam machen.«

»Hm«, machte Charlie und verließ das Dekanat. Sie musste unbedingt mit Herrn Fiedler telefonieren. Ihr war eine sehr beunruhigende Idee gekommen.

Potage

Mokka von der Wildente mit gerösteten Pinienkernen

»Wir haben gerade heute Nachmittag eine Führung durch das Unternehmen, da können Sie sich gern noch anschließen.« Frau Kraus-Diesterweg klang regelrecht begeistert über sein Ansinnen, mehr über Feinkostkönig zu erfahren. Diese Art von übertriebener Kundenfreundlichkeit war Herrn Fiedler schon immer reichlich suspekt gewesen. Natürlich musste die Public-Relations Managerin verbindlich sein, aber das hier war einfach zu viel des Guten. Sie hatte sich gefreut, als komme ein lieber alter Freund unverhofft zu Besuch. Herr Fiedler ließ sich die notwendigen Details durchgeben und legte auf. Dann schaute er die Zugverbindungen nach Geilenkirchen nach. Das passte gut, er würde rechtzeitig kommen und nicht allzu lange warten müssen.

Vorher galt es allerdings noch, eine stärkende Mahlzeit für Theo und natürlich ihn selbst zuzubereiten. Es war noch genug Brühe für eine kleine Vorsuppe da. Und dann, darauf hatte Herr Fiedler sich schon lange gefreut, dann gab es Grünkohl mit Pinkel. Natürlich hieß die Wurst hier am Niederrhein nicht Pinkel, wie in seiner norddeutschen Heimat. Die Mönchengladbacher hatten ihn entgeistert angestarrt, als er das Wort zum ersten Mal in einer Metzgerei ausgesprochen hatte. Es hatte erst einen Ausruf des Entsetzens von der Dame neben ihm gegeben, dann eine verbale Attacke von der Metzgereiverkäuferin, die irgendwo zwischen »Flegel« und »Ferkel« gelegen haben musste, daran konnte Herr Fiedler sich nicht mehr genau erinnern. Aber zum Schluss hatten sie alle herzlich gelacht, als das Missverständnis über den korrekten Namen der Mettwurst geklärt und einige sonderliche rheinische Begriffe zum Vergleich behandelt worden waren. Grünkohl mit herzhafter Wurst jedenfalls war eins von Herrn Fiedlers Lieblingsgerichten und das war ein Punkt, der ihm am Winter gefiel. Denn Grünkohl gab es bei ihm nur frisch aus dem eigenen Garten. Die Grünkohlpflanzen, die Herr Fiedler selbst zog, stammten von der »Ostfriesischen Palme« ab, einer alten in Norddeutschland verbreiteten Sorte. Sie wurden fast zwei Meter groß und lieferten einen dunkelgrünen, herzhaften Kohl, der von Herrn Fiedler nur kurz blanchiert und dann grob gehackt wurde. Dieses Vorgehen war im Kochkurs kontrovers diskutiert worden. Die Kursleiterin bestand darauf, Grünkohl durch den Fleischwolf zu drehen und direkt mit untergerührtem Kartoffelpüree zu servieren. Nun ja, als Rheinländerin wusste sie ja noch nicht einmal, dass die Wurst, die da hinein gehörte, Pinkel hieß.

Nach dem Mittagessen, für das Theo kurzzeitig das Bett verlassen hatte, machte Herr Fiedler sich auf den Weg zu Feinkostkönig. Er ging durch die Rheydter Innenstadt zum Bahnhof, holte im »Universum« noch schnell ein Kinoprogramm und zog, mit lautstarker Unterstützung mehrerer Reisender, eine Fahrkarte am Automaten. Herr Fiedler war nass geschwitzt und stark erleichtert, als er nach mehreren Fehlversuchen sowohl eine gültige Fahrkarte als auch seine Bankkarte wieder in der Tasche verstaut hatte. Etwas atemlos erwischte er gerade noch den Zug nach Geilenkirchen. Vom dortigen Bahnhof nahm er ein Taxi, das ihn zum etwas außerhalb liegenden Firmensitz von Feinkostkönig brachte.
»Herzlich willkommen bei Feinkostkönig, dem Unternehmen mit Tradition und Erfahrung.« Frau Kraus-Diesterweg verbreitete die bereits gewohnte herzliche Begeisterung, die sie vermutlich morgens mit dem dunkelblauen Blazer an- und erst nach Feierabend wieder ablegte. »Ich darf Sie zunächst in unser Kino bitten, wo wir Sie mit einem kurzen Film zu unserem Unternehmen auf die Führung durch das Betriebsgelände einstimmen möchten. Wenn Sie mir bitte folgen wollen.«
Herr Fiedler war nicht nur der älteste Teilnehmer der Führung, sondern auch der einzige Mann. Die Landfrauen aus dem Kreis Neuss hatten, nach etlichen Jahren Weihnachtsmarkttourismus, diese Betriebsbesichtigung für ihren

Adventsausflug auserkoren, wie ihm sogleich von einigen aufgekratzten Teilnehmerinnen erklärt wurde. Die Damen waren bester Stimmung. Frau Kraus-Diesterweg konnte sich kaum Gehör verschaffen, als endlich alle auf den bequemen Sesseln Platz genommen hatten. »Sie werden jetzt einen etwa zehnminütigen Film sehen, danach gibt es eine kleine Erfrischung, und dann darf ich Ihnen unsere Produktionshallen zeigen. Ich wünsche viel Vergnügen.« Sie bediente einige Knöpfe an einem Schaltpult und das Licht im Saal erlosch. Das Geschnatter ging weiter. Erst als der Film auf der Leinwand tatsächlich begann, sank der Lärmpegel im Zuschauerraum.

Zum Einstieg wurden die Anfänge des Unternehmens gezeigt. Eine vergilbte Schwarz-weiß-Fotografie zeigte einen Herrn vor dem Firmenschild »Feinkost König«. Ein Sprecher erzählte, wie Wilhelm Hermann König im Jahr 1892 sein Unternehmen gegründet hatte. Es florierte schnell, im Jahr 1907 wurde eine Produktionshalle gebaut, 1920 hatte man fünfzig Angestellte. Kurze Einblendungen, die zunehmend in bewegten Bildern und dann in Farbe erschienen, legten die weitere Geschichte dar.

Dann kam die Überleitung in die Gegenwart. Bereits nach wenigen Sekunden fühlte Herr Fiedler sich verschaukelt. Dieser Abschnitt sollte »Wir machen Sie glücklich« heißen, dachte er bei sich. Nach einer Einstellung mit fröhlich schnatternden Gänsen, die lebhaft über eine üppig grüne Wiese watschelten, kam eine Sequenz mit glücklichen Menschen, die alle erfolgreich, schlank und dynamisch aussahen und sich gegenseitig mit Gänseleberpastete fütterten. Darauf folgten glücklich lächelnde Mitarbeiter, die frische Zutaten wie Zwiebeln, Möhren oder Pfifferlinge in kleinen Körben herumtrugen oder einzeln auf Schadstellen überprüften. Sie fanden kein einziges Exemplar, das nicht knackig und perfekt gewesen wäre. So ging es weiter. Ein unsichtbarer Sprecher kommentierte die Bilder, indem er das Offensichtliche nochmals in Worte kleidete. Echte Informationen etwa über die Anzahl der Mitarbeiter, die Menge der

hergestellten Lebensmittel oder gar den Umsatz gab es in diesem Teil nicht mehr.
Herr Fiedler erinnerte sich daran, auf der Internetseite gelesen zu haben, dass es sich bei dem Konzern um eins der wenigen ganz großen Unternehmen in Familienbesitz handelte. Für Firmen dieser Art gab es keine Offenlegungspflichten von Bilanzdaten wie beispielsweise für Aktiengesellschaften. Das hatte ihm ein Student der Wirtschaftswissenschaften erklärt, der einige Monate bei ihm zur Untermiete gewohnt hatte. Bei Feinkostkönig schien man auch nicht geneigt zu sein, auf freiwilliger Basis greifbare Zahlen preiszugeben. Interessant.
Nachdem das Licht endlich wieder angegangen war, wurde die Gruppe in eine hell und freundlich eingerichtete Kantine geführt, in der Kaffee, Tee und kalte Getränke kostenlos angeboten wurden. Herr Fiedler wurde von zwei Damen an ihren Tisch gebeten.
»Das war ja nicht sehr aufschlussreich, oder?«, begann die Grauhaarige, die ganz offensichtlich die Mutter der Jüngeren war. »Ob die wirklich meinen, wir würden ihnen die Geschichte von den lustig herumwatschelnden Gänsen abnehmen?« Sie schnalzte mit der Zunge. »Wer auch nur ein bisschen Ahnung von Landwirtschaft hat, weiß, wie Gänse gestopft werden, damit die Leber schön groß und fett wird.« Sie schüttelte sich.
Herr Fiedler nickte. »Ich bin gespannt, was wir im Betrieb zu sehen bekommen. Sicher keine Menschen, die sich einzelne Möhren anschauen.«
Die Damen kicherten. »Und wenn doch, sollten wir die Leute fragen, wieviel sie pro Stunde fürs Schauspielen bekommen.«
»Liefern Sie an die Firma? Oder warum machen Sie Ihren Ausflug gerade hierher?« Herr Fiedler sah die Grauhaarige an.
»Niemand von uns liefert hierher«, antwortete stattdessen die Jüngere. »Man sagt, dass sie alle Rohstoffe aus dem Ostblock bekommen. Ist trotz Transportkosten wahrscheinlich billiger, als in der Region einzukaufen. Kann aber auch nur

ein Gerücht sein.« Sie zuckte die Achseln. »Jedenfalls hat sich unsere Vorsitzende gedacht, dass man kurz vor Weihnachten hierher fahren kann. Erstens kostet das nichts und zweitens bekommt man am Ende der Führung eine Tüte mit Feinkostprodukten. Ist also günstiger, als auf dem Weihnachtsmarkt viel Geld auszugeben. Und nach einigen Jahren Weihnachtsmarkttourismus habe ich von Glühwein und Billigramsch sowieso die Nase voll. Ist ja inzwischen auch überall das Gleiche, ob es nun Aachen, Köln oder Monschau ist.«
Herr Fiedler nahm einen Schluck Tee, um sein Lächeln zu verbergen, das ihm aber sowieso gleich verging, als er das Gebräu probierte. Der Tee war sehr dünn, aber bitter und nur lauwarm. Natürlich gab es weder Kandis noch Sahne dazu. Er setzte die Tasse ab und wartete auf den Befehl zum Aufbruch.

Als die Ankündigung kam, dass es gleich zur Besichtigung ginge, strebten zunächst alle Damen in Richtung Toilette. Herr Fiedler schloss sich an, hatte die Herrentoilette für sich und gestattete danach den Damen die Benutzung.

Dann ging es endlich los. Durch eine große Tür verließ die Gruppe die Kantine und betrat eine vollkommen andere Welt. »Klinisch rein« war der Begriff, der Herr Fiedler sofort in den Sinn kam. Überall blitzte Edelstahl. Große Behälter, die durch Rohrleitungen verbunden waren, Transportbänder, große und kleine Kessel, in denen man zum Teil durch runde Fenster Rührwerke bei der Arbeit beobachten konnte, und Abfülleinrichtungen standen in einer riesigen Halle, die die Gruppe von einem verglasten Gang auf halber Höhe aus überblickte. Frau Kraus-Diesterweg deutete hierhin und dorthin und erläuterte, woher die Zutaten kamen, in welchen Schritten sie gereinigt, zerkleinert und gemischt wurden.

Wenige Menschen waren in der Halle zu sehen, sie trugen alle weiße Kittel, weiße Plastikhauben und saubere weiße Schuhe. Die meisten hielten Klemmbretter in einer Hand und notierten Zahlen, die sie von Instrumenten ablasen. Herr Fiedler war schockiert. So ähnlich hatte es auch in der Lackfabrik ausgesehen, die er früher einmal besichtigt hatte.

Das hatte ihn nicht weiter gestört, Lacke waren schließlich Industrieprodukte, deren Produktion man sich so ähnlich vorstellte. Aber Lebensmittel? In einem Familienbetrieb?

Die nette grauhaarige Dame, neben der er in der Kantine gesessen hatte, tauchte neben ihm auf. »Sie hatten sich das wohl anders vorgestellt?«, fragte sie.

»Steht mir das so deutlich ins Gesicht geschrieben?«, fragte Herr Fiedler peinlich berührt.

Die Dame nickte lächelnd. »Was stört Sie denn besonders? Die Dimensionen? Oder die Tatsache, dass gar keine Lebensmittel zu sehen sind?«

Herr Fiedler überlegte einen Moment. »Ich kann es nicht genau benennen. Aber irgendwie scheint mir das Wort Lebensmittel in dieser Umgebung unpassend. Oder erinnert Sie hier irgendetwas an Lebendigkeit?«

Die Dame sah ihn nachdenklich an, dann lächelte sie. »Das trifft den Nagel auf den Kopf.«

Frau Kraus-Diesterweg unterbrach das Gespräch, indem sie die Gruppe weiterscheuchte. Die nächste Halle ähnelte der ersten, wenn man davon absah, dass sie nur etwa halb so groß war. Im hinteren Bereich gingen zwei Türen ab. Auf beiden Türen stand in großer Schrift »Zutritt für Unbefugte verboten«. Neben den Türen hingen graue Kästen mit Zifferntastaturen. Ob das Zahlenschlösser waren?, dachte Herr Fiedler. In der letzten Halle wurden die fertigen Produkte verpackt. Lange Transportbänder kamen aus den Hallen eins und zwei und aus der Halle, die hinter Halle zwei lag. Die Produkte liefen zur Etikettierung und Umverpackung, am Ende der Anlage standen Paletten, die mit Kartons gefüllt und mit Elektrokarren weggebracht wurden.

Auch dort verriet Frau Kraus-Diesterweg keine Zahlen. Herr Fiedler versuchte, anhand der Geschwindigkeit, mit der die Anlage Kartons ausstieß, auf die produzierte Gesamtmenge zu schließen. Aber noch bevor er genauere Berechnungen anstellen konnte, wurde die Herde weitergetrieben. In dem Raum, den die Gruppe nach dem Betriebsrundgang erreichte, standen große Plastiktüten bereit.

»Ich danke Ihnen für Ihren Besuch bei Feinkostkönig«, verkündete Frau Kraus-Diesterweg mit lauter Stimme. »Damit Sie den Aufenthalt in unserem Werk noch einige Tage in guter Erinnerung behalten, möchten wir Ihnen eine Auswahl unserer Produkte mitgeben. In jeder Tüte finden Sie Leberwust nach deutscher Hausfrauenart, französisches Entenkonfit, ein ganz hervorragendes Frikassée und natürlich unsere Spezialität: Leberpastete mit Trüffeln. Ich wünsche Ihnen eine gute Heimfahrt und würde mich freuen, Sie wieder einmal bei Feinkostkönig begrüßen zu dürfen.«

»Entschuldigung, würden Sie mir freundlicherweise sagen, welche Produkte in den Hallen hergestellt werden, die wir gesehen haben?«, fragte Herr Fiedler mit einem Lächeln, von dem er hoffte, dass es harmlos aussah. »Dann kann ich meinen Enkeln sagen, dass ich zugesehen habe, wie diese Sachen gemacht wurden...«

Frau Kraus-Diesterweg lächelte verständnisvoll. »Alle Produkte außer der Trüffelpastete werden in den Hallen eins und zwei hergestellt.«

»Und die Trüffelpastete?«, fragte Herr Fiedler.

»Die wird in unserer Abteilung ›Haut de Gamme‹ hergestellt, die können Sie leider nicht besichtigen.«

»Das ist aber schade. Warum denn nicht?«

»Die Verarbeitung dieser außerordentlich diffizilen Zutaten verlangt eine ganz besonders strikte Hygiene.«

»Unsinn«, murmelte die grauhaarige Dame, die sich wieder an Herrn Fiedlers Seite gedrängelt hatte. »Trüffel sind Pilze, die im Boden wachsen. Die sind robust, die leben im Dreck. Besondere Hygiene, ha, dass ich nicht lache. Das soll sie ihrem Trüffelschwein erzählen.« Sie schüttelte den Kopf. Dann sah sie Herrn Fiedler zu, wie er nach einer Tüte griff. »Sie nehmen auch ein Fresspaket mit?«

»Natürlich. Ich werde diese Leberpastete mit der vergleichen, die ich selber mache. Mal sehen, welche besser abschneidet.« Er zwinkerte ihr zu. »Und Sie? Nehmen Sie das Teufelszeug auch mit?«

Die Dame nickte lächelnd. »Mein Mann schwört auf die Trüffelpastete. Ich wünsche Ihnen einen guten Appetit.«

Herr Fiedler dankte lächelnd, auch wenn er sich noch nicht sicher war, was er mit den Spezialitäten in der Tüte tatsächlich anstellen würde. Der Gedanke an Annabelle jedenfalls hatte ihm den Appetit auf die Leckereien gründlich verdorben.

Den Heimweg über musste er an die geheimnisvolle Halle denken. Ob das Argument mit der Hygiene stimmte, konnte er nicht beurteilen. Aber wenn es nicht stimmte, wie die nette Besucherin ihm erklärt hatte, was mochte dann der wahre Grund dafür sein, dass dieser Betriebsteil nicht zugänglich war?

*

Theo zuckte zusammen, als das Telefon neben seinem Bett klingelte. »Streckbein.«

»Wieso Streckbein? Wo ist Herr Fiedler?«

»Wer ist denn dort, bitte?« Theo war aus dem Schlaf gerissen worden und tastete nach seiner Brille.

»Charlie. Herr Fiedler ist in Gefahr.«

Theo hatte seine Brille gefunden, ließ sie aber beinahe wieder fallen. »Welche Gefahr?«

»Wir haben das Handy nicht gefunden.«

»Aha.«

»Wenn der, der Annabelle auf dem Gewissen hat, jetzt im Besitz ihres Handys ist, braucht er nur die Wahlwiederholung zu drücken und weiß, dass Annabelle zuletzt bei Herrn Fiedler angerufen hat.«

Theo brauchte einen Moment, bis er dem Gedankengang folgen konnte. Dann wurde ihm die Tragweite bewusst. »Sie meinen, dass der Mörder Herrn Fiedler anhand des Handys finden kann?«

»Genau.«

»Aber er hätte doch nur die Telefonnummer.«

»Mit einer Nummer können Sie Namen und Adresse ganz einfach herausfinden.«

Theo schluckte. Wenigstens war er jetzt einigermaßen wach und konnte wieder logisch denken. »Aber bisher ist nichts passiert. Warum sollte der Mörder das Handy einstecken, dann ein paar Tage warten und plötzlich auf die Idee kommen, die Wahlwiederholung zu drücken?«

»Bisher musste der Mörder nicht die Sorge haben, dass jemand an der Unfallversion zweifelt.«

Das leuchtete Theo ein. »Und Sie meinen, jetzt, wo Sie beide herumlaufen und Leute befragen, wird der Mörder sich verfolgt fühlen.«

»Nicht nur das. Er könnte vermuten, dass Annabelle Herrn Fiedler mehr verraten hat, als es tatsächlich der Fall war.«

»Aber da drehen wir uns im Kreis. Wenn er diese Sorge hätte, wäre er schon früher aktiv geworden.«

»Nicht, wenn er erst einmal abwarten wollte, ob Herr Fiedler anfängt, Fragen zu stellen.«

Theo dachte einen Moment nach. Es fiel ihm schwer, sich in einen Mörder hineinzuversetzen, aber die Logik, mit der Charlie argumentierte, überzeugte ihn nicht. Er versuchte, den Punkt zu fassen zu kriegen, der nicht stimmig war. Es war eine Frage der Zeit.

»Das ist unlogisch, mein Fräulein.« Theo hörte Charlie kichern und war verunsichert bis ihm einfiel, dass sie vermutlich die Anrede lustig fand. »Ein kaltblütiger Mörder wartet doch nicht erst ab, ob ein weiterer Mensch anfängt, Fragen zu stellen. Wenn er vermuten muss, dass noch jemand Bescheid weiß, bringt er den gleich auch zum Schweigen.«

»Wollen Sie Ihr Leben darauf verwetten?«

Theo schnappte nach Luft. »Nun, vielleicht sollten wir doch in Betracht ziehen, dass es so sein könnte.«

»Genau. Ich wollte einfach darauf hinweisen, dass Sie vorsichtig sein sollten.«

»Danke, ich weiß das zu schätzen. Wie kommen wir eigentlich mit diesem Harun weiter?«

»Keine Ahnung. Hier kennt ihn niemand.«

»Wir sollten aber dringend einen Weg finden, wie wir ihn kontaktieren können. Vielleicht findet sich in Annabelles Wohnung ein Hinweis?«

»Die ist immer noch versiegelt.«

»Was ist mit ihrer Großmutter?«

»Darf noch keinen Besuch empfangen.«

Theo massierte sich die Nasenwurzel. Es gab einen Punkt, der ihm eben im Halbschlaf eingefallen war. Er müsste sich nur daran erinnern... Na also, da war der Gedanke wieder. »Wer nimmt jetzt ihre Post entgegen?«

Es war einen kurzen Augenblick still in der Leitung. »Hey Watson, die Frage ist interessant.«

Theo quittierte das Kompliment mit einem dröhnenden Hustenanfall.

»Also, ich finde heraus, wo ihre Post landet und wer dieser geheimnisvolle Freund ist, und Sie sagen Sherlock, dass er vorsichtig sein soll.«

»Da könnte ich auch der Nachbarskatze sagen, dass sie mit Messer und Gabel essen soll«, japste Theo, als er endlich wieder Luft bekam. Er lehnte sich entkräftet zurück. Zwar war das Fieber bereits gesunken, aber von wirklicher Besserung konnte noch keine Rede sein. Er hütete ungern das Bett, während sein Freund allein Privatdetektiv spielte. Er schlug gelegentlich über die Stränge, wenn ihm niemand mit mehr Vernunft und weniger Leidenschaft zur Seite stand. Theo würde die Fäden in die Hand nehmen müssen, um einen Überblick über den Gang der Ermittlungen zu haben. In einem Fall nämlich hatte die kesse Charlie durchaus recht: Sie sollten sehr vorsichtig sein, immerhin hatte der Mörder keine Skrupel bewiesen, als er Annabelle überfahren hatte.

*

Charlie machte sich auf den Weg zum Studentenwohnheim. Im Eingang suchte sie Annabelles Namen auf den Briefkästen und wurde schnell fündig. Es war eines der wenigen ordentlich beschrifteten Fächer. Und tatsächlich steckten mehrere Briefe darin. Glücklicherweise hatten die Vermieter am falschen Ende gespart und Briefkästen im Postkartenformat an die Wand geschraubt. Üblicherweise ärgerte Charlie sich über diese weit verbreitete Dummheit, heute kam sie ihr allerdings sehr entgegen.

Annabelles Briefkasten war offenbar mehrere Tage nicht geleert worden. Inzwischen steckten farbig kopierte Speisekarten von Pizzabäckern, zwei Supermarktprospekte und ein Spendenaufruf in dem engen Schlitz. Der Briefträger hatte sich nicht die Mühe gemacht, die wenigen Briefe ordentlich bis in den Kasten zu befördern, sondern sie nur zwischen den Werbemüll gesteckt. Charlie fischte den ganzen Stapel heraus. Die Werbeblättchen warf sie in den überquellenden Abfalleimer, die Briefe steckte sie ein. Ein weiterer Umschlag war durch das kleine Fenster im Briefkasten zu erkennen. Charlie fingerte durch den Schlitz und bekam eine Ecke zu fassen. Nach mühevollem Ziehen und Zerren hielt sie auch dieses Schreiben in der Hand. Niemand hatte Charlie gesehen. Sie fragte sich ganz kurz, ob vor ihr schon jemand auf dieselbe Idee gekommen war und den Briefkasten geleert hatte. Das würde sie vielleicht anhand der Daten auf den Briefen feststellen können.

Zu Hause öffnete sie die Briefe in der Reihenfolge ihrer Größe, den Kleinsten zuerst. Als sie das Papier auseinanderfaltete, hielt sie kurz inne. Sie kam sich wie ein Voyeur vor. Ihr wäre es jedenfalls nicht recht, dass wildfremde Leute in ihrer Post wühlten. Charlie erinnerte sich an einen ehemaligen Freund, der ihr glühende Liebesbriefe geschickt hatte. Meist enthielten die Schreiben etliche Vorschläge, was sie am Wochenende alles anstellen könnten - und dabei ging es nicht um Theaterbesuche. Die Vorstellung, dass unbefugte Leser diese Briefe in die Hände bekommen hätten, löste bei Charlie ein Gefühl des Unwohlseins aus. Sie hielt sich nicht für schamhaft, aber die Briefe waren nicht für die Augen anderer bestimmt gewesen. Sie hoffte, dass sie nichts Derartiges in Annabelles Post finden würde.

Charlie schluckte und wandte ihre Aufmerksamkeit wieder dem Brief in ihrer Hand zu. Hier ging es immerhin um die Aufklärung eines Mordfalles. Im Geiste versprach sie Annabelle hoch und heilig, ausschließlich nach sachdienlichen Hinweisen zu suchen und nicht schlecht von ihr zu denken - egal, was die Post ans Licht brachte.

Nach diesem leidenschaftlichen Schwur war der Brief eine herbe Enttäuschung. Ein deutscher Importeur von Fahrradzubehör kündigte eine Rückrufaktion für ein Hydraulikbremsenmodell an. Mit dieser Bremse ausgestattet waren Fahrräder der folgenden Marken:...

Charlie betrachtete den Brief nachdenklich. War Annabelles Tod vielleicht doch ein Unfall, verursacht durch eine defekte Bremse? Dann hatte Herr Fiedler einfach überreagiert, als er von dem Todesfall hörte. Vielleicht war er auch nur ein Spinner, der Beschäftigung suchte und deshalb Geschichten von Mord und Totschlag erfand. Aber diesen Eindruck hatte Charlie nicht gehabt. Sie legte den Brief zur Seite und nahm sich den nächsten Umschlag vor.

Werbung eines Fachbuchverlags. Uninteressant. Dann die Absage eines Unternehmens, bei dem Annabelle sich offenbar um einen Praktikumsplatz beworben hatte. Charlie stutzte. Annabelle hatte doch ihr Praktikum bei Feinkostkönig gemacht. Sie las die Betreffzeile noch einmal. »Ihre Bewerbung vom 12. März« Die Absage kam fast neun Monate später. Vermutlich hatte die Sekretärin zwischenzeitlich ein Kind zur Welt gebracht.

Der letzte große Umschlag lag noch verschlossen vor Charlie. Absender war ein bekannter Verlag, bei dem Charlie an Frauenzeitschriften und Schnittmuster denken musste. Ohne viel Hoffnung riss sie an der Verschlusslasche und holte eine Zeitschrift heraus. »Fly and Glide« - Das Magazin des letzten großen Abenteuers. Aha, also keine Modezeitung. Erst als sie den Umschlag in den Papierkorb drücken wollte, fiel noch etwas heraus. Ein kleinerer Umschlag, in dem ein Blatt Papier und wieder ein Umschlag steckten. Papierverschwendung im Stil russischer Puppen. Charlie legte die Zeitschrift aus der Hand und betrachtete ihren neuen Fund. »Geschenkgutschein« stand in verschnörkelter Schrift auf dem hellgrünen Kuvert. Mit zitternden Fingern zog Charlie die darin liegende Karte heraus. »Ein Jahr regelmäßige Freude, ein Jahr Information, ein Jahr ›Fly and Glide‹«. Darunter war Platz für einen persönlichen Gruß von dem Schenkenden an den Beschenkten. Charlie griff nach dem Briefbogen.

Es war eine Rechnung. Annabelle Sievers war Rechnungsempfängerin für ein Geschenkabonnement an Herrn Harun Rafik. Die Zustelladresse für das Abo war ebenfalls genannt. Charlie grinste.
Dann verging ihr jede Fröhlichkeit. Jetzt konnten sie Annabelles Freund kontaktieren, aber das hieß, mit ihm über seine tote Freundin sprechen. Ihm vielleicht erst die Nachricht von ihrem Tod überbringen. Charlie korrigierte sich in Gedanken. Es war unwahrscheinlich, dass Harun noch nichts von Annabelles Tod wusste. Trotzdem, dieses Gespräch würde sie Herrn Fiedler führen lassen.

*

»Ich hab ihn.«
Herr Fiedler nahm den Hörer an das linke Ohr. Rechts schienen die Stimmen am Telefon neuerdings sehr weit weg zu sein. »Hallo Charlie. Einen schönen Tag auch.«
»Jaja. Rufen Sie ihn an?«
»Charlie, über wen sprechen Sie eigentlich?«
»Harun. Er wohnt in Dortmund. Steht sogar im Telefonbuch. Wollen Sie ihn anrufen?«
»Natürlich müssen wir mit ihm sprechen. Wollen Sie das nicht übernehmen? Sie sind immerhin eine Kommilitonin von Annabelle.«
»Och, nein, machen Sie das mal. Aber vielleicht sollte ich dabei sein.«
»Wann kommen Sie?«
»Was gibt's zu essen?«
Herr Fiedler nahm den Hörer vom Ohr und betrachtete ihn eingehend. Diese Geste hatte er von einem Kabarettisten abgeschaut und sie machte ihm immer wieder Spaß – selbst wenn niemand zusah. »Rotkohl mit Klößen und Sauerbraten. Vom Pferd.«
»Igitt. Wann soll ich da sein?«
»Um halb eins wird gegessen. Anrufen können wir hinterher.«

»Vielleicht war Annabelles Tod wirklich ein Unfall«, nuschelte Charlie zwischen Kloß und Rotkohl hindurch. »Ihre Fahrradbremse hatte offenbar einen Materialfehler.« Sie berichtete von dem Brief, den sie bei Annabelles Post gefunden hatte.
Theo, der sich trotz andauernder Erkältung in Anbetracht des Damenbesuchs korrekt gekleidet und frisiert hatte, schüttelte den Kopf. »Unwahrscheinlich, dass die Bremse gerade an dem Abend versagt hat. Aber vielleicht sollten wir dem Kommissar einen Hinweis geben, damit die Polizei das Fahrrad untersucht.«
Herr Fiedler fuchtelte mit der Gabel in der Luft herum. »Das geht doch nicht. Wie sollen wir die Sache mit der geöffneten Post erklären? Das gibt furchtbaren Ärger.«
Eine Weile widmeten sich die drei dem Essen.
»Die Klöße sind eine echte Wucht. Die schmecken wie die selbstgemachten von meiner Tante.«
»Die sind auch selbst gemacht«, betonte Herr Fiedler stolz, als er die Teller zusammenstellte. »Jetzt lassen Sie uns aber anrufen, bevor wir ins Suppenkoma fallen.«
Charlie kramte den Zettel mit Haruns Adresse und Telefonnummer hervor.
»*Labess*« meldete sich eine männliche Stimme nach kurzem Klingeln.
»*Labess, choukram*«, erwiderte Herr Fiedler nach einer Überraschungspause. »Entschuldigung, sprechen Sie Deutsch?«
»Moment«, sagte der Mann und sprach in arabischer Sprache in den Hintergrund. Dann meldete sich eine Frauenstimme.
»Hallo?«
»Guten Tag, mein Name ist Fiedler, ich rufe aus Mönchengladbach an. Kann ich mit Harun Rafik sprechen?«
»Meinen Sie meinen Bruder oder meinen Vater?«
»Ihren Bruder, vermute ich.«
»Harun hatte einen Unfall und liegt im Krankenhaus.«
»Kann ich ihn dort anrufen?«
»Er liegt im Koma.« Die Stimme wurde zittrig. »Wir wissen nicht, ob er durchkommt.«
»Das tut mir furchtbar Leid«, murmelte Herr Fiedler sichtlich erschüttert. »Können Sie mir sagen, was passiert ist?«

»Es war letzten Dienstag. Jemand hat ihn von der Straße abgedrängt. Fahrerflucht. Die Polizei hat noch keinerlei Hinweise.«

Herr Fiedler stammelte noch ein paar mitfühlende Worte und legte auf. Er blickte Theo an, der eine Hand vor den Mund geschlagen hatte. Charlie sah von einem zum anderen. »Er hatte an demselben Abend einen Unfall mit Fahrerflucht, an dem auch Annabelle umgenietet worden ist? Jetzt erzählen Sie mir nicht, dass das ein Zufall war.«

Herr Fiedler schüttelte den Kopf. »Spätestens jetzt kann es keinen Zweifel mehr geben. Es war Mord. Und Mordversuch.«

»Müssen wir nicht die Polizei in Dortmund warnen, dass Harun vielleicht auch im Krankenhaus in Gefahr ist?«, fragte Charlie nach einem Moment.

Theo zuckte zusammen. Herr Fiedler, der im Laufe seines Berufslebens bei der Handelsmarine sogar mit echten Piraten zu tun gehabt hatte, war nicht so schnell aus der Fassung zu bringen. »Wir sollten der Familie einen Brief schreiben. Die können die Polizei einschalten, wenn sie es für richtig halten. Wahrscheinlich ist die Familie aber auch so groß, dass sie eine Wache durch eigene Mitglieder organisieren können. Das würde ihnen bestimmt besser gefallen, als einen Polizisten vor der Tür stehen zu sehen.«

»Sie plaudern am Telefon spontan in einer kehligen Sprache und kennen sich in den Präferenzen arabischer Familienclans im Umgang mit der deutschen Exekutive aus?«, fragte Charlie mit hochgezogenen Augenbrauen.

»Ich habe die Erde viele Male umrundet und bin von gastfreundlichen Menschen aller Hautfarben und Religionen in ihre Häuser eingeladen worden. Bei so einer Einladung lernt man viel über die Menschen und ihre Sicht der Dinge. Gerade in der arabischen Welt gibt es eine Herzlichkeit und Offenheit, die unser Kulturkreis manchmal vermissen lässt.«

Herr Fiedler hatte den Blick in weite Fernen gerichtet. »Sie können sich nicht vorstellen, was manche Menschen zu teilen bereit sind. Sie geben alles her, was sie haben, um ihrem Verständnis von Gastfreundschaft Ausdruck zu verleihen.

Von solchen Kulturen kann man viel lernen.« Sein Blick kehrte in die Gegenwart zurück. »Mehr als diese zwei Wörter Arabisch kann ich aber leider nicht.«
Charlie nickte. »Was nun?«
Theo stand auf. »Ich gehe wieder ins Bett. Nach dem Essen und der furchtbaren Neuigkeit brauche ich etwas Ruhe. Wenn weitere Aktionen geplant werden, informiert mich. Ich stelle mich als Koordinator zur Verfügung, bin sowieso nie mehr als ein paar Schritte vom Telefon entfernt.«
Herr Fiedler dachte einen Moment nach. Dann erzählte er Charlie von dem abgeschotteten Betriebsteil.
»Wir sollten nochmal mit Frau Diepgen sprechen«, schlug Charlie vor. »Vielleicht gab es ja früher schon Praktikanten bei Feinkostkönig. Wäre doch nahe liegend, schließlich ist das Werk von Mönchengladbach aus leicht zu erreichen. Mit ein bisschen Glück können die uns ein paar Informationen über die Firma geben.«
Herr Fiedler nickte. »Klären Sie das und lassen Sie sich am besten gleich eine Liste mit Namen geben. Vielleicht können wir aus dieser Quelle weiteres Wissen schöpfen.«
Charlie versprach, sich darum zu kümmern.
»Ich werde einen Freund anrufen, der beim WDR Radio arbeitet. Sicherlich kann er in seinem Archiv ein paar Informationen über Feinkostkönig finden oder uns welche beschaffen. Wenn man mit einem Presseausweis herumwedelt, öffnen sich manche Türen wie von selbst.«

Als Charlie gegangen war, gestattete auch Herr Fiedler sich sein Nachmittagsschläfchen. Kurz dachte er noch an die E-Mails, die er heute Vormittag an verschiedene offizielle Stellen in Australien geschickt hatte, um Informationen über seinen Sohn Ludwig, die Frau, mit der er damals zusammen war und einen eventuell von ihr zur Welt gebrachten Enkel zu bekommen. Ob sein stark eingerostetes Englisch wohl ausreichen würde, um diese Suche zu einem erfolgreichen Ende zu führen? Er glitt mit einem Lächeln auf den Lippen in den Schlaf und träumte von einem pausbäckigen Enkelkind, das ihm die dicken Ärmchen entgegenreckte...

Hors d'œuvre chaud

Involtini vom Kalbsfilet mit Basilikumpesto und Salat von La Ratte

Kommissar Bechstein saß an seinem Schreibtisch und starrte ins Leere. Weniger als zwei Wochen. Jahrelang hatte er diesen Moment herbeigesehnt. Hatte Jahre, dann Monate, dann Wochen gezählt, bis er endlich seinen wohlverdienten Ruhestand erreichen würde. Hatte vom süßen Nichtstun geträumt, von weißen Sandstränden, hohen Palmen und türkisfarbenem Meer. Von langem Ausschlafen, einem Wohnmobil und davon, nie wieder einen volltrunkenen, vollgekotzten Herumtreiber in die Ausnüchterungszelle bringen zu müssen. Keine Morde, kein Blut, keine verhungerten Säuglinge mehr. Zugegeben, mit Hausierern hatte er schon lange nichts mehr zu tun und Mönchengladbach war keine Großstadt. Die jährlichen Tötungsdelikte hielten sich in Grenzen. Dafür liefen ihm die Fälle zum Teil jahrelang nach. Manchmal träumte er schlecht. Dann weckte ihn seine Frau mit einem heftigen Stoß in die Seite und bat ihn, ihr zu erzählen, was ihn quälte. Er erzählte es nie.
Sein Blick wanderte wieder zu der Akte von Annabelle Sievers, Verkehrsunfall mit Todesfolge, Fahrerflucht. Aufklärung so gut wie hoffnungslos. Es gab einen Zeugen, der einen dunklen Wagen in die Straße hatte einbiegen sehen, in der nur wenige Augenblicke später die junge Frau ihr Leben verlor. Ein dunkler Wagen. Wieviel Prozent aller neu zugelassenen Wagen waren wohl dunkel? Vermutlich fünfzig, der Rest war silberfarben. Weitere Details hatten nicht ermittelt werden können. Wenn es nach so vielen Tagen so schwach aussah, würde der Fall statistisch gesehen nie aufgeklärt werden. Das ging ihn bald nichts mehr an.
Aber da war eine Stelle im Autopsiebericht, die ihn nicht losließ. »Todesursache: Genickbruch«, stand da. Das war möglich bei einem schweren Fahrradunfall. Wenn der Fahrer beispielsweise über die Lenkstange nach vorne flog, war oft

ein Genickbruch die wahrscheinliche Folge. Nur folgte bei der Liste der weiteren Verletzungen keine, die mit diesem Genickbruch in Zusammenhang gebracht werden konnte. Wenn Frau Sievers über den Lenker geflogen war, hätte sie mit dem Kopf aufkommen müssen, um sich das Genick zu brechen. Auf dem Fahrradhelm, den sie getragen hatte, waren zwar Kratzer zu finden, aber kein Hinweis darauf, dass ein etwa sechzig Kilogramm schwerer Körper aus dem Sturzflug darauf gelandet war. Nach dem Auftreffen des Kopfes hätten weitere Körperteile hart aufschlagen müssen, beispielsweise die Schultern. Auch dort fanden sich keine so schwerwiegenden Abschürfungen, dass sie diese Sturzvariante wahrscheinlich hätten scheinen lassen.
Eine weitere Möglichkeit, sich das Genick zu brechen bestand darin, mit dem Nacken auf einen Stein aufzuschlagen. Aber am Nacken gab es keine derartigen Spuren. Wie also war die tödliche Verletzung entstanden? Bechstein kannte nur eine Art, einen so sauberen Genickbruch herbeizuführen. Das passierte allerdings nicht durch einen Sturz. Dazu war eine zweite Person nötig. Diese nimmt den Kopf der anderen Person zwischen beide Hände und dreht ihn ruckartig zur Seite und leicht nach oben. Knack, Ende. So etwas setzte allerdings entsprechende Kenntnisse und einige Übung voraus.
Bechsteins Chef hatte sich die Überlegungen angehört. »Gibt es sonst gar keine Verletzungen?«, hatte er gefragt.
»Doch, Prellungen und Hautabschürfungen an Ellbogen und Hüfte«, hatte Bechstein geantwortet.
»Könnte das nicht mit dem Genickbruch zusammenhängen?«
»Unwahrscheinlich.«
»Ja oder nein?«
»Ja, möglich wäre das schon, aber...«
»Erledigt.«
Der Chef hatte sich wieder seinem Praktikanten zugewandt, Bechstein hätte beruhigt sein sollen. War er aber nicht. Nur noch zwei Wochen. Wenn er die Sache als Fahrerflucht behandelte, würde dieser Todesfall nie gesühnt. Wenn er in

zwei Wochen in Pension ging, würde er keine Ruhe finden. Er seufzte. Dann griff er zu dem Analyseprotokoll, das der alte Kauz vor ein paar Tagen hier gelassen hatte. Wenn er nur einen Anhaltspunkt fände...

*

»Guten Tag, Frau Kraus-Diesterweg. Mein Name ist Bellhaus, Martin Bellhaus vom WDR Radio. Kennen Sie unseren Sender?«

»Aber selbstverständlich«, flötete die Stimme in Martins Ohr. »Was darf ich für Sie tun, Herr Bellhaus?«

»Vielleicht kennen Sie auch unsere Bemühungen um neue Lehrstellenangebote, die wir in jedem Spätsommer starten. Im Zuge dieser Serie haben wir viele Firmen kennen gelernt und uns ist der Gedanke gekommen, doch öfter mal interessante Unternehmen aus dem Sendegebiet vorzustellen. Und da Ihr Unternehmen in vielerlei Hinsicht etwas ganz Besonderes ist, möchten wir Sie gern in einer der ersten Sendungen haben.«

»Oh, das ist ja sehr erfreulich. Ja, wir sind tatsächlich ein wichtiger Arbeitgeber in der Region, und noch dazu eins der ganz wenigen großen Familienunternehmen in dieser Branche. Wie haben Sie sich eine solche Sendung vorgestellt?«

»Ich würde gern zu Ihnen kommen und die Details besprechen. Das soll zunächst nur ein Planungsgespräch sein, in dem wir uns über die Themen, die wir besonders ansprechen wollen, abstimmen können. Wann würde es Ihnen passen?«

Uhrzeit und Treffpunkt wurden vereinbart. Martin legte grinsend den Hörer auf und wählte neu. »Alles in Butter, Herr Fiedler.«

»Martin, Sie können offenbar sehr überzeugend sein. Wie geht es Ihnen denn in Köln?«

»Was soll ich sagen? Für das Lokalradio zu arbeiten war schon cool, aber wenn man für den WDR tätig ist, erreicht der Coolness-Faktor ungeahnte Höhen.«

»Sie spielen auf Ihren Erfolg bei Frauen an.«

»Richtig geraten. Mein Liebesleben hat sich seit dem Umzug entscheidend verbessert.«
»Das kann nicht schwierig gewesen sein, wenn ich mich recht erinnere. Als ich in Ihrem Alter war, war ich bereits verlobt.«
Martin lachte. »Das ist sechzig Jahre her, Sie alter Gigolo, damals musste man heiraten, wenn man eine Frau näher kennen lernen wollte.«
Herr Fiedler ließ ein glucksendes Geräusch erklingen. »Alles Gerüchte, die Ihre Eltern in die Welt gesetzt haben, um Ihnen einen Begriff von Anstand und Moral beizubringen, junger Mann. Tatsächlich lief das Leben zwischen Männern und Frauen auch damals schon ähnlich direkt ab wie heute.«
»Zum Geschäft. Worauf soll ich in dem Gespräch besonders achten?«
»Ich will wissen, was in dem abgeschotteten Betriebsteil vor sich geht.«
»Ach, und wie stellen Sie sich das vor? Soll ich mich durch einen Lüftungsschacht in der Decke abseilen und ein paar Fotos mit meiner Spionagekamera machen?«
»Nein, das könnte ich ja selbst.« Herr Fiedler kicherte. »Sie sollen offiziell als Journalist dort auftauchen und die richtigen Fragen stellen. Vielleicht bekommen Sie ja eine vernünftige Antwort.«
»Ich glaube, Sie haben eine reichlich naive Vorstellung von der Wahrheitsliebe gegenüber Journalisten. Wir sind keine Beichtväter.«
»Sie machen das schon, ich vertraue ganz auf Ihre journalistische Spürnase.«
»Ich melde mich, sobald ich da war. Gibt's bei Ihnen eigentlich schon Christstollen?«
Herr Fiedler seufzte. »Könnt Ihr Jungvolk nicht mal selber kochen oder backen? Natürlich gibt es schon Christstollen. Wann wollen Sie kommen?«

Martin lud die Praktikantin ein, mit ihm zu kommen und weidete sich an ihrem entzückten Gesichtsausdruck. Einen

Außentermin mit einem Journalisten wahrnehmen zu dürfen hatte einen hohen Stellenwert bei den jungen Zauberlehrlingen. Martin verkniff sich ein zufriedenes Grinsen. Er suchte seine Schreibmappe und seinen Presseausweis aus dem Durcheinander in der Schublade und sah auf die Uhr. Die Dame war so willig gewesen, dass sie ihm gleich für diesen Nachmittag einen Termin gegeben hatte. Martin machte sich ein paar Notizen, während er die Praktikantin eine Mappe mit Werbematerial des Senders besorgen ließ, dann machten sie sich auf den Weg nach Geilenkirchen.

»Herzlich willkommen bei Feinkostkönig, Herr Bellhaus. Wir haben miteinander telefoniert, ich bin Angelika Kraus-Diesterweg.«
»Guten Tag. Darf ich Ihnen meine Mitarbeiterin Claudia Zippendorf vorstellen?«
Die Lobby, in der Martin und Claudia gewartet hatten, lag hinter der großen Eingangshalle, die Herr Fiedler bereits von seinem Besuch beschrieben hatte. Sie war mit Ledersesseln und niedrigen Glastischchen ausgestattet und mutete mit der kleinen Bananenplantage unter einer künstlichen Sonne exotisch an.
»Schön haben Sie es hier«, lobte Martin mit Blick auf die Obststauden und zwinkerte Claudia heimlich zu. Die Ärmste sah so eingeschüchtert aus, dass Martin anfing, sich Sorgen um sie zu machen.
»Wir haben Ihnen eine kleine Mappe mit Programminformationen und solchen Dingen mitgebracht. Wenn Sie Informationsmaterial zu den wichtigsten Unternehmensdaten haben, würden wir das gern mitnehmen, dann muss ich nicht alles notieren.«
Die Dame war auf Zack, man tauschte die vorbereiteten Mappen aus.
»Darf ich Sie denn kurz durch den Betrieb führen, dann können Sie sich ein Bild von der Größe unserer modernen Produktion machen.«
Martin nickte. Der Weg ging ohne den von Herrn Fiedler beschriebenen Umweg über das Hauskino in den verglasten

Gang oberhalb der Produktion. Frau Kraus-Diesterweg erklärte, welche Behälter Lagerbehälter waren, wohin die Transportbänder verschwanden, und flocht kleine Anekdoten aus dem Alltag ein. Sie war gut. Aber jetzt galt es zu testen, wie gut sie wirklich war.

»Was ist denn dahinten, wo ›Zutritt verboten‹ steht?«, fragte Martin mit unschuldigem Augenaufschlag.

»Dort werden unsere ›Haut de Gamme‹ Produkte hergestellt, also die besonderen Spezialitäten. Zurzeit hauptsächlich Trüffelleberpastete.«

»Warum ist dort der Zutritt verboten?«

»Wegen der besonderen Qualitäts- und Hygienevorschriften.«

»Ist die Qualität denn hier in dem Teil, in dem wir uns jetzt befinden, minderwertig?«

Das saß. Claudia starrte Martin mit weit aufgerissenen Augen an, Frau Kraus-Diesterweg stockte kurz.

»Äh, nein, natürlich nicht.« Sie hatte sich schnell wieder gefangen. »Aber bei der speziellen Komposition der Zutaten müssen einfach noch kontrolliertere Bedingungen vorherrschen, sowohl was Verarbeitungstemperatur als auch Luftfeuchtigkeit und solche Dinge angeht. Da müssen die Türen geschlossen bleiben.«

»Ich wusste gar nicht, dass Trüffel so empfindlich sind.« Martin hatte eine gehörige Portion Erstaunen in seine Stimme gelegt.

»Es sind ja nicht nur die Trüffel. Aber über die einzelnen Zutaten darf ich natürlich nichts sagen, denn das Rezept ist geheim. Das werden Sie sicher verstehen.«

Frau Kraus-Diesterweg sah Martin mit leicht gesenktem und etwas schief gelegtem Kopf an. Ein Blick, den er eindeutig als Anmache empfand. Diese Frau arbeitete mit allen Tricks. Er hatte sich gewappnet, dagegen war er immun. Er lächelte zurück. »Das verstehe ich.«

Claudia schien sich wieder etwas zu entspannen. Die Stressresistenz, die der Beruf erforderte, würde sie noch lernen müssen, wenn sie eine gute Journalistin werden wollte.

Aber vielleicht wollte sie nach der heutigen Erfahrung gar nicht mehr.
Zurück im Büro bot Frau Kraus-Diesterweg Kaffee und Wasser an. »Was darf ich sonst noch für Sie tun?«
Martin stellte noch einige Fragen, von denen er hoffte, dass sie die Seriosität seines Besuches untermauern würden und verabschiedete sich bald darauf. Die Praktikantin schickte er allein zurück nach Köln, denn in Mönchengladbach wartete ein selbstgebackener Christstollen auf den Geschmackstest.

Vor dem verklinkerten Reihenendhaus aus den zwanziger Jahren des vorigen Jahrhunderts stand ein quietschgelber Fiat Cinquecento in der Einfahrt. Martin wunderte sich. Er klingelte und richtete sich auf eine längere Wartezeit ein. Meist dauerte es einen Moment, bis Herr Fiedler die Tür öffnete. Heute wurde sie nach wenigen Sekunden aufgerissen, eine junge Frau mit einer wallenden Mähne aus roten Locken strahlte Martin an.
»Hi, bist du Martin?«
Ein Nicken war alles, was er zustande brachte.
»Komm rein, der Tee wird kalt.«
Martin tappte hinter ihr her. Wo hatte Herr Fiedler nur immer die tollen Frauen her? Fast schien es Martin, dass der alte Seebär die holde Weiblichkeit anzog wie ein Topf Honig die Bienen.
Herr Fiedler saß am großen Esstisch und schenkte sich gerade Tee nach. Martin wusste, dass der Kandis bereits in der Tasse lag, und tatsächlich konnte er ihn jetzt knacken hören. Herr Fiedler goss vorsichtig ein bisschen Sahne dazu und deutete dann auf die Kanne. »Hallo, schön, Sie mal wieder zu sehen. Möchten Sie Tee zum Stollen?«
Martin gab dem alten Mann grinsend die Hand und nickte. »Ihr Gebräu hat mir richtig gefehlt.« Er füllte seine Tasse mit dem starken, schwarzen Getränk, das die Blümchen auf dem Boden der Tasse schon nach einem Zentimeter Füllhöhe verschwinden ließ.
»Woher kennt ihr euch denn?«, fragte die Holde in dem Moment, in dem Martin ein Stück Christstollen in den Mund

schieben wollte. Er prustete überrascht und blies den Puderzucker über den Tisch. Er kam sich ziemlich dämlich vor.

»Vor zwei Jahren hatten wir beim Lokalradio, wo ich damals arbeitete, eine Praktikantin namens Lara. Sie hat hier zur Untermiete gewohnt. So habe ich Herrn Fiedler kennen gelernt.«

»Ist sie deine Freundin?«

Hatte die Holde da etwa ein besonderes Interesse verlauten lassen? Martin war sich nicht sicher. »Nein. Also, äh, ja. Eben gute Freundin, aber nicht so – du weißt schon.«

»Für einen Radiomann redest du ziemlich wirres Zeug, findest du nicht?«

Jetzt prustete Herr Fiedler in seinen Tee. »Nun machen Sie aber mal einen Punkt, Charlie. Sie haben sich noch nicht mal vorgestellt und bombardieren meinen Freund hier mit Fragen, bevor er überhaupt einen Schluck trinken oder ein Häppchen essen konnte. Normalerweise ist er sehr beredt.«

Martin warf Herrn Fiedler einen strengen Blick zu. Das fehlte ihm noch, dass der sich jetzt für ihn einsetzte. Die Situation wurde immer verfahrener.

»Vielleicht sollten wir einfach nochmal von vorn anfangen. Ich esse jetzt diesen vermutlich wieder hervorragenden Stollen, trinke meinen Tee und lausche deinen Ausführungen zu Name, Alter, Familienstand und was dich unter Herrn Fiedlers Fittiche geführt hat.«

Martin war mit sich zufrieden. Gute Rede. Er lehnte sich zurück und trank einen Schluck Tee.

Charlie holte Luft. »Sherlock«, sie wies auf Herrn Fiedler, »kam in das Studentenwohnheim spaziert und hat den Bullen hinterhergeschnüffelt, die in Annabelles Bude den Einbruch aufgenommen haben. Er erzählte mir, dass Annabelle umgebracht worden sei und er Hilfe brauchte. Ich heiße Charlotte Helene Wagenrad und drohe dir körperliche Züchtigung der fürchterlichsten Art an, wenn du mich jemals so nennst. Ich bin vierundzwanzig Jahre alt, einen Meter siebenundsechzig groß, neunundsechzig Kilo schwer, was mich für eine Karriere als Model disqualifiziert, weshalb ich

Oecotrophologie studiere. Unverheiratet, nicht verlobt, kinderlos.«
»Angenehm«, quetschte Martin um den Christstollen herum und spülte mit Tee nach. »Ist die Haarfarbe echt?«
Charlie nickte. »Überall.«
Martin errötete.
Herr Fiedler verdrehte die Augen. »Nun lassen Sie uns zu unserem Thema kommen, danach können Sie weitere Intimitäten austauschen. Wie sieht's aus, Martin, haben Sie einen Blick in den abgeschlossenen Betriebsteil werfen können?«
»Leider nicht. Frau Kraus-Diesterweg hat mir die Hallen gezeigt, in denen Sie auch waren und mir das Lied von Qualitäts- und Hygieneerfordernissen gesungen, das Sie ebenfalls kennen.«
»Hast du denn den Eindruck, dass sie die Wahrheit sagt?«, fragte Charlie.
Martin nickte. »Ich glaube nicht, dass sie lügt.«
Charlie sah zweifelnd aus.
»Das heißt aber nicht, dass sie die Wahrheit sagt«, vollendete Martin.
»Soso«, murmelte Charlie. »Die Frau lügt nicht, sagt aber auch nicht die Wahrheit. Jetzt bin ich gespannt, wie du das erklären willst.«
»Frau Kraus-Diesterweg ist zuständig für Öffentlichkeitsarbeit und Public-Relations, also ist sie das, was man gemeinhin als Pressesprecherin bezeichnet. Sie ist nicht in den Produktionsprozess eingebunden. Sie ist vermutlich überhaupt nicht in den operativen Prozess eingebunden, sondern steht in ihrer Stabsstelle gewissermaßen außerhalb der eigentlichen Unternehmensorganisation. Das heißt, dass sie von sich aus keine Ahnung von den Abläufen hat. Und der Rest der Mannschaft«, Martin grinste breit, »wird ihr auch nur das erzählen, von dem man meint, dass sie es der Öffentlichkeit weitergeben soll.«
Einen Moment war es still.
»Sie meinen also, dass die Frau das nachspricht, was man ihr vorgegeben hat, und diese Aussagen für die Wahrheit hält«, fasste Herr Fiedler zusammen.

Martin nickte.
»Was aber nicht heißt, dass es auch die Wahrheit ist«, führte Herr Fiedler den Gedanken zu Ende.
»Genau. Die Pressesprecher sind üblicherweise in einem Unternehmen zwar diejenigen, die die meisten Informationen nach außen geben, aber gleichzeitig auch diejenigen, die die wenigsten Informationen von innen erhalten.«
»Dann sind wir jetzt nicht viel schlauer als vorher«, warf Charlie ein.
Martin zuckte die Schultern »Ich habe die Unterlagen durchgeschaut, die sie mir mitgegeben hat, darin gibt es einen Grundrissplan, auf dem das Werk schematisch dargestellt ist. Auf der Zeichnung ist nicht vermerkt, dass dieser Teil abgeschlossen ist.« Er holte die Mappe an den Tisch und deckte die entsprechende Seite auf. »Ich denke, dass es sich etwa um ein Fünftel der Gesamtfläche handelt.«
»Wissen wir eigentlich, ob dieser Teil für Annabelle wichtig war oder etwas mit ihrem Tod zu tun hat?«, fragte Charlie.
Herr Fiedler winkte ab. »Wissen ist wohl übertrieben. Aber mich interessiert immer, was hinter einer verschlossenen Tür ist. Besonders dann, wenn mir niemand wirklich erklären kann oder will, warum diese Tür verschlossen ist.«
Martin blickte auf den Plan. »Versteht eigentlich jemand, was in diesem Betrieb da vor sich geht? Ich habe von industrieller Lebensmittelherstellung so viel Ahnung wie von der Variabilität der Zeitausdehnung in Relation zur Energiedichte im Universum.«
»Die industrielle Lebensmittelherstellung dient einem einzigen Zweck«, begann Charlie. »Dieser Zweck ist die Erzielung des größtmöglichen Gewinns für das herstellende Unternehmen.«
»Ich dachte, die Lebensmittelindustrie stellt Lebensmittel her, um die Menschheit zu ernähren«, sagte Martin mit treuherzigem Augenaufschlag.
»Genau. Und die Zusatzstoffe sind nur dazu da, damit die Lebensmittel noch gesünder werden, als sie sowieso schon sind. Daher ist es vollkommen unbegreiflich, wie die Menschheit überhaupt die Jahrtausende überleben konnte, in denen es

keine Farbstoffe, Konservierungsstoffe, Emulgatoren, Verdickungsmittel, Geschmacksverstärker und sonstige Zusatzstoffe gab. Ganz zu schweigen von Frühstücksflocken, die mehr Vitamin C enthalten, als in zwölf Kilogramm Zitronen vorkommt und von Treibhaussalat, der weniger Nährstoffe enthält als eine Packung Papiertaschentücher. Und über die Gentechnik sage ich besser gar nichts, sonst könnte ich auf der Stelle explodieren.«

»Sie scheinen ein recht kritisches Verhältnis zu diesen Dingen zu haben, wenn ich das mal so vorsichtig formulieren darf«, stellte Herr Fiedler mit belustigter Miene fest.

»Da haben Sie verdammt recht. Ich kann das scheinheilige Getue dieser Aasgeier nicht mehr hören. Und damit meine ich nicht die Fresswarenindustrie, sondern den Gesetzgeber. Laut Lebensmittel- und Bedarfsgegenständegesetz dürfen beispielsweise Zusatzstoffe nur eingesetzt werden, wenn der Nachweis der technologischen Notwendigkeit erbracht und keine gesundheitliche Beeinträchtigung der Verbraucher zu befürchten ist.«

Herr Fiedler nickte. »Hört sich doch gut an.«

»Es stellt sich aber die Frage nach der technologischen Notwendigkeit. Wenn Sie einen Fruchtjoghurt herstellen wollen, könnten Sie es ja mal damit versuchen, Joghurt und Frucht zu mischen. Dann gibt es eine technologische Notwendigkeit höchstens für Emulgatoren oder Stabilisatoren, damit sich nicht das im Obst enthaltene Wasser als Schlieren durch den Joghurt zieht. Wenn es dabei bliebe, wäre ich sogar zufrieden. Statt dessen enthält beispielsweise ein Erdbeerjoghurt meist eine einzige Erdbeere pro Becher, aber bis zu einhundert Aromastoffe, von denen Sie gar nicht wissen wollen, woher die alle kommen. Farbstoffe sind natürlich auch nötig, denn eine einzelne kleine Erdbeere kann natürlich nicht einhundertfünfzig Gramm Joghurt appetitlich färben. Und zur Deklaration sei gesagt, dass alle Zusatzstoffe, die durch eine Zutat hineinkommen, in unserem Beispiel also durch die berühmte ›Fruchtzubereitung‹, gar nicht auf der Packung angegeben werden müssen. Das heißt, dass Sie zu den angegebenen Inhaltsstoffen meist noch Konservierungsstoffe,

Süßungsmittel und weiß der Geier was sonst noch mitfuttern, wovon aber nichts auf dem Becher steht. Das Beispiel Fruchtjoghurt ist ein harmloses. Denken Sie mal darüber nach, was in Wiener Würstchen drin sein muss, damit das Wasser und Fett, aus dem das Zeug hauptsächlich besteht, schnittfest wird und zum Supermarktpreis angeboten werden kann. Ist diese Notwendigkeit nun technologisch oder betriebswirtschaftlich begründet?«

Martin betrachtete den Rest Stollen auf seinem Teller. »Den haben Sie doch selbst gebacken, Herr Fiedler?«

Herr Fiedler nickte grinsend. »Alle Zutaten aus kontrolliert biologischem Anbau.«

»Haben Sie im Lotto gewonnen?«, fragte Martin.

»Sie sollten wissen, dass die Zutaten für diesen hervorragenden Stollen in Bioqualität deutlich preiswerter waren, als ein fertiger Stollen mit zweifelhaften Inhaltsstoffen fertig gekostet hätte. Selbst wenn ich den Strom für das Backen und die anteiligen Kosten für den Kochkurs umlege, ist dieser Stollen nicht nur deutlich leckerer, sondern auch deutlich günstiger als eine vergleichbare Menge Giftgebäck.«

Charlie grinste. »Essen scheint einen nicht unwesentlichen Lustfaktor in Ihrem Leben darzustellen.«

Martin errötete wieder, Herr Fiedler nickte. »Da haben Sie Recht, mein Deern. Die Menge der Lustfaktoren nimmt im Laufe eines langen Lebens unweigerlich ab. Also bekommen die übrig gebliebenen einen immer größeren Stellenwert.«

»Was isst du eigentlich noch, wo du alle diese miesen Tricks kennst?«, fragte Martin Charlie, hauptsächlich, um auch wieder am Gespräch teilzuhaben.

»Ich esse fast alles. Putenpressfleisch bei Mäckdoof, Würstchen, Pommes, den ordentlichen deutschen Apfel, der üblicherweise siebzehnmal gespritzt wird, und alles, was mir sonst in die Finger kommt. Der Unterschied ist: Ich weiß, was ich da esse. Wirklich schädlich ist das alles nicht, solange man eine gewisse Ausgewogenheit wahrt.«

Herr Fiedler verzog das Gesicht. »Das schätze ich so an jungen Menschen. Sie sind so herrlich unbeschwert.«

»Übertreiben Sie nicht, Sherlock, sonst lade ich mich jeden Tag bei Ihnen zum Essen ein.«

»Da sei Gott vor.« Das theatralische Augenrollen nahm seinen Worten die Schärfe. »Jetzt sollten wir aber nochmal auf unser Problem mit dem Betriebsteil bei Feinkostkönig zurückkommen. Es ist zweifellos richtig, dass wir die Meinung eines Spezialisten einholen sollten, ihm diese Pläne zeigen und fragen, was es für einen Grund geben kann, diesen Teil abzuschotten. Denn offenbar ist ja dort wirklich ein Produktionszweig untergebracht. Vielleicht stimmt die Argumentation mit der Hygiene und wir suchen ein Geheimnis, wo gar keins ist. Charlie, was schlagen Sie vor? An wen können wir uns da wenden?«

Charlie grinste. »Beautiful Beetke.«

Herr Fiedler und Martin sahen sich an. »Bitte?«, fragten sie dann im Chor.

»Professor Dr. Robert M. Beetke. Lebensmitteltechnologe. Single. Gut aussehend. Charmant wie James Bond und ungefähr genau so cool. Sehr bewandert in industrieller Lebensmittelproduktion.«

Martin spürte einen Stich in der Herzgegend. So war das also. Charlie schmachtete ihren Prof an. Gut aussehend, cool, erfolgreich. Ungefähr vier Wochen lang hatte Martin sich auch so gefühlt, genauer gesagt von seinem Wechsel zum WDR bis vor etwa dreißig Sekunden. Aber dass Mädels unerreichbare Mannsbilder anschmachteten war ja bekannt. Das begann mit Papa und führte über Pierre Brice in seiner Rolle als edler Winnetou zum Herrn Professor. Damit musste sich ein normaler Mann nicht messen.

Herr Fiedler unterbrach Martins Gedankengang. »Gut, dann lassen Sie uns den Vogel mal aufsuchen.«

Charlie rief in der Hochschule an. Der Hinweis auf einen bisher nicht aufgeklärten Mord an einer Studentin der Oecotrophologie konnte offenbar viele Dinge beschleunigen, so auch die Verfügbarkeit von viel beschäftigten Professoren. Charlie vereinbarte einen Termin für den folgenden Vormittag.

»Haben Sie noch mehr Stollen oder lohnt es sich nicht zu bleiben?«, fragte Charlie, als sie den Hörer aufgelegt hatte.
Herr Fiedler schaute sie kopfschüttelnd an. »Ich habe noch mehr, aber den bekommen Sie heute nicht. Immerhin sind es noch einige Wochen bis Weihnachten, da lasse ich mir nicht jetzt schon die ganzen Leckereien von Ihnen wegfuttern. Wie wär's, wenn Sie auch einen Stollen backen und wir einen Wettbewerb veranstalten? Das nächste Mal essen wir Ihren und sehen, welcher besser schmeckt.«
Charlie grinste. »Mir schmeckt immer der am besten, mit dem ich die wenigste Arbeit habe.«
»Wer soll Sie bloß einmal heiraten?«, stöhnte Herr Fiedler.
»Ein Fahrer für ›Essen auf Rädern‹, der immer zwei Menüs für uns abzweigen kann, alternativ ein Koch oder ein reicher Mann, der bereit ist, eine Haushälterin zu beschäftigen.«
»Und was wollen Sie den ganzen Tag machen, wenn Sie nicht den Haushalt schmeißen?«
»Ich gehe in die Ernährungsberatung und erkläre den Menschen, dass sie am gesündesten leben, wenn sie selbst kochen.« Charlie drehte Herrn Fiedler eine lange Nase und stand auf. »Wenn es hier nix mehr zu futtern gibt, verlasse ich diesen ungastlichen Ort und widme mich meinen Studien.«
»Sie wollen doch nicht etwa lernen?«
»Meine Studien betreffen die örtliche Kneipenkultur. Um diese Zeit sind schon die ›after-work-people‹ unterwegs, die dann übergangslos von den frühen Abendgästen und danach von den Studierenden abgelöst werden. Unser, ähem, *befreundeter*...«, Charlie grinste schief, »Fachbereich Sozialwesen hat gerade wieder darauf hingewiesen, dass soziale Kontakte für die Entwicklung der Persönlichkeit immens wichtig sind.«
Herr Fiedler schüttelte den Kopf. »Martin, was sagen Sie dazu? Sie finanzieren dieser Person mit Ihren Steuern das Studium, das nicht stattfindet.«
Martin zuckte zusammen. Er hatte an Charlies Lippen gehangen und war nicht darauf vorbereitet gewesen, in das Streitgespräch hineingezogen zu werden. »Ich, ähem, ich

finanziere lieber die Persönlichkeitsentwicklung einer schönen Frau als den Autobahnausbau rund um Gladbach.« Puh, gerade nochmal so davongekommen.
Charlie sah ihm direkt in die Augen. Ihr Blick zeigte nicht den üblichen Spott, er wirkte eher erstaunt. »Danke.«
Charlie erhob sich, setzte sich aber gleich wieder hin. »Gib mir mal deine Telefonnummer«, sagte sie zu Martin, dem der Atem stockte. »Kann nie schaden, wenn man Kontakt zu Journalisten hat«, fügte sie hinzu und Martins Lungen füllten sich wieder. Er bestand darauf, im Gegenzug auch Charlies Nummer zu bekommen, und erst als die Handys programmiert waren, stand Charlie wieder auf, rief Herrn Fiedler noch »Bis morgen« zu und verließ das Haus. Martin starrte hinter ihr her. Das fiel auch Herrn Fiedler auf.
»Nanu, hat es Sie etwa erwischt? Ich dachte, Ihr Liebesleben hätte sich in Köln bereits zufrieden stellend entwickelt.«
»Das dachte ich auch...«, murmelte Martin matt.

Nachdem Martin abgefahren und Theo versorgt war, machte Herr Fiedler sich allein auf den Weg zum Mercure Parkhotel, wo an diesem Abend ein Kochkurs der besonderen Art stattfand. Der Küchenchef des Hotels ließ es sich nicht nehmen, regelmäßig mit Gladbacher Bürgern - Eingeborenen, wie Herr Fiedler scherzhaft bemerkt hatte - regionale Gerichte zu kochen. Für den heutigen Abend hatten sich alle Teilnehmer des regelmäßigen Rheydter Kochkurses angemeldet, um einmal einem echten Chef in den Topf zu schauen.
Herr Fiedler bedauerte, dass Theo nicht dabei war, aber ein bisschen Ablenkung könnte ihm nur gut tun, das hatte auch der leidende Patient gemeint, und so betrat Herr Fiedler das Hotel in der Hoffnung, einen unterhaltsamen Abend zu verbringen.
Die Voraussetzungen waren gegeben. Die anderen Teilnehmerinnen und Teilnehmer waren bereits eingetroffen und schwirrten aufgeregt durch die Küche, die kleiner war, als Herr Fiedler sie sich vorgestellt hatte. Zwei junge Frauen umgarnten lautstark den einzigen Junggesellen der Runde. Er hatte offenbar nur einen Vorwand gesucht um ihnen zu

entkommen, denn er löste sich sofort bei Herrn Fiedlers Eintreten von seinen Verehrerinnen und half dem ältesten Teilnehmer unnötigerweise aus der Jacke.
»Na, welche nehmen Sie?«, neckte Herr Fiedler mit Blick auf die Buhlerinnen.
»Keine. Ich gestehe zwar, dass ich mich mit einem gewissen Hintergedanken zu diesem Kochkurs angemeldet habe, aber die beiden haben doch sehr einnehmende Wesen. Auf meinem persönlichen Menüplan für dieses Jahr steht am Schluss ein leicht bekömmliches Dessert - und keine Hochzeitstorte!«
Herr Fiedler nickte. »Ich gewähre Ihnen bereitwillig Schutz für heute Abend, wenn Sie den Damen entkommen möchten. Wir könnten eine Gruppe bilden. Den Gang dürfen Sie aussuchen.«
»Gern. Ich bin für ein einfaches Gericht. Lassen Sie uns einen Blick auf die Speisefolge werfen.«
Der Küchenchef, der offenbar letzte Vorbereitungen außerhalb der Küche traf, hatte die einzelnen Gänge auf eine große Tafel geschrieben. Kürbissuppe, Spinatsalat mit Gorgonzolasauce, Wildschweinbraten im Römertopf, Spätzle, Rosenkohl und als Dessert eine Mousse au Chocolat.
Der Mittdreißiger, der sich inzwischen als Dieter Weingart vorgestellt hatte, zeigte auf die Tafel. »Wir nehmen den Wildschweinbraten«, schlug er vor. »Da müssen wir nur das Fleisch in den Topf legen und haben den Rest des Abends frei.«
Herr Fiedler nickte. »Dafür können wir dann allen anderen über die Schulter schauen.«
»Da haben die Herren sich aber getäuscht«, hörte Herr Fiedler hinter sich und drehte sich um. In seiner Augenhöhe befand sich die breite Brust eines Mannes, der ihn um deutlich mehr als einen Kopf überragte. Die Kochjacke und das bestimmte Auftreten ließen keinen Zweifel: Der Meister war gekommen.
»Wer totes Fleisch in einen Topf legen kann und vom Kochen nicht mehr erwartet, der ist hier nicht an der richtigen Adresse«, fuhr der Küchenchef in volltönendem Bass fort.

»Ein bisschen anspruchsvoller ist die Sache schon. Fühlen Sie sich dem gewachsen?«

Herr Fiedler, der den Kopf weit in den Nacken gelegt hatte, um dem freundlich lächelnden Küchenchef in die Augen sehen zu können, nickte grinsend, während Dieter Weingart ihn leise glucksend in die Rippen boxte.

»Wir kriegen das schon hin, Meister«, sagte Weingart mit betont unschuldigem Blick. »Sagen Sie uns, wie wir das Schwein präparieren und wir parieren.«

Die Design-Studentin Lilli, deren Freundin heute ebenfalls fehlte, stieß zur ›Gruppe Wildschwein‹ und erklärte sich bereit, die Zwiebeln zu schneiden, die mit dem Fleisch zusammen in den Topf kamen. Weingart würzte das Fleisch und Herr Fiedler drapierte den Speck darüber. Dann war die Arbeit erledigt.

»Hilfe, Dieter, komm doch mal her«, tönte es plötzlich aus dem Schoko-Team herüber, das von den zwei heiratswilligen Damen gebildet wurde.

Herr Fiedler gab seinem Braten-Partner einen Schubs. »Die holde Weiblichkeit verlangt nach Ihnen. Wenn ich Sie retten soll, legen Sie eine Hand auf den Kopf. Dann eile ich herbei.«

Lilli grinste Herrn Fiedler an. »Wollen Sie nicht eins der beiden liebestollen Weiber haben? Dann hätte Dieter nur noch eine, um die er sich kümmern muss und Sie könnten sich etwas Leckeres kochen lassen, anstatt selbst tätig werden zu müssen.«

Herr Fiedler winkte entschlossen ab. »Keinesfalls. Zunächst macht Dieter nicht den Eindruck, dass er mit der Situation überfordert wäre. Zweitens koche ich ausgesprochen gern und drittens«, Herr Fiedler trat einen Schritt zur Seite, damit er die Vorgänge im Schoko-Team besser beobachten konnte, »befürchte ich, dass die Damen noch lange üben müssen, bis sie mir etwas Leckeres kochen können.«

Diese Einschätzung teilte anscheinend auch der Küchenchef, der inzwischen mit besorgtem Gesicht die Vorbereitungen für die Mousse au Chocolat verfolgte.

Herr Fiedler verlor das Interesse an den Schaumschlägern, die die Eier für die Mousse offenbar nicht richtig getrennt hatten. Statt dessen fiel ihm ein, dass er nachmittags, als Charlie von Professor Beetke sprach, einen seltsamen Eindruck gehabt hatte. Er wandte sich an Lilli.
»Sagen Sie, Lilli, finden Sie ältere Männer eigentlich attraktiv?«
Lilli sah ihn mit großen Augen an. »Also, äh, nehmen Sie es mir nicht übel, aber...«
Herr Fiedler stutzte. Dann lachte er so laut, dass sich die inzwischen nass geschwitzten Schokodamen mit strafendem Blick zu ihm umwandten.
»Nicht mich, Lilli. Haben Sie etwa gedacht, dass ich Ihnen jetzt einen Antrag mache?«
Lilli grinste. »Also, dann bin ich aber beruhigt. Ich kann Sie gut leiden, Herr Fiedler, und für Ihr Alter sind Sie erstaunlich cool. Aber attraktiv...«
Herr Fiedler wischte sich die Lachtränen von der Wange. »Ich dachte an eine Studentin, die ich kenne. Sie scheint in ihren Professor verknallt zu sein. Gibt es so etwas häufiger?«
Lilli saugte die Unterlippe zwischen die Zähne. »Hm. Das kommt natürlich sehr auf den Prof an. Aber ja, ich glaube, dass eine Schwärmerei schon mal vorkommt. Meist bleibt es bei ein bisschen Anhimmeln. Und sobald ein netter Junge im passenden Alter die Bühne betritt, ist der Prof wieder abgemeldet.«
Die Information beruhigte Herrn Fiedler etwas.

*

Herr Fiedler musste zugeben, dass der Mann, der ihm die Hand entgegen streckte, tatsächlich sehr gut aussah. Dunkles, an den Schläfen bereits ergrautes Haar, ein wohl proportionierter Körperbau und eine aufrechte Haltung sowie ein fast zu ebenmäßiges Gesicht bedienten jedes Klischee, das jemals im Zusammenhang mit dem Wort »Frauenschwarm« entstanden war. Beetke unterstützte diesen Eindruck offenbar nach Kräften – und zwar vermutlich ganz bewusst.

Seine gebräunte Gesichtshaut mitten im Winter legte den Besuch einer Sonnenbank nahe, er trug einen dunkelblauen Blazer zur grauen Hose und eine Krawatte mit aktuellem Muster in dezenten Farben. Die Uhr, die unter seinem linken Ärmel sichtbar wurde, machte auf den ersten Blick einen teuren aber nicht protzigen Eindruck. Geschmackvoll war das Wort, das Herrn Fiedler spontan einfiel.

»Guten Morgen, Frau Wagenrad. Ich freue mich, Sie zu sehen, wenn auch die Umstände wirklich nicht erfreulich sind.«

Herr Fiedler beobachtete, wie der Professor Charlies Hand etwas zu lang in seiner hielt, während Charlie ein leises »Guten Morgen« hauchte. Entweder war dieser Mann ein Naturtalent, oder er hatte diesen intensiven Blick mit leicht geneigtem Kopf ausgiebig geübt.

»Und Sie sind Herr Fiedler, der von Frau Sievers um Hilfe gebeten wurde?«

Herr Fiedler nickte. »Sie rief nur wenige Minuten vor ihrem Unfall bei mir an und bat mich dringend um Asyl. In welcher Notlage sie sich befand, hat sie leider nicht gesagt. Wir haben auch keinen richtigen Anhaltspunkt, sondern gehen einfach der einzigen Fährte nach, die wir überhaupt aufnehmen konnten: ihr Praktikum bei Feinkostkönig in Geilenkirchen.«

Professor Beetke bot Kaffee und Weihnachtsgebäck aus industrieller Fertigung an und Herr Fiedler musste an die Bücher denken, die er heute vormittag aus der Stadtbibliothek entliehen hatte. Es waren populärwissenschaftliche Bücher über die Beschaffenheit und Herstellung von Lebensmitteln. Auf einem Titel prangte genau so ein Bild, wie es sich jetzt hier bot: Ein hübsch gedeckter und ansprechend dekorierter Tisch mit Kaffee und Plätzchen. Darüber war die Warnung »ACHTUNG, Lebensgefahr« gedruckt. Obwohl dieses und weitere Titelbilder nicht gerade anziehend wirkten, hatte Theo sich bereit erklärt, sich durch den Stapel Literatur über Zusatzstoffe, Lebensmitteltechnologie, Lebensmitteltoxikologie und ähnlich unappetitliche Themen zu arbeiten. Es konnte nicht schaden, wenn man ein wenig Hintergrundwissen hatte. Wenn es nötig wurde, die Kenntnisse noch zu vertiefen, würde Herr Fiedler sicher in der Hochschulbibliothek weitere Informationen finden...

Beetkes Frage schreckte Herrn Fiedler aus seinen Gedanken auf. »Welche Rolle soll ich bei diesen Ermittlungen spielen? Wie kann ich Ihnen helfen?«

»Ich war in Geilenkirchen und habe den Betrieb besichtigt. Außerdem habe ich ein paar Unterlagen aus dem Betrieb besorgt, die ich als Laie aber leider nicht verstehe. Insofern weiß ich nicht, ob an der Sache, die mir komisch vorkommt, wirklich etwas dran ist oder ob ich Gespenster sehe, wo keine sind. Deshalb wollte ich gern Ihre Einschätzung hören.«

Herr Fiedler zeigte Beetke die Pläne des Betriebsgeländes und markierte die Halle, die von den anderen getrennt war. »Die Begründung dafür, dass diese Halle von den anderen getrennt ist, wird mit Hygiene- und Qualitätssicherung angegeben. Ich habe keine Ahnung, ob das glaubwürdig ist. Ich hatte immer geglaubt, dass dieselben Standards für die gesamte Lebensmittelproduktion gelten.«

Beetke betrachtete den Plan ausgiebig. »Was wird denn in diesem abgetrennten Betriebsteil hergestellt?«

»Trüffelleberpastete. Das sagt zumindest die Dame, die die Betriebsbesichtigungen organisiert. Aber laut Etikett werden für die Trüffelleberpastete im Grunde die gleichen Zutaten verarbeitet wie für die anderen Pastetenprodukte auch. Und für die Trüffel allein wird man doch keine besondere Hygiene benötigen, oder?«

Beetke wiegte den Kopf hin und her. »Es fällt mir natürlich schwer, eine Aussage über die Begründung zu treffen, ohne die Anlage zu kennen oder zu sehen. Und aus dem Bereich der Lebensmitteltechnologie, die mein Fachgebiet ist, fällt mir auf Anhieb gar kein Grund ein. Es gibt aber verschiedene Möglichkeiten, die eine besondere Umgebung erfordern. Zunächst mal gilt natürlich für jeden Lebensmittel verarbeitenden Betrieb ein gewisser Standard.«

Beetke lehnte sich in seinem Stuhl zurück, schlug ein Bein über das andere und begann zu dozieren. »Die Räumlichkeiten müssen den Rechtsvorschriften entsprechen, das bedeutet, dass sie ausreichend groß, gut beleuchtet und belüftet sein und eine gründliche Reinigung ermöglichen müssen. Der einwandfreie Bauzustand ist eine Selbstverständlichkeit. Es müssen Waschgelegenheiten vorhanden sein, die Toiletten sind räumlich getrennt einzurichten und natürlich dürfen keine Haustiere gehalten werden. Schädlingsbefall ist zu vermeiden, sollten dennoch Schädlinge auftreten, müssen diese durch entsprechende Maßnahmen vernichtet werden. Diese Regeln gelten grundsätzlich, das weiß sogar ich, obwohl Lebensmittelhygiene gar nicht mein Fachgebiet ist.«

Vor Herrn Fiedler geistigem Auge tauchte ein Bild auf, das er vor Jahren einmal im Fernsehen gesehen hatte. Eine Wurstfabrik, die offenbar zum Lebensraum einiger Tausend Ratten geworden war. Er schüttelte sich.

»Für spezielle Produktionsprozesse mag es nun besondere Anforderungen geben«, fuhr Beetke fort. »Zum Beispiel könnte die Temperatur in der Halle gesenkt werden, wenn eine besondere Kühlung der Zubereitung notwendig wäre. Das kommt gelegentlich vor, besonders bei empfindlichen Rohwürsten wie beispielsweise Salami. Sie können sich vielleicht noch daran erinnern, dass es Salami früher im Sommer nicht gab.«

Herr Fiedler rang sich ein Lächeln ab. Er konnte sich an Zeiten erinnern, in denen es gar keine Salami gab. In denen es noch nicht einmal Butter gab. In denen es quasi gar nichts zu essen gegeben hatte. Aber er wusste, worauf Beetke hinaus wollte. Auch heute noch gab es Gegenden auf dieser Welt, in denen keine künstliche Kühlung zur Verfügung stand und manche Produkte daher nur in der kühleren Jahreszeit verfügbar waren. Die deutsche Industrie hatte daraus einen Werbegag gemacht und eine beliebte Schoko-Kirschpraline im Sommer vom Markt genommen. Es gab sicher Menschen, die an die Notwendigkeit dieser Verknappung glaubten.

»Ein weiterer Grund für eine Trennung der Produktionsbereiche könnte im Personal liegen. Grundsätzlich ist zwar das Personal immer gewissen Regeln unterworfen, die sich mit ansteckenden Krankheiten, Reisen in tropische Länder oder einfach der Bekleidungshygiene befassen, aber in

besonderen Bereichen kann es eben auch verschärfte Richtlinien geben.«
Beetke machte eine Pause und schloss die Augen. Dann lehnte er sich wieder vor und sah Charlie nachdenklich an. »Vielleicht gab es aber auch Probleme mit Diebstahl oder so etwas. Verstehen Sie? Eine Sache, die nichts mit der Produktion zu tun hat, sondern ein internes Personal- oder Sicherheitsproblem darstellt. Das würde die Firma sicher auch nicht öffentlich zugeben wollen. Vielleicht hat man sich deshalb die Begründung mit der Hygiene ausgedacht.«
Charlie rührte sich nicht.
»Aber was sollte man denn dort stehlen?«, fragte Herr Fiedler.
Beetke blickte bei seiner Antwort weiterhin Charlie an. »Trüffel. Ein Kilo ist auf dem Markt gut und gerne zwischen fünf- und siebentausend Euro wert.«
Herr Fiedler blickte von Charlie zum Professor und wieder zurück. Sah das nur für einen Mann seines Alters so aus, oder ermunterte der Professor die Anhimmelei seiner Studentin tatsächlich? Vermutlich sah er Gespenster. Heutzutage benahmen sich die Professoren nicht mehr wie die Götter auf dem Olymp der Wissenschaften, die sie zu seiner Zeit gewesen waren - oder zumindest hatten sein wollen. Und Studentinnen waren für ältere Männer in dunklen Blazern längst nicht mehr so anfällig wie vielleicht früher einmal.
Beetke wandte den Blick Herrn Fiedler zu. »Bei derartigen Preisen kann man sich schon vorstellen, dass die Versuchung groß ist, ein paar Trüffel mitgehen zu lassen. Und die Firma wird sicher keine Trüffelschweine am Personalausgang haben, die die Mitarbeiter abschnüffeln.« Er lächelte.
»Sie müssten also wissen, wie der Betriebsbereich aussieht oder welche Zutaten mit welchen technologischen Prozessen dort verarbeitet werden, damit Sie eine weitere Einschätzung abgeben können?«, fragte Charlie plötzlich.
Beetke nickte. »Das dürfte allerdings schwierig werden, wenn ich Ihre Erklärungen richtig verstanden habe.«
Charlie lächelte. »Wir lieben die Herausforderung, nicht wahr, Herr Fiedler?«

Beetke runzelte die Stirn.
Herr Fiedler und Charlie verabschiedeten sich und gingen weiter zu Frau Diepgen, die auf Charlies Bitte hin eine Liste der bisherigen Praktikanten bei Feinkostkönig zusammengestellt hatte.
»Es sind nur fünf. Ich weiß aber, dass Feinkostkönig immer Praktikanten aufnimmt, oft sogar mehrere gleichzeitig. Da müssen also auch immer welche von anderen Hochschulen dabei sein.«
»Waren denn jetzt auch mehrere Praktikanten zusammen mit Annabelle da?«
»Nein, seit der eine Betriebsteil ausgegliedert wurde, ist immer nur noch ein Praktikant da.«
Charlie hob eine Hand. »Moment. Was meinen Sie mit ausgegliedert? Und von welchem Betriebsteil sprechen Sie?«
Frau Diepgen sah erstaunt aus. »Vor zwei Jahren wurde die Abteilung ›Haut-de-Gamme‹ aus den normalen Betriebsabläufen herausgelöst und umgebaut. Das hat mir jedenfalls diese Frau mit dem Doppelnamen erzählt. Seitdem war kein Praktikant mehr dort drin.«
»Umgebaut, sagen Sie? Dann wird es uns nicht viel nützen, wenn wir alte Praktikanten ansprechen.«
»Ich weiß nicht, ob die Geschichte mit dem Umbau wirklich stimmt...«
Herr Fiedler wartete darauf, dass Frau Diepgen den Satz zu Ende brachte, was sie aber offenbar nicht vorhatte.
Er fragte nach. »Wieso zweifeln Sie daran?«
Frau Diepgen zögerte. »Nun, eine meiner Studentinnen absolvierte bei Feinkostkönig zu der Zeit ihr Praktikum. Sie hatte gerade begonnen und war enttäuscht, dass ein Teil des Werkes nicht mehr zugänglich war. Sie hat mehrfach um Erlaubnis gebeten, den Betriebsteil wenigstens einmal sehen zu dürfen, besonders unter dem Aspekt, dass sie sich speziell für Hygienemaßnahmen interessierte und ihre Diplomarbeit später zu dem Thema schreiben wollte. Die Anträge wurden immer abgelehnt. Sie hat wiederholt versucht, auf dem kleinen Dienstweg hineinzukommen, um einen Blick auf die Umbaumaßnahmen zu werfen. Einer der Arbeiter

war sehr erstaunt, als sie diesen Grund für Ihre Neugier nannte. Er sagte, es gäbe keinen Umbau.«

Charlie fuhr sich mit der Hand durch die Haare. »Irgendjemand nimmt es hier mit der Wahrheit nicht so ganz genau. Jetzt müssen wir nur noch herausfinden, wer das ist: Die Werksleitung, die über eine fehlinformierte Sprecherin von einem Umbau faselt, wo keiner stattfindet oder der Mitarbeiter, der keine Ahnung hat, sich aber vielleicht wichtig machen will.«

»Wir sollten mit dieser Studentin sprechen, die genau zu dem Umbauzeitpunkt da war. Welche ist das von Ihrer Liste?«

Frau Diepgen zeigte auf den zweiten Namen. »Als sie ihr Praktikum antrat, waren die Türen gerade verschlossen worden. Die erste Praktikantin war ein Jahr früher, alle anderen waren später dort. Viel Glück beim Aufspüren. Die meisten sind wahrscheinlich inzwischen mehrmals umgezogen und haben vielleicht sogar ihren Namen gewechselt.«

»Die Praktikantinnen aufzuspüren wird nicht so schwierig sein, wie Frau Diepgen meint«, erklärte Charlie hoffnungsvoll, als sie auf dem Flur standen. »Wir haben schließlich unser Alumni-Netzwerk. Wenn die Mädels auf Zack sind, geben Sie uns jede Adress- und Namensänderung bekannt.«

Herr Fiedler sah Charlie erstaunt an. Sie hatte einen geschäftsmäßigen Ton angeschlagen und blickte entschlossen drein.

»Der AStA organisiert schließlich nicht nur Weihnachtsfeiern. Kommen Sie mit, wir sehen gleich nach.«

Herr Fiedler winkte ab. »Tun Sie mir einen Gefallen und sehen Sie allein nach. Am liebsten wäre mir, Sie würden die Damen dann auch gleich anrufen und fragen, ob sie zweckdienliche Aussagen machen können. Ich muss nach Hause und mich um Theo und unser Mittagessen kümmern. Wenn Sie etwas herausgefunden haben, melden Sie sich, in Ordnung?«

Charlie war schon unterwegs und winkte über die Schulter zurück.

Zu Hause bereitete Herr Fiedler seine geliebten Speckpfannkuchen mit Tomatenscheiben und geriebenem Käse zu und brachte Theo während des Essens auf den neuesten Stand.

»Die Ausführungen von Professor Beetke entbehren nicht einer gewissen Logik«, sagte Theo, nachdem er eine Weile über die Neuigkeiten nachgedacht hatte. »Auch die Idee mit dem Diebstahl ist wirklich nicht von der Hand zu weisen. Allerdings würde es mich wundern, wenn ein Diebstahlproblem damit behoben wird, dass ein gesamter Betriebsteil abgeschottet wird. Wenn wir Beetkes Idee konkret umsetzen, bezieht sich der Diebstahl auf einen Teil der Rohstoffe, nämlich die Trüffeln. Dann bräuchte man nur dort eine besondere Sicherung, wo die Trüffeln ankommen und gelagert werden, bis hin zu dem Moment, wo sie der Pastete zugegeben werden. Dafür muss man doch nicht die ganze Produktionslinie hermetisch abriegeln.«

Herr Fiedler sah seinen Freund nachdenklich an. »Stimmt wohl. Sobald die Dinger in der Pastetenmasse sind, wird sie ja niemand mehr herausfischen wollen. Abgesehen davon, dass das ja auch nicht möglich ist, weil die Zubereitung in geschlossenen Behältern stattfindet.«

Theo seufzte. »Das wird uns also nicht viel weiterbringen.«

»Hast du in den Büchern etwas entdeckt, was uns eine Erklärung liefern könnte? Irgendeine technologische Notwendigkeit für besondere Umgebungsbedingungen oder einen anderen Grund?«

Theo wiegte den Kopf hin und her. »Du kannst dir nicht vorstellen, wie komplex die Herstellung von Lebensmitteln ist, Patrick. Das hat mit unserem Kochen nichts zu tun. Da wird Fett abgeschieden, verändert und wieder zugefügt. Oder eben nicht zugefügt, was aber das Produkt so verändert, dass es in seiner Konsistenz für den Verbraucher nicht mehr akzeptabel ist. Denk nur an Quark oder Joghurt, die weniger als ein Prozent Fett haben. So ein Zeug streichzart und geschmacklich akzeptabel zu machen, erfordert Verarbeitungsschritte, über die du lieber nichts hören möchtest. Das Gleiche bei Wiener Würstchen, die zu einem hohen

Prozentsatz aus Wasser bestehen. Technologische Herausforderung: Wie macht man Wasser schnittfest?«
»Und was ist mit Trüffeln? Brauchen die eine besondere Verarbeitung?«
Theo grinste. »Keine Ahnung. Ich habe bisher nichts über die Verarbeitung von Trüffeln gefunden. Dafür umso mehr über ihre besonderen Vorzüge.«
»Was meinst du damit?«
»Trüffeln sollen als Aphrodisiakum wirken und sowohl die Lust als auch die Potenz steigern.«
»Warum sagst du, sie ›sollen‹ so wirken? Stimmt das etwa nicht?«
»Nein. Jedenfalls nicht beim Menschen. Wenn du allerdings eine Wildschweindame betören möchtest, könnten die Trüffeln dir einen Dienst erweisen, da sie Androstenol enthalten.«
»Wildschweindame? Sind deshalb Schweine als Trüffelsucher so beliebt?«
»Genau. Die Sauen erhoffen nämlich keineswegs Trüffeln zu finden, sondern einen potenten Eber, wenn sie diesem Duft nachgehen.«
»Ich fasse also zusammen: Trüffeln riechen nach Eber, stehen im Ruf, die Potenz zu fördern und kosten bis zu siebentausend Euro pro Kilo. Frage: Hilft uns das weiter?«
Sie schwiegen eine Zeitlang, konnten aber keine Idee entwickeln, wie sie die Trüffel-Diebstahl-Variante beweisen oder widerlegen konnten. Leicht frustriert gaben sie die Gedankenspiele auf und widmeten sich stattdessen ihrem Nickerchen.

Nach dem Abendessen machte Herr Fiedler sich wieder an die Recherche in Australien. Er hatte auf seine E-Mail Anfrage tatsächlich eine Antwort bekommen, wenn auch eine nicht wirklich befriedigende. Dass ein Nachforschungsantrag im »Civil Register« gern gestellt werden könne. Darunter war die Preisliste für die diversen angebotenen Dienstleistungen aufgeführt. Das Recherchieren von Geburts- oder Sterbedatum kostete 15 Dollar, die Weitergabe aller auf dem

Totenschein erkennbaren Informationen wie beispielsweise Beruf, Name und Geburtsdaten der Eltern, Namen der Geschwister, letzter bekannter Wohnort, Todesursache und so weiter zog deutlich saftigere Gebühren nach sich. Selbst die komplette Recherche von Familienstammbäumen wurde angeboten. Um all dies ging es Herrn Fiedler jedoch nicht. Er wollte nur wissen, ob sein Sohn Ludwig mit Olivia Pembrokeston, der Frau, wegen der er in Australien sesshaft werden wollte, ein Kind gezeugt hatte. Und wenn es dieses Enkelkind gab, dann wollte er das wissen. Wollte es vielleicht sogar kennen lernen, wenn sich die Möglichkeit ergab. Leider schien die Sache schwierig zu werden.

Herr Fiedler legte die E-Mail in dem dafür geschaffenen Ordner »Enkel« ab und wählte sich wieder ins Internet ein. Bereits bei seiner ersten Recherche vor ein paar Tagen hatte er mehrere Foren und Chatrooms entdeckt, die sich mit der Erstellung von Familienstammbäumen beschäftigten. Es gab jede Menge Gruppen mit so fantasievollen Namen wie »family tree«, »ancestor quest« oder »grandpa connection«. Herr Fiedler hatte sich inzwischen erklären lassen, dass Foren und Chatrooms gewissermaßen die elektronischen Pendants zu Kaffeekränzchen und Diskussionsgruppen waren und war zu dem Entschluss gekommen, sich an die Teilnehmer zu wenden und um Ratschläge für sein weiteres Vorgehen zu bitten. Das tat er nun. Er beschrieb das Ziel seiner Suche und gab die Namen seines Sohnes und von Olivia an. Dann nannte er Ludwigs Todesdatum und den Namen der kleinen Stadt, in deren Nähe man ihn gefunden hatte: Herford's Creek. Mit einem, wie er hoffte, in passablem Englisch abgefassten Appell, der die Dringlichkeit der Recherche durch seine Altersangabe unterstrich, schickte er die E-Mails auf den Weg. Jetzt konnte er wieder nur warten.

Es war schon nach zehn Uhr, als das Telefon klingelte. Herr Fiedler hatte eine Schallplatte mit klassischer Musik aufgelegt und hätte das Läuten fast überhört.

»Ich habe mit allen fünfen gesprochen. Die drei, die erst nach dem Umbau da gewesen sind, können uns nur das

sagen, was wir sowieso schon wussten. Nur Gesa Benedikt, die schon ein Jahr vor dem Umbau dort gewesen war, konnte sich noch daran erinnern, dass damals alle Hallen frei zugänglich waren. Sie sagt, die Produktionsstraße sah damals genau so aus wie die anderen, wenn man davon absieht, dass sie älter war.«
»Älter? Die Maschinen, die laut Frau Kraus-Diesterweg besondere Ansprüche in Sachen Hygiene erfüllen müssen, sind älter als die öffentlich sichtbaren Anlagen?«
»Damals war es so. Wenn zwischendurch umgebaut wurde, dann kann sich das natürlich geändert haben.«
»Konnten Sie denn auch herausfinden, ob umgebaut wurde?«
»Brigitta Jansen, die Praktikantin, von der Frau Diepgen heute Vormittag gesprochen hat, schwört Stein und Bein, dass sie während ihres Praktikums niemals einen Bauwagen gesehen, keinen Baulärm gehört und auch sonst nichts bemerkt hat, was auf einen Umbau hinweist. Im Gegenteil, als ihr der Widerspruch zwischen der offiziellen Darstellung und der Information ihres Arbeitskollegen auffiel, hat sie besonders darauf geachtet. Sie sagt, dass in dem geheimen Betriebsteil ganz normal produziert wurde.«
Herr Fiedler erinnerte sich, dass die fertigen Dosen aus Halle drei über Transportbänder in den allgemein zugänglichen Logistikbereich liefen. Es hörte sich so an, als ob das damals auch so gewesen wäre. »Damit sind wir nicht viel weitergekommen.«
Charlie schnaubte. »Wir sind sogar sehr viel weiter gekommen. Wir wissen jetzt, dass die Frau mit dem fürchterlichen Namen gelogen hat. Und ich kann Ihnen sagen: Das finde ich echt zum Kotzen!«
»Haben Sie schon eine Idee, wie wir weiter vorgehen?«
»Die habe ich. Aber ich bin mir nicht sicher, ob ich sie Ihnen auf die Nase binden soll.«
»Charlie, das hört sich nicht gut an. Ich habe den Eindruck, dass Sie etwas Dummes aushecken. Lassen Sie das bleiben. Schlafen Sie eine Nacht drüber und dann reden wir morgen früh nochmal miteinander. Versprechen Sie mir das?«
»Nein. Aber ich denke drüber nach.«

Poisson

Seeteufelmedaillons auf Paprikasaucen mit Steinpilzrisotto und glasiertem Fenchel

Charlie hatte nach dem Telefonat keine Lust, noch auszugehen. Sie war sauer. Irgendjemand log, wenn es um den geheimnisvollen Betriebsteil ging und auf ihrer Liste der Verdächtigen stand Frau Kraus-Diesterweg an erster Stelle. Wenn Martin allerdings Recht hatte mit seiner Sicht der Dinge, wusste die Dame noch nicht einmal, dass sie die Unwahrheit sprach. Dann saß der wahre Lügner weiter oben in der Firmenhierarchie und versorgte die Unternehmenssprecherin mit falschen Informationen. Den Grund dafür galt es noch herauszufinden.

Und genau das würde sie tun. Sie ließ sich nicht mehr anlügen. Sie glaubte kaum einem Menschen überhaupt noch irgend etwas, nachdem sie herausgefunden hatte, dass ihre eigene Mutter ihr jahrelang Lügen über ihren Vater erzählt hatte. Er sei ein wichtiger Geschäftsmann gewesen, ein paar Jahre älter als ihre Mutter. Er sei bei einem Autounfall ums Leben gekommen, als Charlie sechs Monate alt war. Ihre Mutter hatte Charlie sogar Bilder gezeigt, die einen gut aussehenden Mann mit grauen Schläfen auf einem Golfplatz zeigten. Alles Blödsinn. Der Mann auf dem Golfplatz war der Chef von Charlies Mutter gewesen. Charlies Vater saß im Knast. Ganz profan. Er hatte mehrere Einbruchdiebstähle auf dem Kerbholz. Bei seinem letzten Bruch war ihm der Hausherr in die Quere gekommen. Handgemenge, Sturz, tödliche Verletzung des Hausherrn, Verurteilung und ab in den Knast. Charlie hatte es von einer Mitschülerin erfahren. Daraufhin war sie von zu Hause abgehauen. Nur für drei Wochen, dann hatte die Polizei sie zurückgebracht. Danach war sie magersüchtig geworden, dann wieder abgehauen und schließlich in einer Wohngruppe mit psychologischer Betreuung gelandet. Nach Pubertät und Realschulabschluss galt sie als geheilt und fühlte sich auch so. Sie war zu ihrer

Tante gezogen und hatte ein hervorragendes Abitur gemacht. Nur ihrer Mutter hatte sie bisher nicht verziehen.
Das Telefon schreckte sie aus der Erinnerung auf.
»Ja?«
»Frau Wagenrad?«
Die Stimme kam ihr bekannt vor, sie konnte sie aber nicht auf Anhieb zuordnen. »Wer will das wissen?«
»Robert Beetke.«
Robert... Ach du liebes Lottchen. Professor Beetke! »Äh, guten Abend, Herr Professor.«
Autsch, normalerweise redeten die Studierenden ihre Professoren nie mit »Herr Professor« an, sondern immer nur mit dem Namen. Man lebte halt in modernen Zeiten.
»Sie sind es also, Charlotte?«
CHARLOTTE? Er sprach den Namen französisch aus, wie es sich gehörte. Nicht mit diesem rheinischen Dialekt, der das Wort mehr wie »Schalotte« klingen ließ.
»Ja, klar, ich habe noch keine Sekretärin, die mein Telefon beantwortet. Was verschafft mir denn das Vergnügen?«
Aus dem Hörer drang ein leises, tiefes Lachen. »Ich finde Ihr Engagement für Annabelle Sievers sehr beeindruckend und würde gern mehr über die Ermittlungen erfahren. Hätten Sie etwas dagegen, wenn wir uns treffen und Sie mir darüber berichten würden?«
Charlie runzelte die Stirn. Heute Nachmittag hatte Beetke nicht übermäßig interessiert gewirkt. Woher wohl der plötzliche Sinneswandel kam? Nun, das war eigentlich nebensächlich. Ein Lächeln stahl sich auf Charlies Gesicht. Wenn Beetke von ihrem Engagement hören wollte, würde sie ihm davon erzählen. Gern sogar. »Wann soll ich zu Ihnen kommen?«
»Ich dachte, wir könnten uns noch heute Abend treffen. Vielleicht irgendwo einen Wein trinken. Ist es in Ordnung, wenn ich Sie gleich abholen komme?«
Charlie war sich sicher, dass sie träumte. Sie hatte mit Herrn Fiedler telefoniert, danach war sie eingeschlafen und jetzt träumte sie, dass der gut aussehende und charmante Robert Beetke sie auf ein Glas Wein ausführen wollte. Sie blickte auf

das Display ihres Mobiltelefons. Es leuchtete und zeigte eine Verbindung. War das auch geträumt?
»Habe ich Sie mit meiner Frage erschreckt?«, kam Beetkes Stimme aus dem Handy und Charlie presste es schnell wieder ans Ohr.
»Nein, nein. Wenn ich mich nicht umziehen muss, können Sie mich abholen.«
»Sind Sie schon im Schlafanzug?«
Charlie fühlte, wie ihr das Blut in die Wangen schoss. »Nein, ich trage normale Straßenkleidung. Ich habe nur keine Lust, mich für irgendein Weinlokal in Schale werfen zu müssen.«
»Keine Sorge, das ist nicht nötig. Ich bin in zehn Minuten bei Ihnen.«
Chalie sah an sich hinunter. Sie trug die Klamotten, die sie auch heute Vormittag an der Hochschule getragen hatte. Die hatte sie schon sehr sorgfältig ausgesucht, um bei dem Gespräch mit Beetke einen guten Eindruck zu machen. Wenn sie sich jetzt wieder umziehen würde, käme er sicher auf die Idee, dass sie sich extra für ihn herausgeputzt hätte. Sie würde sich nicht umziehen, basta. Bis Beetke endlich kam, hatte Charlie diesen Entschluss mehrfach umgeworfen und immer wieder neu gefasst. Das Schrillen der Türklingel erlöste sie aus ihrem Gewissenskonflikt.
Robert Beetke trug einen sportlichen Pullover, Cordhosen und derbe Schuhe, die allerdings blitzblank glänzten. Er hielt ihr die Beifahrertür des großen, dunklen Wagens auf.
»Danke, dass Sie so spontan zugesagt haben.«
Beetke fädelte den Wagen in den spärlichen Verkehr ein. Das Motorengeräusch war nicht zu hören, leise Musik erfüllte die rundum verschlossene Blechkapsel. So ähnlich musste es sein, in einem U-Boot zu sitzen. Von einem Leben in einem gelben U-Boot hatte Charlie oft geträumt, nachdem sie von zu Hause ausgerissen war. Daran wollte sie jetzt gar nicht denken.
Eine Zeitlang fuhren sie schweigend aus der Stadt heraus. Charlie hing weiter ihren Gedanken nach und hatte bald die Orientierung verloren. Was tat sie hier? Sie zwang ihre Hände, ruhig zu bleiben. Wenn ihr das jemand prophezeit hätte,

sie hätte ihn ausgelacht. Der beliebteste Professor, den nicht nur die Studentinnen, sondern auch diverse Sekretärinnen und wissenschaftliche Mitarbeiterinnen anschmachteten, lud sie auf ein Glas Wein ein. Mitten in der Nacht - nach bürgerlichen Maßstäben.

»Wir sind da.«

Tatsächlich rollte der Wagen die letzten Meter in eine dunkle Parkbucht. Durch die Windschutzscheibe waren Bäume zu erahnen. Charlie blickte sich um. Aus dem rückwärtigen Fenster war ein einsam stehender, dezent beleuchteter Landgasthof zu sehen, der Parkplatz war gut gefüllt.

»Wo sind wir?«

»An meinem geheimen Rückzugsort. Hier verkehren kaum Gladbacher, und Angehörige der Hochschule erst recht nicht. Es ist eine der wenigen Lokalitäten, die auch in der Woche bis zwei Uhr geöffnet sind und einen gewissen Stil haben. Kommen Sie, Sie werden es ja sehen.«

Charlie stieg aus, bevor Beetke ihr die Tür aufhalten konnte. Dafür nahm er sie fürsorglich am Arm, um sie über den dunklen Parkplatz zu geleiten. Nicht unangenehm.

Die Atmosphäre drinnen war gediegen. Gedämpftes Licht, viele Kerzen und eine große verglaste Veranda, die den Blick in einen von vielen Lichtern in Szene gesetzten, parkähnlichen Garten freigab. Dunkle Tische und lederbezogene Sessel erinnerten an einen englischen Club. Jede Sitzecke war mit Kerzenleuchtern und Pflanzen umgeben, so dass selbst bei vollem Haus eine gewisse Diskretion gewahrt blieb. Stimmungsvoll war das Wort, das Charlie in den Sinn kam.

Das Publikum bestand aus wenigen Paaren, die sich leise unterhielten. Beetke führte Charlie zu einem Ecktisch an der Glasfront. »Ist es hier recht?«

Charlie nickte.

»Was möchten Sie trinken?«

Eine Karte war nicht verfügbar, Charlie zuckte unschlüssig die Schultern.

»Darf ich uns einen Moët bestellen?«

Einen Mo-ätt? Charlie überlegte noch, was das wohl sein sollte, nickte aber. »Ja, fein.« Sie war nicht so furchtbar wählerisch, was Getränke anging, solange sie nicht zu süß waren. Ohnehin hatte sie gerade beschlossen, dass sie heute einfach alles himmlisch finden würde.

Die Bestellung entpuppte sich als Champagner der Marke Moët & Chandon, Brut Impérial. Er war eiskalt und erregend prickelig.

»Nun erzählen Sie mir doch bitte, was es mit dieser Ermittlung auf sich hat. Sind Sie wirklich überzeugt, dass Frau Sievers ermordet wurde?«

Charlie musste sich sehr konzentrieren, um die Anfänge der ganzen Sache darzulegen, war aber letztlich überzeugt, dass sie alles einigermaßen korrekt wiedergegeben hatte.

»Und Sie konzentrieren sich jetzt mit Ihren Ermittlungen auf diese Firma in Geilenkirchen?«

Charlie nickte. »Wir haben einfach keinen anderen Anhaltspunkt.«

»Vielleicht war es aber wirklich ein Unfall, oder, wenn schon ein Mord, könnte es doch auch eine Beziehungstat gewesen sein.«

»Ach, davon habe ich ja noch gar nichts erzählt. Harun, das ist - ähem, war - Annabelles Freund, ist am selben Abend ebenfalls Opfer einer Fahrerflucht geworden.«

»Opfer? Ist er etwa auch tot?«

»Nein, noch nicht.« Charlie errötete. »Entschuldigung, das ist mir so rausgerutscht. Er liegt im Koma.«

»Woher wissen Sie das?« Beetke lehnte sich vor.

»Wir haben mit seiner Familie gesprochen.«

»Das ist ja furchtbar.«

Charlie fand, dass er wirklich mitgenommen aussah.

»Haben Sie weiter Kontakt zu der Familie?«

»Nein. Wir haben ihnen noch einen Brief geschrieben mit der Bitte, dass sie vorsichtig sein sollen. Wenn dieser Mörder, der ihn mit dem Auto von der Straße abgedrängt hat, ihn beim ersten Mal nicht getötet hat, könnte er es ja wieder versuchen, nicht wahr?«

Beetkes Augenbrauen zuckten hoch. »Das ist eine grausige Vorstellung.«
Charlie nickte. Nüchtern betrachtet war das eine grausige Vorstellung. Allerdings fühlte sie sich nicht nüchtern, der Champagner war ihr direkt in den Kopf gestiegen. Sie spürte ein angenehmes Kribbeln auf der Kopfhaut und eine Leichtigkeit, als unterläge die Schwerkraft in diesem Raum anderen Regeln.
»Was gedenken Sie nun zu tun?« Beetke beugte sich noch weiter nach vorn, gespannt, erwartungsvoll. Er kam Charlie dabei sehr nahe, blickte sie aus seinen grau-blauen Augen direkt an. Sie schluckte. Vor wenigen Stunden hatte sie ihren Plan gefasst und sie brannte darauf, ihn auszuführen. Sie lechzte förmlich danach, diesen Mann einzuweihen, ihr Geheimnis mit ihm zu teilen und sich von ihm bewundern zu lassen für ihre Cleverness, ihr Engagement, ihren Mut.
Sie sagte nichts. Wer jemals mit einem Psychotherapeuten zu tun gehabt hatte, lernte, seine Äußerungen sorgfältig zu kontrollieren. Kein Wort zu viel. Keine Andeutung. Kein noch so kleiner Hinweis, es sei denn, man war bereit, sofort sein gesamtes Inneres nach außen zu drehen und sezieren zu lassen. Dinge erklären zu müssen, die nicht erklärbar sind. Worte auszusprechen, die besser ungesagt bleiben. Einblick zu gewähren in das Einzige, was jedem Menschen wirklich gehört: seine Gedanken, seine Gefühle.
Die Sprachabschaltung erfolgte reflexartig, aber Charlie erkannte sofort, dass sie richtig war. Ihr Plan war nicht legal. Sie durfte den Professor nicht hineinziehen. Er müsste ihr dieses Vorhaben auf jeden Fall ausreden, unabhängig von seinen persönlichen Ansichten. Genau genommen müsste er zur Polizei gehen und ihre Absicht melden. Andernfalls könnte er, wenn es nachher Ärger gäbe, als Mitwisser belangt werden.
Charlie fasste den heldenhaften Entschluss, vernünftig zu sein. »Ich weiß nicht, wie wir weiter vorgehen. Vielleicht hat Herr Fiedler schon eine Idee.«
Keine Bewunderung für Cleverness, Engagement und Mut. Statt dessen nachlassendes Interesse angesichts einer lah-

men Antwort, die eine strohdumme Mitläuferin hätte geben können. Verdammte Vernunft, vermaledeite Vorsicht.

»Tun Sie mir einen Gefallen, Charlotte? Halten Sie mich auf dem Laufenden, ja? Rufen Sie mich an, wenn sich etwas Neues ergibt oder kommen Sie in mein Büro. Hier, meine Karte. Darauf stehen auch meine privaten Telefonnummern. Melden Sie sich. Tag und Nacht. Für Sie habe ich immer Zeit.«

Der Frust war wie weggeblasen. Das Kribbeln an den Haarwurzeln breitete sich langsam über die gesamte Haut aus. Zwei Quadratmeter Körperoberfläche standen unter Strom, prickelten wie der Schampus in dem beschlagenen Glas, fühlten sich an, als ob alle Poren mit feinsten Sensoren ausgestattet waren, die auf eine wellenförmige Energie reagierten, die aus seiner Richtung kam. Als Charlie nach der Karte griff, berührten ihre Finger Beetkes Hand. Ungefähr so musste es sich anfühlen, wenn man in eine Steckdose fasste. Ihr war schwindelig.

»Jetzt lassen Sie uns aber von etwas Anderem sprechen. Erzählen Sie mir etwas von sich.«

Die Energiewellen kamen aus dem Rhythmus. Diese Aufforderung hatte sie immer gehasst. Oft genug hatte sie sie einfach ignoriert. Oder sie hatte ihren Personalausweis auf den Tisch gelegt und gesagt, dass alle interessanten Informationen über sie hier geschrieben stünden. Nach dem Abitur, als sie diese zickige Tour selbst nicht mehr leiden konnte, hatte sie sich für sechs Monate bei einem Wanderzirkus verpflichtet. Nicht, weil sie irgendetwas konnte, was sich in einem Zirkus verwenden ließe, sondern nur, damit sie etwas zu erzählen hatte, wenn sie in Situationen wie diese kam. Und hier kam der große Auftritt.

»Ich kann mit drei Bällen jonglieren und als Clown bin ich einsame Spitze.«

Beetke zog die Augenbrauen hoch.

»Ich war vor einigen Jahren sechs Monate mit einem Zirkus in Italien unterwegs. Die ersten vier Wochen haben wir trainiert, danach sind wir jeden Tag aufgetreten. Wir mussten uns unser Geld selbst verdienen.«

»Wie kann man so schnell jonglieren lernen?«, fragte Beetke mit ungläubigem Gesichtsausdruck.
»Ich habe offenbar ein glückliches Händchen dafür. Jedenfalls ein glücklicheres als die britische Brokerin, die es in der ganzen Zeit nicht geschafft hat, eine Nummer einzustudieren, mit der sie hätte auftreten können.«
»Was ist mir ihr passiert?«
»Sie hat zwölf Kilo abgenommen.«
Beetke schaute entsetzt. Charlie lachte, vermutlich etwas zu laut. Schampus drehte ihren persönlichen Lautstärkeregler immer etwas weiter auf. Sie senkte die Stimme, als sie weitersprach. »War nur ein Spaß. Aber da sie nicht als Künstlerin zu gebrauchen war, musste sie alle Arbeiten erledigen, zu denen die großartigen Artisten keine Lust hatten. Geschirrspülen zum Beispiel. Ihre sorgfältig gepflegten Hände sahen schon nach drei Wochen um Jahrzehnte gealtert aus.«
Beetke lachte mit. »Was können Sie sonst noch?«
»Ich musste auch mit dem Hut rumgehen. Das war sowieso meistens Frauensache und in Italien bekommt eine rothaarige Frau mehr Geld als eine Dunkelhaarige. Wir haben alle Konstellationen ausprobiert, Alter, Haarfarbe, Figur jeweils in den unterschiedlichen Zusammenstellungen. Am meisten bekam natürlich Kerstin, die blonde Tochter einer Hamburgerin, die leider nach sechs Wochen wieder abreisen musste. Als die beiden uns verließen, sanken unsere Einnahmen dramatisch und wir mussten unseren Weinkonsum stark reduzieren.«
Charlie fand Gefallen daran, Beetke Geschichten vom Zirkus zu erzählen. Sie berichtete von dem Schlangenmenschen, der in eine Waschmaschine klettern konnte, von den Kindern, die eine Menschenpyramide aus siebenundzwanzig Teilnehmern bauten, und von dem französischen Soldat, bei dem sich später herausstellte, dass er desertiert war und gesucht wurde. In einer Nacht- und Nebelaktion hatten seine Zirkuskollegen ihn vor dem Zugriff der Polizei aus dem Dorf geschleust. Charlie hatte nie wieder etwas von ihm gehört.
Beetke war ein wunderbarer Zuhörer. Er lauschte gespannt, fragte nach, lachte viel. Charlie fühlte sich wohl in seiner

Gesellschaft und war enttäuscht, als er endlich davon sprach, sie nach Hause zu bringen.

Die Atmosphäre im Auto war jetzt eindeutig entspannter, viel zu schnell erreichten sie Charlies Straße. Beetke stieg aus und kam um den Wagen herum. Er brachte Charlie bis zur Tür. »Gute Nacht, Charlotte. Es war ein wunderbarer Abend.«

»Das fand ich auch. Vielen Da...« weiter kam sie nicht. Beetke hatte sich vorgebeugt und küsste sie auf den Mund. Ganz sanft. Dann murmelte er »Träum was Schönes«, drehte sich um, stieg in den Wagen und fuhr davon. Charlie durchsuchte ihre Tasche dreimal, bis sie ihren Schlüssel gefunden hatte, den sie erst nach wiederholten Versuchen ins Türschloss bekam. Sie schlief wenig in dieser Nacht.

*

»Guten Tag, Frau Kraus-Diesterweg. Martin Bellhaus hier, erinnern Sie sich noch an mich?«

»Aber selbstverständlich, Herr Bellhaus. Kann ich Ihnen noch ein paar Fragen beantworten, oder möchten Sie gern noch einmal vorbeikommen?«

»Ich habe inzwischen weiter am Konzept unserer Serie gearbeitet. Ich hatte Ihnen ja gesagt, dass die ursprüngliche Idee aus der Ausbildungsplatzaktion des Senders resultierte. Daher könnten wir uns vorstellen, wieder den Bogen zur Ausbildung zurück zu schlagen und Interviews mit ein paar Praktikanten zu führen, um zu dokumentieren, was aus den jungen Leuten geworden ist. Wenn wir Ihr Unternehmen in das Zentrum dieser Reihe stellen, wäre es natürlich sinnvoll, wenn wir mit einigen Ihrer ehemaligen Praktikanten sprechen könnten. Wäre es wohl möglich, dass Sie mir eine Liste mit den entsprechenden Namen der letzten drei Jahre geben?«

Martin hielt die Luft an. Er hatte nicht die geringste Hoffnung, diese Liste zu bekommen, aber Herr Fiedler hatte ihn gebeten, es zumindest zu versuchen.

»Nun, Sie verstehen sicher, dass wir Ihnen nicht die Namen und Privatadressen zur Verfügung stellen können, denn diese Informationen unterliegen natürlich dem Datenschutz.«

Da war das Wort, auf das er gewettet hätte.

»Aber die Namen ohne Adresse, dafür in Verbindung mit der Hochschule, von der die Damen und die wenigen Herren kamen, können wir Ihnen zur Verfügung stellen. Jeder Praktikant unterschreibt bei uns, dass sein Name in Verbindung mit Firmenwerbung genannt werden darf.«

»Das ist ja ganz hervorragend. Können Sie mir die Liste heute noch faxen? Und vielleicht auch die Daten des Praktikums dazuschreiben?«

»Ja, das wird gehen.«

Martin konnte sein Glück nicht fassen.

»Wollen Sie wirklich mit all diesen Leuten sprechen? Das sind so an die zwanzig, glaube ich.« Frau Kraus-Diesterweg klang ungläubig.

»Wir werden nicht jede Geschichte über den Sender bringen, aber wir möchten natürlich eine gewisse Auswahl haben. Und wenn wir von zwanzig Praktikanten berichten können, die alle einen tollen Start ins Berufleben hingelegt haben, umso besser.«

»Ja, ich lege die Liste gleich aufs Fax. Ach, ich sollte Ihnen noch etwas zu dem letzten Namen auf der Liste sagen. Frau Sievers.«

Martin hielt den Atem an.

»Frau Sievers hat erst im Oktober ihr Praktikum bei uns begonnen und sollte bis März hierbleiben. Leider werden Sie mit ihr nicht mehr sprechen können. Sie hat einen tragischen Unfall gehabt und ist vor einigen Tagen verstorben.«

»Oh, das ist ja furchtbar.«

»Ja, die Nachricht hat uns sehr erschüttert. Es war ein Verkehrsunfall, das stand auch in der Zeitung. Ich schicke Ihnen die Aufstellung gleich durch.«

Martin dankte und legte auf. So einfach war das.

Er rief Herrn Fiedler an. »Alles in Ordnung, die Namensliste kommt. Wofür brauchen Sie die eigentlich?«

»Ich hege die Befürchtung, dass Charlie eine Dummheit plant. Vielleicht kann ich sie davon abhalten, wenn ich über die Praktikanten an Informationen komme, die einen von ihr geplanten eventuell gesetzeswidrigen Einsatz unnötig machen.«
Die Information traf Martin wie ein Schlag. »Was meinen Sie mit Dummheit?«
»Ich weiß es eben nicht. Sie hat mir auf meine Fragen nicht geantwortet. Wollen Sie ihr ins Gewissen reden?«
Martin zögerte. So gut kannte er Charlie nun auch nicht. Und wenn er sie auch gern näher kennen lernen würde, so stünde dieses Ansinnen sicher unter keinem guten Stern, wenn seine erste Kontaktaufnahme darauf abzielte, ihr etwas auszureden von dem er noch nicht einmal wusste, was es eigentlich war.
»Ich weiß es noch nicht. Sehen wir erst mal, was wir mit dieser Liste anfangen können.«
Als die Liste eine halbe Stunde später eintraf, scannte Martin sie ein und mailte sie weiter an Herrn Fiedler. Der begann gleich, die Universitäten und Hochschulen anzurufen, um die Telefonnummern der neunzehn Damen und zwei Herren zu erfahren. Das Wort Datenschutz fiel mehr als einmal und nach einer halben Stunde gab er entnervt auf. Vielleicht konnte Charlie als Mitglied des AStA bei den Kolleginnen der anderen Universitäten anrufen und ihr Glück auf diesem Wege versuchen. Er wählte ihre Nummer, bekam aber keinen Anschluss.

*

Auf Bechsteins Schreibtisch stand ein Adventskranz. Die Kollegen hatten ihm dieses fürchterliche Gebilde mit großem Pomp überreicht. Statt roter Kerzen standen Grablichter darauf, eine schwarze Schleife war darum gebunden, auf die ein Witzbold die Buchstaben R.I.P. mit goldenem Filzstift in krakeliger Handschrift geschrieben hatte.
Bechstein wühlte sich durch einen Berg Akten. Dies war die Arbeit, die er so sehr hasste. Verwaltungskram. Er musste

noch etliche Dinge regeln, bevor er seiner Frau zu Hause auf den Nerv gehen konnte. Die meisten dieser Akten interessierten ihn nicht. Sie enthielten Firlefanz, die wichtigen Fälle hatte er schon längst nicht mehr auf seinem Schreibtisch liegen. Nur die Akte Annabelle Sievers, die hatte er behalten. Die Sache mit der Fahrerflucht ließ ihn nicht los.
Fahrerflucht war eine schwierige Sache. Wenn man keine Zeugen fand, war die Aufklärungsquote verschwindend gering. Das war schlimm genug. Aber in diesem Fall kam noch die Aussage der beiden alten Männer und der Einbruch in die Studentenbude dazu. Wenn das alles Zufälle sein sollten, dann war das die seltsamste Anhäufung von unzusammenhängenden Ereignissen, die er in all seinen Dienstjahren erlebt hatte.
Die Wohnungsdurchsuchung hatte ergeben, dass die Tote ein Handy besessen hatte. Dieses Telefon war allerdings bis heute nicht aufgetaucht. Seltsam. Bechstein war sicher, dass das Handy gestohlen worden war. Allerdings stellte sich die Frage, ob es der verunglückten Frau Sievers gleich am Unfallort abgenommen wurde oder ob es aus der Wohnung gestohlen worden war. Ebenso wie der Computer, dessen Abdrücke noch auf dem Teppichboden neben dem Schreibtisch erkennbar waren, und wie die Akten, die offenbar im Regal fehlten. Jede Menge Fragen und absolut keine Antwort, nicht einmal ein Hinweis darauf. Und von seinem Vorgesetzten die Ansage, diesen Fall als Fahrerflucht zu behandeln und basta. Was für ein Abgang!
Durch die offene Tür hörte er das Lied auf dem Flur. Schon wieder. Dass die jungen Kollegen es aber auch nicht lassen konnten! »Pechstein, Pechstein, bald schon wirst du wech sein...« Er wusste, dass etliche Kollegen ihn beneideten. Wenn er sich doch auch auf den Ruhestand freuen könnte!

*

Herr Fiedler traute seinen Augen nicht. Seine E-Mail box zeigte siebzehn neue Nachrichten. Zwar hatte ihn sein persönlicher Computerfachmann bereits vorgewarnt, dass

themenbezogene Foren und Chatrooms meist sehr aktiv seien, aber trotzdem hatte Herr Fiedler damit nicht gerechnet.
Er öffnete die erste. Eine gewisse Harriet informierte ihn, dass sie einmal eine Familie Pembrokeston gekannt habe, die aber bereits in den sechziger Jahren nach Amerika ausgewandert sei. Sollte es sich aber bei der gesuchten Olivia Pembrokeston um eine Angehörige dieser Familie gehandelt haben, könne er sich gern wegen weiterer Informationen wieder bei ihr, Harriet, melden.
Herr Fiedler überlegte. Sein Sohn war 1967 nach Australien gereist und 1968 gestorben. Je nachdem, wann diese Familie in die USA ausgewandert war, könnte die Information noch von Bedeutung sein. Herr Fiedler speicherte die Nachricht ab.
So ging es weiter, jede Schreiberin und jeder Schreiber wollte gern helfen, hatte aber keine auf den ersten Blick als hilfreich erkennbaren Informationen zu bieten. Bis Nummer fünfzehn der Nachrichten an die Reihe kam. Der Text war in Deutsch geschrieben.

»Sehr geehrter Herr Fiedler, ich habe Ihre E-Mail Nachricht von einem Bekannten bekommen, der sich seit Jahren mit der Familienforschung beschäftigt und als Mitglied des Forums »family tree« Ihre Anfrage erhalten hat. Ich bin seit 1967 als protestantischer Pfarrer in Australien und war in den sechziger Jahren auch für die kleine Gemeinde in Herford's Creek zuständig. Ich kann mich an den Todesfall Ihres Sohnes Ludwig erinnern, Sie waren damals auch für einen Tag in Herford's Creek, wenn mich meine Erinnerung nicht täuscht. Ich war zu der Zeit nicht in der Stadt, so dass wir uns nicht kennen gelernt haben.
Eine junge Frau, deren Namen mir als Livvie in Erinnerung geblieben ist, hat die Überführung des Leichnams organisiert – in welche Stadt, weiß ich leider nicht mehr. Diese Frau ist vermutlich die Olivia Pembrokeston, die Sie suchen. Ich würde Ihnen gern weiter behilflich sein, doch leider fehlen mir zwei wichtige Informationen für die weitere Recherche,

nämlich die Herkunft dieser Frau und die Stadt, in die sie den Leichnam hat überführen lassen.
Diese Orte sind Ihnen sicher bekannt. Wenn Sie mir diese Informationen mitteilen, bin ich gern bereit, hier weitere Recherchen zu betreiben. Ich würde mich freuen, Ihnen bei der Auffindung Ihrer Nachkommen behilflich sein zu können. Mit herzlichen Grüßen - Johannes von Karst.«
Herr Fiedler musste mehrmals blinzeln, bis er die Schrift auf dem Bildschirm wieder klar lesen konnte. Natürlich wusste er, wo Ludwigs Grab war. Er war mit Ilse dort gewesen. In Melbourne. Er hatte sich damals jeden Tag mehrere Stunden auf dem Friedhof herumgetrieben, in der Hoffnung, Olivia Pembrokeston zu treffen. Er hatte bei der Friedshofsverwaltung nachgefragt, wer die Bestattung organisiert hatte, wer die Rechnungen zahlte, wer als Ansprechpartner für dieses Grab eingetragen war. Er erhielt die Adresse einer Anwaltskanzlei. Er rief an, bekam aber keine Antwort. Er fuhr hin und bekam wieder keine. Man beantwortete noch nicht einmal seine Frage, ob Olivia Pembrokeston die Auftraggeberin sei. Dann war Ilse krank geworden. Er hatte sich um seine Frau kümmern müssen, hatte sich noch eine Zeitlang ihrem Wunsch widersetzt, abzureisen. Schließlich musst er einsehen, dass seine Nachforschungen erfolglos waren und bleiben würden. Sie kehrten heim nach Mönchengladbach.
Nach all den Jahren kamen die Erinnerungen jetzt wieder in Herrn Fiedler hoch und sie waren sehr lebendig. Das war nicht weiter verwunderlich, war doch gerade das Langzeitgedächtnis im Alter besonders leistungsfähig. Was Herrn Fiedler aber doch wunderte, war, dass ihm Olivias Heimatstadt auf Anhieb einfiel. Bankstown, New South Wales. Er schüttelte den Kopf, so, als könne er die traurigen Erinnerungen gleichsam abschütteln, und setzte eine Antwort an Johannes von Karst auf.

Sorbet

Passionsfruchtsorbet mit Grenadine

Charlie parkte in der Straße vor der Parkplatzeinfahrt von Feinkostkönig. Sie trug eine blaue Jeans, einen alten Parka und ein Kopftuch, unter dem sie ihre zum Zopf zusammengebundenen Haare so gut wie möglich versteckt hatte. Ihr Haar war immer das, woran sich die Leute am leichtesten erinnerten. Sie blieb im Auto sitzen und beobachtete, wie die Angestellten das Werk verließen, sich voneinander verabschiedeten, in ihre Autos stiegen und davonfuhren. Etliche Fenster waren noch erleuchtet. Nach dem Plan, den Martin mitgebracht hatte, waren dort die Büros untergebracht, die Produktionshallen lagen dahinter.

Hoffentlich hatte sie Recht mit ihrer Vermutung, dass die Gebäudereinigung von externem Personal durchgeführt wurde. Sie wartete noch eine halbe Stunde, bis endlich ein mit vier Frauen voll besetzter Opel Omega auf den Parkplatz fuhr. Die Frauen blieben im Wagen sitzen und steckten sich Zigaretten an.

Zwei weitere Autos fuhren kurz hintereinander auf den Parkplatz, dann kam noch ein dritter. Charlie sah auf ihre Uhr. Kurz vor sechs. Die Putzschicht begann wohl gleich. Charlie stieg aus und schlenderte auf die Wagen zu, deren Türen sich jetzt öffneten.

»Hallo.« Charlie hatte niemand Bestimmten gegrüßt und ging einfach gemeinsam mit den Frauen auf den Haupteingang zu.

»Hallo.« Das klang eindeutig vorsichtig. »Hat unsere Schicht plötzlich Zuwachs bekommen?« Die Sprecherin war die Fahrerin des Omegas. Die anderen Frauen sagten nichts.

»Ich bin für heute herbestellt. Ist wohl wegen einer Vertretung. Hat niemand Bescheid gesagt?«

Vielsagende Blicke wurden gewechselt. »Nein, aber das kommt vor. Wir sollten uns beeilen, sonst kommen wir zu spät.«

Charlie wunderte sich, dass es keine weiteren Fragen gab. Nun gut. Jetzt musste sich noch zeigen, wie leicht es war, den Pförtner zu überzeugen.
Die Frauen stellten sich vor der Pförtnerloge auf, traten eine nach der anderen vor und trugen ihren Namen in eine Liste ein. Charlie tat dasselbe. Wenn auch nicht mit ihrem richtigen Namen.
»Nanu, habt ihr heute Verstärkung mitgebracht, Mädels?«, fragte der Mann, dessen Gürtel mit einer Länge von schätzungsweise zwei Metern gerade um den Bauch herumpasste.
Die Wortführerin nickte ihm zu, Charlie meinte, gesehen zu haben, dass sie ihm auch zuzwinkerte. »Ja, sie kommt wegen einer Vertretung. Jetzt müssen wir aber los.«
Der Pförtner warf ihr einen Blick zu, der auf Charlie verschwörerisch wirkte und winkte die ganze Gruppe durch.
Charlie folgte den Frauen zu einem kleinen Raum, in dem sie ihre Jacken und Taschen in schmale Spinde schlossen. Nebenan standen Wagen, die mit Müllsäcken, Besen, Wischtüchern und diversen Putzmitteln bestückt waren. Jede Frau nahm einen Wagen und verließ den Raum. Es wurde kaum gesprochen. Seltsam. Charlie nahm sich einen Wagen und folgte zwei Frauen, die in Richtung Hallen gingen. Die eine wandte sich den kleinen, abgeteilten Büros mit Glaswänden zu, die eine ganze Hallenseite einnahmen, die andere ging zielstrebig weiter in die nächste Halle. Charlie fasste in die Tasche ihrer Jeans und zuckte zusammen. Mist, sie hatte ihr Handy in der Garderobe vergessen. Sie lief zurück und hörte, bevor sie um die Ecke kam, zwei Frauen miteinander sprechen. Sie blieb ungesehen stehen.
»...das schon mal vorgekommen?«
»Klar, das kommt ein- oder zweimal im Jahr vor. Dann steht plötzlich eine wildfremde Person da, jedesmal eine andere, und erzählt was von Vertretung. Die spioniert überall herum und überprüft, ob wir pünktlich anfangen und dass wir nicht zu viele Pausen machen. Meist gehen die Weiber sogar hinter dir aufs Klo und gucken, ob du die Schüssel wirklich gewienert hast. Kümmer dich einfach nicht um sie,

aber sieh zu, dass du heute den Putzteufel raushängen lässt, dann haben wir die nächsten sechs Monate wieder Ruhe.«
Charlie schlich ein paar Meter zurück und räusperte sich laut. Dann bog sie wieder um die Ecke. Eine Putzfrau war damit beschäftigt, den Papierkorb in ihren Müllsack zu leeren, von der zweiten war nichts mehr zu sehen. Charlie holte ihr Handy aus der Tasche und beglückwünschte sich, dass der Chef des Reinigungsdienstes offenbar unter einer gravierenden Vertrauensstörung litt.
Sie ging zurück in die Halle und wandte sich nach links, bis sie im Hintergrund eine der Türen mit der Aufschrift »Zutritt für Unbefugte verboten« sah. Sie ging darauf zu und drückte dagegen. Verschlossen. Das war zu erwarten gewesen. Charlie grinste. Sie hatte bereits einen Plan, wie sie in die Halle hinter der Tür kommen würde.
Sie schlenderte an der Wand entlang bis zu der Stelle, an der das Transportband durch eine Maueröffnung lief. Das Band war zwar in etwa zwei Meter Höhe angebracht, aber von der Verpackungseinrichtung aus, zu der es führte, konnte Charlie leicht hinaufgelangen. Die Maueröffnung schien groß genug zu sein. Charlie blickte sich gründlich, dabei aber so unauffällig wie möglich, um. Es war niemand zu sehen.
Sie stieg auf die Verpackungseinheit und testete dann die Stabilität des Transportbandes. Wenn sie jeweils rechts und links auf die Stahlträger trat, müsste es gehen. Sie balancierte die ersten paar Meter und kam schnell außer Atem. Ein feiner Schweißfilm überzog ihr Gesicht. So anstrengend hatte sie sich das nicht vorgestellt. Aber sie kam voran, das war die Hauptsache.
Die Maueröffnung war bald erreicht. Charlie lugte erst vorsichtig hindurch, bevor sie sich in die Öffnung zwängte. Es war knapp, passte aber. Auf der anderen Seite führte das Transportband weiter bis zu einer großen Maschine, in der es verschwand. Irgendwo auf den drei Metern zwischen der Maueröffnung und der Maschine musste Charlie wieder festen Boden erreichen. Dummerweise lag der etwa zwei Meter unter ihr und es gab nirgendwo eine Möglichkeit, die Distanz mittels einer Zwischenstufe zu überwinden. Sie

würde springen müssen. Charlie verzog das Gesicht. Sie setzte sich auf den rechten Stahlträger und blickte nach unten. Der Boden schien ihr sehr weit entfernt zu sein. Sie überlegte, ob sie sich an den Stahlträger hängen und dann fallen lassen könnte. Damit wäre die Distanz auf wenige Zentimeter zusammengeschrumpft. Allerdings hatte sie keine Ahnung, wie sie in die hängende Position kommen sollte, ohne hinunterzufallen. Vielleicht, wenn sie sich rückwärts auf den Stahlträger kniete und dann ...

Sie würde abstürzen, das war sicher. Charlie hatte eine recht genaue Vorstellung davon, was sie sich zutrauen konnte und was nicht. Die akrobatische Einlage gehörte eindeutig zur letzten Kategorie. Akrobatik hatte ihr schon beim Wanderzirkus nicht gelegen, und damals war sie einige Kilo leichter gewesen.

Sie sprang. Todesmutig. Das linke Fußgelenk knackte, brach aber nicht. Sie benutzte die Hände zum Abstützen und spürte einen leichten Schmerz im Handgelenk. Sie biss sich auf die Zunge, was ihr die Tränen in die Augen trieb. Ihr linkes Knie touchierte den Boden und meldete sich mit einem dumpfen Pochen. Ende der Bestandsaufnahme. Sie lebte.

Charlie atmete noch zweimal tief durch und humpelte dann in die Halle. Sie sah genau so aus wie die öffentlich zugänglichen Hallen, bis auf eine Ecke, in der Stahlregale standen. »Lager« stand in großen Lettern über den Regalen, die einzeln mit Nummern beschriftet waren. Dem würde sie sich gleich zuwenden. Zunächst galt es, die Produktionsstraße zu inspizieren. Charlie holte den digitalen Fotoapparat aus der Tasche. Das Gerät war kleiner als eine Zigarettenschachtel. Ein Wunderwerk der Technik. Teurer, als Charlie es sich in den nächsten Jahren würde leisten können, es sei denn, sie erhielte den Pulitzer-Preis für die Veröffentlichung der Hintergründe eines heimtückischen Mordes an einer Studentin der Oecotrophologie. Der Apparat war geliehen. Der Design-Student, der dieses Luxusgerät als notwendiges Arbeitsmittel betrachtete und deshalb seit eineinhalb Jahren mit dem Finanzamt korrespondierte, würde ihr den Kopf abreißen, wenn nur ein Kratzer auf das Gehäuse kam.

Charlie fotografierte die Produktionsstraße aus verschiedenen Blickwinkeln und ging dann zum Lager. In den Regalen stapelten sich Eimer und Kanister aller Art. Ein ganzes Regal war mit Reinigungsmitteln bestückt. Fußbodenreiniger, Spülmittel für Rohrleitungen, Spülmittel für Lagertanks, Nachspülmittel für Leitungen und Tanks und so weiter und so fort. Charlie machte ein Foto, ging aber schnell weiter. Bisher hatte sie noch nichts entdeckt, was die Abschottung rechtfertigen könnte. Sie befand sich im Gang zwischen der zweiten und dritten Regalreihe, als sie das Geräusch hörte. Eine Tür fiel ins Schloss. Ganz, ganz leise. Scheiße!

Wenn sie jetzt aus dem Lagerbereich heraustrat musste der, der da gerade hereingekommen war, sie sofort sehen. Charlie holte ihr Foto-Handy aus der Tasche. Sie musste es erst einschalten, ihre PIN eingeben und auf eine Netzverbindung warten. Endlich. Sie tippte HILFE ein. Für mehr Text war keine Zeit, denn in dem Moment tauchte der Mann direkt vor ihr auf. Sie drückte instinktiv die Fototaste und bestätigte die erste Nummer, die ihr von der Telefonbuchfunktion angeboten wurde. Sie konnte sich nicht erinnern, wem diese Nummer gehörte. Wem, zum Teufel, hatte sie diesen Hilferuf geschickt?

Charlie kam nicht mehr dazu, den Gedanken zu Ende zu führen, denn der Mann war jetzt bei ihr und riss das Telefon an sich.

»Wer sind Sie? Was tun Sie hier? Kommen Sie mit!«

Er packte sie mit festem Griff am Oberarm und zog sie hinter sich her. Charlie versuchte sich aus dem Griff zu befreien und schlug mit der freien Hand auf den Arm ein, aber erfolglos. Der Mann schien ihre Schläge noch nicht einmal zu spüren.

»Lass den Scheiß!«, murmelte er, wobei seine Stimme eher genervt als aufgeregt klang.

Dann hatte er ihr plötzlich mit einer einzigen schnellen Bewegung den Arm auf den Rücken gedreht und als sie sich vorbeugte, um den Schmerz in der Schulter zu lindern, erwischte er auch den anderen Arm. Charlie trat nach hinten aus.

»Du kleines Miststück, dir werde ich helfen.« Der Mann zerrte Charlie durch eine Tür in eine Kammer, in der eine Werkbank mit Schraubstock stand und Werkzeuge an der Wand hingen. Charlie hörte, wie eine Schublade geöffnet wurde, dann wickelte der Mann ihr Klebeband um die Handgelenke. Er drückte sie unsanft auf einen Stuhl und befestigte auch ihre Beine mit Klebeband an den Stuhlbeinen. Charlie war bewegungsunfähig.

*

Martins Telefon klingelte mitten in der Konferenz. Er warf einen kurzen Blick darauf und stutzte. Auf dem Display erschien ein Foto, auf dem ein offenbar sehr wütender Mann zu erkennen war, im Hintergrund die Ecke eines Regals mit ein paar Kanistern. »HILFE« war der einzige Text.

Was sollte das für ein Blödsinn sein? Schickte sein alter Kumpel Stefan ihm wieder Nachrichten, die kein Mensch verstand?

»Martin, was sagst du nun dazu?«, fragte der Programmleiter und unterbrach damit jeden weiteren Gedanken an die rätselhafte Bildnachricht.

*

Der Graukittel hatte Charlie allein gelassen, nachdem er sie auf den Stuhl geklebt hatte. Das Licht hatte er auch gelöscht. Charlie saß im Dunkeln und wurde langsam unruhig. Wem hatte sie ihren Hilferuf geschickt? Und würde der oder diejenige ihn überhaupt ernst nehmen? Und wie sollte der Empfänger anhand eines vermutlich unscharfen Fotos eines Mannes erkennen können, dass sie bei Feinkostkönig in Geilenkirchen war?

Von außen drang kein Laut in die Werkstatt. Charlie hatte keine Ahnung, wie lange sie hier schon saß. Vermutlich waren es nur ein paar Minuten, aber sie spürte bereits, wie ihr Zeitgefühl sie im Stich ließ. Glücklicherweise hatte sie nie Angst vor der Dunkelheit an sich gehabt. Wenn sie sich jetzt

allerdings vorstellte, dass sie vielleicht das ganze Wochenende hier auf diesem Stuhl in der dunklen Werkstatt verbringen sollte, dann wurde ihr schon mulmig.
Was tat der Graukittel wohl in diesem Moment? Ob er die Polizei gerufen hatte und sie allein ließ, bis er sie den Ordnungshütern übergeben konnte? Nun, das würde ja nicht ewig dauern.
Das plötzliche Aufflackern des Lichts blendete Charlie. Sie schloss die Augen.
»So, nun erzähl mir mal, wer du bist und warum du hier herumspionierst.«
Der Mann hatte sich Charlie gegenüber auf die Werkbank gesetzt und einen schweren Hammer in die Hand genommen.
Charlie schwieg.
»Ich habe viel Zeit. Und du?«
»Ich muss mal aufs Klo.«
»Da hast du aber Pech gehabt. Damentoiletten gibt's hier nicht. Und wenn du den Boden nass machst, ziehe ich dein hübsches Gesicht durch die Schweinerei, bis du die Bescherung aufgeleckt hast.«
Charlie gab sich die größte Mühe, ihr Entsetzen zu verbergen. Diese Behandlung schien ihr aus der Hundezucht zu kommen. Ein echter Tierfreund also. Hoffentlich hatte er nicht einen scharfen Vierbeiner in petto, den er bei Bedarf auf sie hetzte.
Ihre Blase war tatsächlich kein Problem, aber der Fotoapparat! Wenn der Typ den fände, würde er ihn sicher mit dem größten Vergnügen an sich nehmen. Dann hätte sie zwei Probleme. Wenn er die Beweisfotos von der Anlage erkannte, müsste sie sich schnell eine plausible Erklärung ausdenken. Und dann wäre da noch die Frage, was der Eigentümer der Digitalkamera ihr antun würde, wenn sie ihm das Gerät nicht zurückbrachte. Das Geld, solch ein technisches Wunderwerk zu ersetzen, hatte sie nicht.
Charlie betrachtete den Mann zum ersten Mal genauer. Sein Nacken hatte etwa den gleichen Umfang wie der Kopf, die Schultern zeugten von vielen gehobenen Gewichten und die Tätowierungen, die an Hals und Handgelenken aus dem rot-

schwarz karierten Holzfällerhemd unter dem grauen Kittel herausragten, verrieten eine gewisse Liebe zum Schmerz. Im Moment sah es nicht so aus, als ob diese Leidenschaft auf die Selbstquälerei beschränkt sei. Jetzt käme eine clevere Idee recht gelegen. Leider waren diese Situationen bei Charlie meist hoffnungslos. Wann immer ein Geistesblitz angebracht wäre, kam keiner. Diese Erfahrung hatte sie bereits in der Schule gemacht, und in den Klausuren hatte sich die Einfallslosigkeit fortgesetzt. Es war ein denkbar schlechter Zeitpunkt, aber Charlie musste sich eingestehen, dass ihre Idee mit dem Einbruch doch noch nicht ganz ausgereift war.

»Zwing mich doch nicht, dir weh zu tun«, sagte der Mann jetzt mit einer Stimme, in der Charlie leichte Vorfreude zu erkennen meinte. »Es ist wirklich unangenehm, wenn ein schwungvoll geführter zwei-Kilo-Hammer die Kniescheibe trifft.«

Charlie spürte, dass sie blass wurde.

»Falls du übrigens hoffst, dass die Polizei dich gleich abholt und dich mit Samthandschuhen in ihren Dienstwagen verfrachtet, dann hast du dich geschnitten, Süße. Diese Sache machen wir zwei Hübschen schön unter uns aus.«

Charlie hätte geschworen, dass sie noch blasser geworden war. Das hörte sich nicht gut an. Der Typ schien sich schon darauf zu freuen, sich die ganze Nacht hier mit ihr in der Werkstatt zu vergnügen. Über Details wollte sie gar nicht nachdenken.

»Also, sag mir, was du hier zu suchen hast, dann können wir die Sache mit ein bisschen Glück relativ schmerzfrei hinter uns bringen.«

Die Augen des Mannes standen dicht beieinander, wie bei George W. Bush. Ein Freund, der Psychologie studierte, hatte mal die Behauptung aufgestellt, dass man bereits an diesem physischen Merkmal erkennen konnte, dass Bush nicht sauber tickte. Diese Erinnerung trug nicht dazu bei, dass Charlie sich besser fühlte - im Gegenteil. Von einem tätowierten Muskelberg bedroht zu werden, war schon etwas beunruhigend. Aber von einem geistig gestörten tätowierten

Muskelberg bedroht zu werden, das war eindeutig beängstigend. Charlie änderte ihre Taktik.

»Hören Sie, ich möchte Ihrer Firma keinen Schaden zufügen. Ich bin hier, weil, äh, also das ist mir sehr peinlich, weil ich meinen Freund in flagranti erwischen wollte.«

»In... Wo wollten Sie den erwischen?«

»Meine Mutter hat mir erzählt, dass sie ihn schon mehrmals mit einer anderen Frau gesehen hat. Und jemand hat ihr erzählt, dass die Frau hier arbeitet und die beiden es hier treiben. Sie wissen schon. Zutritt verboten, der ideale Platz für eine schmutzige, kleine Affäre, von der niemand wissen darf.«

»Du meinst, hier wäre ein Bumshotel? Du bist ja nicht bei Trost.«

Der Mann sah vollkommen verdutzt aus. Dann änderte sich seine Miene und er schaute Charlie wieder wachsam an. »Wie heißt denn dein Freund?«

»Leo«

»Und der soll hier arbeiten?«

»Nein, der nicht. Die Schlampe.«

»Wie heißt die denn?«

»Das weiß ich nicht. Aber sie soll sich hier mit Leo treffen. Heute Nachmittag rief er mich wieder an und sagte mir, dass er nach der Arbeit noch mit seinem Kumpel ein Bier trinken geht. Das erzählt er mir in letzter Zeit häufig.«

»Kann ja auch was dran sein, Mädel. Männer müssen halt gelegentlich mal mit ihren Kumpels ein Bier trinken.«

Charlie hätte fast erleichtert gelächelt. Der Typ fing an, ihren erfundenen Freund zu verteidigen. Männliche Verbrüderung, wenn die Tussi anfängt, Zicken zu machen. Aber noch war die Gefahr nicht gebannt. Stundenlang würde sie ihn nicht hinter's Licht führen können. »Jedenfalls wollte ich es heute wissen und hab mich hier reingemogelt, um die beiden zu erwischen.«

»Und das soll ich jetzt glauben?« Er sah unentschlossen aus.

»Es ist die Wahrheit. Aber bis jetzt ist keiner aufgetaucht. Weder Leo noch sonst jemand.«

Der Graukittel kaute eine Weile auf der Unterlippe herum. »Hör zu, du Göre, ich glaube, das ist alles großer Quatsch, den du mir da erzählst.« Der nachdenkliche Blick war gewichen und hatte einem ärgerlichen Stirnrunzeln Platz gemacht. »Entweder bist du furchtbar verarscht worden, oder du versucht jetzt, mich zu verarschen. Hier geht keiner ohne Erlaubnis rein oder raus. Und die Leute, die den Zugangscode für diese Halle haben, vögeln hier nicht nach Feierabend rum. Sobald die Schicht draußen ist, sind die Türen verriegelt und der Bewegungsmelder wird eingeschaltet. Also fangen wir nochmal von vorne an. Was willst du hier?«
Er hatte den Hammer beiseite gelegt und griff jetzt nach einem anderen Gerät. Ein Griff mit einer langen, leicht gebogenen Spitze vorne dran. Außerdem ein Kabel mit einem Stecker, den der Mann in eine Steckdose steckte.
»Das ist ein Lötkolben, falls du das nicht erkannt hast. Damit kann man kleine, runde Löcher in die Haut brennen. Oder Haare anflämmen.«
Charlie spürt, wie ihr schwindelig wurde. Ob es irgendetwas nutzte, wenn sie die Wahrheit sagte? Würde der Irre sie gehen lassen, wenn sie ihm den tatsächlichen Grund für ihr Eindringen gestehen würde? Charlie hielt das für sehr unwahrscheinlich. Es würde ihre Chancen eher noch verschlechtern. Wer weiß, vielleicht hatte dieser Mann Annabelle umgebracht. Dann würde er bestimmt kurzen Prozess machen, wenn sie ihm jetzt brühwarm erzählte, dass sie nicht an einen Verkehrsunfall glaubte, sondern hier auf der Suche nach Beweisen für einen Mord im Zusammenhang mit dieser Firma war. Nein, das war nicht die richtige Taktik.
»Na, was ist denn nun, Rotschopf? Erzählst du mir jetzt endlich, was dich hierher getrieben hat?«
Charlie hatte die Augen geschlossen, riss sie aber jetzt auf, als sie eine starke Hitze über ihrem linken Auge spürte. Sie roch verbranntes Haar. Der Lötkolben schwebte direkt vor ihrem Gesicht, die widerspenstigen Haare ihrer linken Augenbraue hatten wohl dran glauben müssen. Ihr wurde schlecht.

»Meine Mutter hatte mich immer vor Leo gewarnt«, stotterte sie mit einer zittrigen Stimme, die nicht gespielt war. »Aber ich wollte ihr nicht glauben. Er sieht gut aus, ist witzig und auch im Bett ne echt heiße Nummer. Ich habe schon immer ziemlich den Kopf verloren, wenn es um Männer ging.«

Der Lötkolben bewegte sich langsam auf die recht Augenbraue zu.

In dem Moment klingelte das Mobiltelefon, das der Graukittel am Gürtel trug.

»Ja?«

Er lauschte einen Moment und sah dann Charlie wütend an.

»Die Bullen? Wer hat die denn gerufen?«

Er hörte wieder zu.

»Scheiße. Ja, ich habe sie schon gefunden. Sie sitzt vor mir und erzählt mir einen ganzen Haufen Hühnerkacke.«

Er hörte wieder zu und nickte zwischendurch.

»Ja, verstanden. Ich bring sie nach vorn.«

Der Typ sah verärgert aus. »Hast du die Bullen gerufen?«, schnauzte er Charlie an.

Charlie schüttelte den Kopf. Sie spürte, wie heiße Tränen ihr in die Augen schossen. Sie war erleichtert. Zwar würde eine Verhaftung wegen Einbruchs sicher nicht angenehm werden. Aber ein ordentlicher deutscher Knast war immer noch besser, als mit diesem Psychopathen hier eingesperrt zu sein.

»Ich mach dich los. Pass bloß auf, dass du mich nicht ärgerst. So ein nettes kleines Veilchen kann ich den Bullen schon erklären.«

Charlie war lammfromm, während der Muskelberg ihr die Klebebänder an Hand- und Fußgelenken löste und sie dann unsanft durch die Produktionshallen in die Lobby führte. Ihre Knie zitterten.

»Meine Jacke und meine Tasche brauche ich noch«, bat Charlie.

Der Graukittel sah sie entgeistert an. »Wo hast du den Kram?«

»Wo die Putzfrauen ihre Sachen einschließen.«

Als sie in der Lobby ankamen, fuhr gerade ein Wagen vor der Glasfront vor. Ein Mann, dem eine Lakritzschnecke aus dem Mundwinkel baumelte, stieg aus und kam auf die Eingangstür zu. Charlies Bewacher öffnete die Tür von innen mit einem Drücker.
»Guten Abend, Hauptkommissar Watermann, Kriminalpolizei.« Er hielt seinen Ausweis hoch. »Wir sind schon länger hinter dieser Dame her, haben sie leider eben auf der Autobahn aus den Augen verloren. Ich nehme sie dankend von Ihnen entgegen.«
Charlie war baff. Der Ausweis hatte echt ausgesehen. Allerdings musste sie sich eingestehen, dass sie noch nie zuvor einen Polizeiausweis gesehen hatte und die Echtheit somit nicht beurteilen konnte.
Der Graukittel murmelte etwas Unverständliches, Kommissar Watermann nahm Charlie am Arm und wollte sie hinausführen.
»Mein Handy!« Charlie drehte sich um und streckte ihre Hand aus.
»Warum sind Sie überhaupt hinter ihr her?«, knurrte der enttäuschte Wachhund, der seine Beute ziehen lassen musste, und händigte Charlie ihr Telefon aus.
»Radikale Tierschützerin. Verarbeiten Sie hier tierische Nahrungsmittel?«
Ein erstauntes Nicken war die Antwort.
»Sehen Sie, damit standen Sie auf ihrer Liste. Völlig durchgeknallt.«
Kommissar Watermann hatte Charlie am Arm gefasst und drängte sie durch die Tür. »Ich schicke Ihnen ein Formular zu, falls Sie Anzeige erstatten wollen«, rief er noch über die Schulter zurück. »Wie heißen Sie?«
»Kletzenrath. Bruno«
Watermann hob die Hand zum Zeichen, dass er verstanden hatte und ließ die Tür hinter sich zufallen.
Charlie öffnete den Mund, um etwas zu sagen, wurde aber gleich unterbrochen.
»Halten Sie die Klappe und steigen Sie ein. Wo steht Ihr Auto?«

»Vorn auf der Straße um die Ecke.«
»Von hier einsehbar?«
»Nein.«
Watermann fuhr vom Parkplatz und parkte seinen Wagen dann hinter Charlies. »Sie haben großes Glück, dass Sie so loyale Freunde haben.«
Charlie war immer noch verängstigt und verwirrt. »Wie bitte? Wen denn?«
»Fiedler natürlich. Sie haben ihm doch einen Hilferuf geschickt, oder?«
Charlie machte ein Geräusch, das wie »hmm« klang und alles bedeuten konnte.
»Wenn diese Sache ans Licht kommt, bekommen wir alle einen riesengroßen Ärger, gegen den der Typ eben richtig niedlich wirken wird. Habe ich mich klar ausgedrückt?«
Charlie nickte.
»Also, steigen Sie in Ihr Auto, fahren Sie nach Hause, nehmen Sie ein heißes Bad oder eine kalte Dusche, versprechen Sie dem lieben Gott im Nachtgebet, dass Sie nie wieder so einen Unfug anstellen, und halten Sie sich dran!«
Charlie nickte.
»Ach, und wenn Sie meinen Namen in diesem Zusammenhang erwähnen, buchte ich Sie ein. Einen Grund dafür werde ich mir schon einfallen lassen. Alles klar?«
Charlie nickte wieder.
»Dann raus hier.«
»Danke.«
Watermann nickte kurz mit dem Kopf und startete mit durchdrehenden Reifen, sobald Charlie die Tür des Wagens von außen geschlossen hatte. Sie stieg in ihren Wagen und fuhr bis zur Autobahnauffahrt. Dort musste sie sich übergeben. Mit zitternden Knien saß sie eine Zeitlang im Auto, bevor sie die Heimfahrt antreten konnte.

Kurz vor der Autobahnausfahrt Rheydt entschloss sie sich spontan, nicht nach Hause zu fahren. Sie verließ die Autobahn, fuhr quer durch die Stadt, an der »Juppekirk« vorbei und zu Herrn Fiedler.

»Was machen Sie denn für einen Unfug, mein Deern. Das ist mir ja noch nie passiert, dass ich einen Kriminalbeamten auffordern muss, eine illegale Handlung vorzunehmen, um eine kopflose Person vor sich selbst zu schützen. Was haben Sie sich nur dabei gedacht?«
Charlie schluchzte einmal trocken. Der Schreck, der ihr bei Feinkostkönig in die Glieder gefahren war, saß ihr immer noch in den Knochen. Sie zitterte.
»Charlie? Wie geht es Ihnen denn überhaupt? Sind Sie verletzt? Entschuldigen Sie meine Standpauke, aber ich habe mir furchtbare Sorgen gemacht. Warum sagen Sie denn nichts?«
»Ich... ich«, Charlie zog die Nase hoch und blinzelte. »Es tut mir Leid. Ich habe nicht damit gerechnet, dass ich erwischt würde.«
Herr Fiedler nahm Charlie am Arm und führte sie ins Wohnzimmer. »Nee, mein Deern, da haben Sie sich nicht mit Ruhm bekleckert. Nun kommen Sie erstmal herein. Zum Glück hat Martin Ihre seltsame Nachricht dann doch noch verstanden.«
»Martin?« Charlie kapierte gar nichts mehr. Wie kam Martin an ihre Nachricht? Woher hatte sie überhaupt... natürlich! Jetzt erinnerte sie sich. Martin hatte ihr seine Telefonnummer gegeben, es war die letzte Nummer, die sie eingespeichert hatte. Vermutlich war der Hilferuf deshalb bei Martin gelandet. Charlie stutzte. Dann hatte Martin aus dem Wort HILFE und einem schlechten Foto von einem auf sie zustürmenden Mann den Schluss gezogen, dass sie bei Feinkostkönig in Schwierigkeiten war. Alle Achtung.
»Ja, der Junge ist ganz schön helle, was?«, sagte Herr Fiedler in ihre Überlegungen hinein. Konnte der Mann etwa auch noch Gedanken lesen? Charlie fühlte sich überfordert.
Herr Fiedler erwartete offenbar keine Antwort, denn er sprach schon weiter. »Watermann hat mich schon angerufen und mir mitgeteilt, dass die Rettung planmäßig vonstatten gegangen ist.«
»Woher kennen Sie den eigentlich? Sind Sie als Bewährungshelfer tätig, oder haben Sie Ihre Kontakte ins kriminelle

und kriminalpolizeiliche Milieu durch eigene Verbrechen geknüpft?«, fragte Charlie mit matter Stimme, während sie sich auf einen Stuhl fallen ließ.
Herrn Fiedler blickte empört. »Das fragt die Richtige! Sie sind die erste Person meines näheren und weiteren Umfeldes, die sich tatsächlich eines Verbrechens schuldig gemacht hat. Und noch dazu eines ganz und gar überflüssigen. Oder haben Sie vielleicht irgendwelche neuen Erkenntnisse gewonnen, außer der Tatsache, dass man Sie jetzt anzeigen und verurteilen wird und Ihre Karriere mit einer Vorstrafe praktisch schon beendet ist, bevor sie überhaupt begonnen hat?«
»Ich bin mit der Auswertung des sichergestellten Materials noch nicht fertig. Aber wenn es neue Erkenntnisse gibt, und davon gehe ich aus, dann lasse ich sie Ihnen als Erstem zuteil werden, in Ordnung?« Charlie merkte selbst, dass ihre Stimme zickig klang, und es tat ihr sofort Leid. Aber wenn sie jetzt einen Rückzieher machte und sich entschuldigte, würde sie vermutlich in Tränen ausbrechen.
»Hm, recht so. Ich bin jedenfalls froh, dass Ihnen nichts Schlimmes zugestoßen ist. Es ist nett, dass Sie hier vorbeigekommen sind. Ich war, wie bereits gesagt, ziemlich beunruhigt.« Er klang nicht beleidigt, dass sie sich so im Ton vergriffen hatte. Im Gegenteil, was er sagte, war eindeutig versöhnlich. Der Mann war erstaunlich. Charlie spürte, wie der Kloß in ihrem Hals dicker wurde.
»Darf ich heute Nacht hierbleiben?« Charlie hatte spontan gefragt, ohne darüber nachzudenken. Jetzt war sie selbst über die Frage erschrocken.
Herr Fiedler sah sie überrascht an. »Nanu, Sie suchen Asyl? Ich kann Ihnen nur diese Couch hier anbieten.« Er deutete auf das altmodische Möbelstück aus geschwungenem Holz und mit dunkelgrünem Samtbezug, das an der Längswand des Wohnzimmers stand. »Wenn Sie sich damit begnügen, sind Sie herzlich willkommen.«
Charlie nickte.
»Gut.« Herr Fiedler sah auf die Uhr. »Schon Mitternacht vorbei. Gehen Sie ins Bett, morgen können wir das Gespräch

immer noch fortsetzen. Aber versprechen Sie mir diesmal, dass Sie bis morgen früh gegen zehn Uhr keine Dummheiten machen? Dann kann ich wenigstens beruhigt schlafen.«

»Okay, Sherlock. Ich bleibe bis nach dem Frühstück, dann können wir uns in Ruhe weiter unterhalten. Ich trinke übrigens Kaffee, keinen Tee.«

Herr Fiedler kicherte erleichtert. »So langsam finden Sie zu Ihrer alten Form zurück, was?«

Charlie grinste matt. Zehn Minuten später war sie tief und fest eingeschlafen.

*

Herr Fiedler öffnete die Tür zur Küche. Im ersten Moment glaubte er, noch zu träumen. Da stand eine fast nackte Frau vor dem Küchenschrank und hantierte mit dem Wasserkocher herum. Es war ein sehr realistischer Traum, denn jetzt drehte die Frau sich zu Herrn Fiedler herum, strahlte ihn an und wünschte einen „Guten Morgen, alter Knabe".

Herr Fiedler befand, dass die Höflichkeit es gebot, den Gruß zu erwidern, ob das nun ein Traum war oder nicht. Er räusperte sich und erwiderte „Jaja, ähm, guten Morgen auch".

„Haben Sie eigentlich gar keinen Kaffee im Haus?", sprach die fast Nackte weiter, während sie den Wasserkocher einschaltete. „Ich habe alle Schränke abgesucht, konnte aber weder Kaffee noch Utensilien zur Kaffeebereitung finden. Sie wissen schon, Filtertüten und so..."

Herr Fiedler entschied, dass dies eindeutig kein Traum war. Die junge Dame, so stellte er mit einem auf ihr Gesicht gerichteten Blick fest, war Charlie. Sie hatte hier übernachtet. Jetzt erinnerte er sich wieder.

„Sie sind ja so schweigsam, heute morgen", stellte Charlie fest. Sie sah an sich herunter und schien jetzt erst zu realisieren, dass sie außer ihrem knappen Höschen keine weitere Kleidung trug. „Sind Sie etwa schockiert? Oder sind Sie in Ihrem Alter darüber hinweg?"

Mit einem Arm hatte sie sich jetzt auf die Arbeitsplatte, den anderen in die Hüfte gestützt. Sie sah Herrn Fiedler herausfordernd an.
„Wenn Sie mit Ihrer Frage meinen, ob ich einen ästhetischen Reiz noch erkenne, wenn er barbusig durch meine Küche hüpft, so lautet die Antwort ja."
„Na sehen Sie, da habe ich Ihr Blut doch schön in Wallung gebracht an diesem unfreundlichen Morgen."
„Davon kann gar keine Rede sein. Ich sage Ihnen gern, was mein Blut in Wallung bringt: Wenn im Fernsehen geliftete Mittvierzigerinnen mit strahlend weißen Zahnimplantaten Werbung für Haftcreme machen, die - bei mir zumindest - niemals hält!"
»Dass Sie jetzt gerade an Implantate denken, gibt mir doch sehr zu denken. Ich kann Ihnen jedenfalls versichern, dass alles, was Sie sehen, echt ist.«
»Danke, ich bin beruhigt, das zu wissen. Immerhin wäre es auch ziemlich albern, schon in Ihrem Alter mit Ersatzteilen anzufangen, nicht wahr?«
Charlie schüttelte den Kopf. »Das Wort ›Ersatzteile‹ ist in dem Fall nicht angebracht, Sherlock. Man spricht eher von ›ästhetischer Plastik‹ oder ›Modellierung‹«.
»Alles Blödsinn«, erwiderte Herr Fiedler mit Nachdruck. »Und wenn Sie gelegentlich die Zeit übrig haben, ziehen Sie sich etwas über, bevor Sie sich erkälten.«
»Es ist Ihnen peinlich, eine nackte Frau zu sehen«, stellte Charlie fest.
»Nein, es ist mir gar nicht peinlich und von mir aus können Sie als Nackedei durch mein Haus hüpfen, wenn Ihnen das Spaß macht. Mir ist das Frühstück allerdings wichtiger, deshalb werde ich Sie jetzt nicht weiter aufhalten. Kaffeebohnen sind da hinten in der Zwiebackdose. Die Kaffeemühle steht hier und der Filter dort.« Herr Fiedler zeigte auf alle Gegenstände. »Machen Sie mir bitte einen Liter Wasser für meinen Tee heiß. Ich lasse Sie solange hier Ihre sexuelle Revolution ausleben.«
Herr Fiedler verließ die Küche und setzte sich an den Esstisch, wo er immer noch still vor sich hin kicherte, als Theo,

blass und auf wackeligen Knien, herunterkam und sich zu seinem alten Freund setzte. Er öffnete den Mund, um etwas zu sagen, ließ ihn dann aber offen stehen, als die Küchentür aufging. Die Tür klappte wieder zu, der Mund blieb offen. Theos Augen folgten der fast unbekleideten Charlie, die aus der Küche kam und an ihm vorbeiging. Theo war bis auf die Bewegung seiner Augäpfel zu völliger Reglosigkeit erstarrt, so dass er Charlie aus dem Blickfeld verlor, als sie an ihm vorbei war.

Theo sah Herrn Fiedler an. »Leide ich an fiebrigen Halluzinationen, oder hüpfte hier gerade eine nur spärlich bekleidete Rotblonde durch das Wohnzimmer?«

Herr Fiedler bemühte sich um einen ernsten Gesichtsausdruck. »Bei solchen Halluzinationen sprichst du von ›leiden‹? Wenn sich fieberhafte Gebrechen auf diese Art äußern, hoffe ich auf baldige Ansteckung.«

Theo wagte einen vorsichtigen Blick über die Schulter. Dann sah er Herrn Fiedler wieder an. »Das ist Charlie.«

»Klar.« Herr Fiedler grinste breit. »Was hattest du denn gedacht? Dass ich hier ein Asyl für ledige Frauen aufgemacht habe?«

Charlie war inzwischen angezogen und kam mit ausgestreckter Hand auf Theo zu. »Hallo. Geht es Ihnen besser?«

»Äh, danke.« Theo war aufgestanden und schüttelte Charlies Hand. Seine Wangen zeigten deutliche rote Flecken. »Besser, ja. Viel...«

»Was ist nun mit dem Tee, mein Deern? Gibt's hier bald Frühstück?«

»Ihr Teewasser müsste inzwischen heiß sein, mein Kaffe ist durchgelaufen, dann kann es eigentlich losgehen. Haben Sie Margarine?«

»Nein, wozu?«

»Zum Essen, natürlich.«

»Es gibt irisches Sodabrot und Butter, echte irische Orangenmarmelade, selbstgemachtes Pflaumenmus, Käse und Wurst. Wenn Sie wollen, brate ich ein paar Eier. Speck ist leider keiner da. Wonach steht Ihnen der Sinn?«

»Nach Toastbrot mit Margarine.«

»Igitt, Margarine. Kein Wunder, dass Sie kriminell werden, wenn Sie sowas zum Frühstück essen.«

Herr Fiedler und Charlie verschwanden Richtung Küche und ließen Theo zurück. Er saß noch genau so auf seinem Stuhl, als sie einige Minuten später mit einem Tablett und zwei Kannen zurückkamen.

»Nun erzählen Sie uns aber mal von Ihrer nächtlichen Ermittlung.«

Charlie erwähnte die Putzfrauen, ihren eigenen Balanceakt auf dem Transportband, die Fotos, die sie geschossen hatte und das Eintreffen des zweibeinigen Wachhundes Kletzenrath.

»Was hat der wohl für eine Funktion im Unternehmen?«

»Er benahm sich wie ein Hausmeister. Sie wissen schon, der ungekrönte König seines kleinen Reiches, ungehobelt, unfreundlich, mental recht einfach gestrickt.«

Herr Fiedler grinste. »Sie haben wohl schon Erfahrungen mit Hausmeistern.«

Charlie grinste zurück. »Jedes deutsche Schulkind hat so seine Erfahrungen mit Hausmeistern.«

»Und dann?«

»Dann kam Captain Fantastic und hat mich aus den Klauen des grausamen Graukittels befreit, nicht ohne mir selbst mit Gefängnis zu drohen, wenn ich irgend jemandem ein Sterbenswörtchen über sein Eingreifen verrate. Und damit kommen wir zu meiner Frage: Wer ist der Typ?«

»Watermann? Ein wirklich ausgebuffter Kriminalhauptkommissar aus Krefeld. Wir haben uns kennen gelernt, als eine Freundin von mir in Uerdingen über eine Leiche gestolpert ist.«

»Und womit haben Sie ihn bestochen, damit er mich gerettet hat?«

Herr Fiedler schnaubte empört. »Ich besteche niemanden, und ich glaube auch nicht, dass Watermann sich bestechen lassen würde. Ich habe ihn einfach darum gebeten.«

Theo hatte die ganze Zeit schweigend und mit mehr oder weniger entsetztem Gesichtsausdruck den Schilderungen des vergangenen Abends gelauscht. Jetzt war er es, der die

Diskussion wieder zur Sache zurückbrachte. »Was ist denn nun mit diesen Digitalfotos, die Sie geschossen haben. Können wir uns die einmal ansehen?«

Charlie holte den kleinen Apparat und rief die Fotos auf dem Display auf. Doch obwohl Brillen hoch und runter geschoben, Augenbrauen gerunzelt und der Apparat einmal dicht vor die Augen und dann wieder weit weg gehalten wurde, war außer groben Umrissen nicht viel erkennbar.

»Zu Hause habe ich ein Datenkabel, mit dem ich die Bilder auf meinen PC laden kann, dann kann man die Fotos auf dem Bildschirm betrachten. Außerdem kann man auch richtige Papierabzüge bekommen.«

»Dann sollten Sie diese Abzüge machen lassen, so kann man beim besten Willen nichts erkennen.«

Sie einigten sich auf ein neues Treffen, sobald die Abzüge fertig waren, und hatten das Frühstück fast beendet, als Herrn Fiedler die Liste mit den Praktikanten wieder einfiel. Er erzählte Charlie von seinen Problemen, die Telefonnummern der Personen herauszufinden, und bat sie um Einschaltung des AStA.

»Klar, das kann ich versuchen. Allerdings werde ich da auch erst am Montag wieder jemanden erreichen.« Sie zwinkerte Herrn Fiedler kurz zu. »Vielleicht kriege ich aber schon früher etwas heraus.«

Herr Fiedler riss beide Hände hoch und winkte ab. »Nein, lassen Sie alles bleiben, was auch nur im Entferntesten als illegal oder kriminell bezeichnet werden könnte.«

Charlie grinste. »Es ist weder illegal noch kriminell, wenn ein versierter Computerfachmann, der auch Codewörter von verschlüsselten Disketten knacken kann, Telefonnummern aus dem Internet fischt.«

»Davon will ich nichts wissen. Ich gebe Ihnen die Liste in dem festen Glauben, dass Sie sich gesetzeskonform verhalten, um herauszufinden, wie wir die Praktikanten kontaktieren können.«

Charlie nickte, Theo schüttelte den Kopf. Erst als Charlie gegangen war, sprach Theo seine Befürchtungen aus. »Sie wird

einen Hacker bitten, die Telefonnummern auszuspionieren. Wie auch immer man so etwas heute macht.«
Herr Fiedler nickte. »Vermutlich.«
Theo schüttelte den Kopf. »Seit wann vertrittst du die Meinung, dass der Zweck die Mittel heiligt?«
»Ein Telefon ist ein Kommunikationsmittel, Theo. Ich will nichts Anderes, als mit den Praktikanten kommunizieren, dafür brauche ich die Nummer. Wenn wir ins Telefonbuch sehen, hat das auch nichts mit ausspionieren zu tun.«
»Ich habe keine Ahnung, wo dieser Hacker die Telefonnummern herbekommt. Wenn er sie aus einem Internet-Telefonverzeichnis bekommt, falls es so etwas gibt, ist nichts dagegen einzuwenden. Aber wenn er sich in einen Hochschulcomputer hineinschleicht, dann kann er dort sicher noch alle möglichen weiteren Informationen finden. Klausurnoten zum Beispiel. Oder sogar Kontonummern, was weiß ich.«
Herr Fiedler schwieg einen Moment. »Daran habe ich nicht gedacht. Ich werde Charlie nochmal anrufen und mir ihr Versprechen geben lassen, dass sie nicht in fremde Computersysteme eindringt und keine zusätzlichen Informationen ausspioniert als ausschließlich die Telefonnummer.«
Charlie versprach es.

Plat Principal

In Rotwein pochiertes Rinderfilet auf Ärpelragout und Zucchinigemüse

Charlie hatte kaum den Hörer aufgelegt, als das Telefon wieder klingelte.

»Charlotte! Ich muss immer wieder an Sie denken und an unseren schönen Abend. Ich möchte Sie gern wiedersehen.«

Beetke! Charlie zwang sich dazu, gleichmäßig weiter zu atmen. Was sollte sie ihm bloß darauf antworten? Dass sie in jeder nicht dem Einbruch gewidmeten Sekunde an ihn gedacht hatte? Dass sie sich vorgestellt hatte, wie er sie in den Arm nahm und küsste? Dass sie letzte Nacht auf Herrn Fiedlers grüner Samtcouch von ihm geträumt hatte?

»Herr Beetke, sind Sie das? Ich hatte Ihre Stimme nicht gleich erkannt.«

»Nanu, was ist los mit Ihnen? Am Donnerstagabend haben Sie mich Robert genannt.«

Charlie stutzte einen Moment. Richtig, nach einigen Gläsern dieses hervorragenden Champagners hatte sie Beetke mit dem Vornamen, aber weiterhin mit ›Sie‹ angesprochen, so wie er es bei ihr tat.

»Entschuldigung, ich war noch ganz in Gedanken. Was hatten Sie sich denn vorgestellt?«

»Was haben Sie am Wochenende vor?«

Charlie überlegte einen Moment. Sie wollte Mr. Spock, ihren Computerspezi, auf die Spur der ehemaligen Praktikanten setzen, ansonsten hatte sie keine Pläne. »Ich habe nur eine wichtige Verabredung heute Nachmittag, ansonsten noch nichts geplant.«

»Ich hole Sie um sechs heute Abend ab und lade Sie in ein Schloss ein. Morgen am frühen Nachmittag sind Sie zurück. Wie hört sich das an?«

Charlie stockte der Atem. Beetke wollte sie in ein Schloss entführen? Über Nacht? War das, was hier passierte, die mo-

derne Version von Aschenputtel und dem Prinz? Aber wo waren die Stiefschwestern?
»Das hört sich gut an«, hörte sie sich sagen. »Es sei denn, es würde meinen Kleiderschrank überfordern.«
Beetke lachte leise. »Nein, wird es nicht. Seien Sie einfach Sie selbst, Charlotte. Das ist wichtiger als alles andere.«

*

Herr Fiedler überprüfte seine Mailbox täglich, das hatte ihm sein ehemaliger Untermieter, der das System installiert hatte, dringend geraten. »Die E-Mail ist die schnellste Art der schriftlichen Kommunikation, die zurzeit für Privatleute existiert. Die einzige Verzögerung, die dabei eintritt, liegt bei Ihnen, nämlich abhängig davon, wie oft Sie ihre Nachrichten abrufen. Also bremsen Sie das System nicht aus, rufen Sie mindestens einmal täglich Ihre Mails ab.«
Herr Fiedler hatte sich brav daran gehalten, obwohl er in den ersten Tagen immer wieder enttäuscht wurde. Heute allerdings musste ihm niemand vorschreiben, den Posteingang zu überprüfen. Er wartete sehnsüchtig auf eine Antwort von Johannes von Karst, dem protestantischen Pfarrer, der in Olivia Pembrokestons Geburtsstadt weiter nach ihr forschen wollte. Offenbar hatte auch Johannes von Karst den Spruch mit dem schnellsten verfügbaren Kommunikationsmittel irgendwann einmal gehört, denn er hatte bereits geantwortet.
»Lieber Herr Fiedler, ich habe über meinen Bekannten, der Mitglied bei ›family tree‹ ist, in den Geburtsregistern von Bankstown, New South Wales, nach einem Eintrag unter dem Namen Pembrokeston forschen lassen, da die Mitglieder dieser Organisation kostenlosen Zugang zu solchen Registern haben. Es gibt leider in den Jahren 1968 und 1969 keine Geburt unter diesem Namen. Es gibt allerdings einen Totenschein von John Pembrokeston aus dem Jahr 1969, auf dem vermerkt ist, dass er im Alter von zweiundsiebzig Jahren das Zeitliche gesegnet hat und eine Tochter namens Olivia und einen Sohn namens Richard hatte. Wir forschen jetzt nach dem Verbleib dieser Kinder. Ich halte Sie auf dem Laufenden – Johannes von Karst.«

Herr Fiedler saß eine Weile wie erstarrt vor dem Computer. Warum hatte er damals die Suche nicht weiter fortgesetzt? Von zu Hause, nachdem Ilse wieder gesund geworden war. Natürlich, er kannte den Grund. Der Hausarzt hatte ihn eines Tages zur Seite genommen und ihm geraten, weitere Nachforschungen über Ludwigs letzte Monate in Australien und über die Frau, die er geliebt hatte, zu unterlassen. Ilse bräuchte Ruhe, es wäre ihrer Gesundheit nicht zuträglich, wenn sie durch die Nachforschungen immer wieder aufs Neue mit Ludwigs Tod konfrontiert würde. Herr Fiedler hatte sich dem Rat des Arztes gebeugt. Bis vor wenigen Wochen. Aber jetzt hatte er das unwiderstehliche Bedürfnis zu erfahren, ob er lebende Nachkommen hatte. Er sandte von Karst eine Antwort, in der er sich für die Hilfe bedankte und ihn bat, weiter zu suchen. Einem plötzlichen Einfall folgend bat er von Karst, auch unter dem Namen Fiedler zu suchen. Er wusste zwar nicht, wie die sechziger Jahre in Australien gewesen waren, aber in Deutschland hätte eine junge, unverheiratete Frau, die plötzlich ein Kind zur Welt bringt, sicher Schwierigkeiten gehabt. Wenn Olivia Pembrokeston etwas Ähnliches hatte befürchten müssen, hatte sie vielleicht Ludwigs Namen angenommen, um als verheiratete Frau - als Witwe, korrigierte Herr Fiedler sich - möglichen Repressalien zu entgehen.
Dann wandte er sich der zweiten E-Mail des heutigen Tages zu. Aha, die Liste der Praktikanten, mit Telefonnummern versehen. Die Absenderadresse war Charlies, aber es waren keine persönlichen Worte dabei, sondern nur die Liste. An diese Art der Kommunikation würde er sich erst noch gewöhnen müssen.
Etwa zwanzig Namen, Hochschulen, Daten und Telefonnummern standen auf der Liste, die Herr Fiedler auf seinem Tintenstrahldrucker ausdruckte. Bei der genauen Durchsicht musste er sich korrigieren. Hinter zwei Namen fehlten die Telefonnummern, stattdessen stand dort der Vermerk „Kein Eintrag". Nun, das konnte alles Mögliche bedeuten. Vielleicht verbrachten die Damen ein Auslandssemester und hatten in Deutschland kein Telefon angemeldet. Oder

sie waren ausgewandert. Herr Fiedler stutzte. Die Namen hörten sich osteuropäisch oder russisch an. Nadja Dinç und Ljubov Dumakova. Vielleicht waren die beiden nach ihrem Studium in ihre Heimatländer zurückgekehrt.
Herr Fiedler überprüfte seine Notizen und stutzte erneut. Diese beiden Studentinnen hatten ihr Praktikum genau zu dem Zeitpunkt beendet, zu dem die Teilung des Betriebes vorgenommen worden war. Sie wären also auf seiner Telefonliste die ersten gewesen, denen er seine Fragen gestellt hätte: Wie sah damals die Produktionslinie aus, die in dem jetzt abgeschlossenen Betriebsteil steht? Was gibt es dort sonst noch? Ist dort das Wareneingangslager, das Professor Beetke für den möglichen Grund der hohen Sicherheitsstufe hält? Hat es irgendeine offizielle Erklärung zur Abschottung des Betriebsteils gegeben? Wenn ja, welche?
Theo hatte sich in seinen Bademantel gehüllt und kam ins Wohnzimmer, in dem der Computer auf einem kleinen Tischchen stand. »Was gibt es Neues, Patrick? Kommst du voran mit deinen Ermittlungen?«
Theo sah immer noch sehr mitgenommen aus, dachte Herr Fiedler und lächelte seinen alten Freund an. »Charlie hat uns die Telefonnummern der Praktikantinnen geschickt, wobei die Nummern der beiden Damen, die genau zu dem interessanten Zeitpunkt vor Ort waren, fehlen.«
Theo strich sich mit der linken Hand über das ungekämmte Haar. »Von welcher Uni kamen die beiden?«
»Münster«
»Dann sollten wir am Montag dort nochmal nach ihnen fragen.«
Herr Fiedler nickte, aber er spürte einen leichten Druck in der Magengegend. Sein Gefühl sagte ihm, dass dieser Zufall keiner war.

*

Bechstein legte den Kopf in die Hände, die Ellbogen hatte er auf seine Schreibtischplatte gestützt. Noch eine Woche. Und dann? Er hatte kein Hobby. Früher hatte er regelmäßig Sport getrieben. Fußball. Aber seit er im Kriminalkommissariat war, seit vielen Jahren also, war an regelmäßiges Training nicht zu denken. Überstunden, Bereitschaftsdienst und Erschöpfung hatten ihn schnell ins sportliche Abseits gedrängt. Anfangs hatte er den Sport noch vermisst, doch jetzt konnte er sich beim besten Willen keine körperliche Bewegung mehr vorstellen. Sein Hausarzt hatte ihm gesagt, dass er fünfundzwanzig Kilo zuviel auf die Waage brachte. Seine Knie ließen es ihn jeden Tag spüren.

Er riss sich zusammen. Mit dem Jammern könnte er anfangen, wenn er seinen letzten Dienst hinter sich hatte. So lange galt es, die verbleibende Zeit zu nutzen und diese seltsame Fahrerflucht weiter zu untersuchen. Er blätterte nochmals die Akte durch, die er inzwischen fast auswendig kannte. Sein Blick fiel wieder auf das Foto des verbeulten Fahrrads am Tatort. Das Fahrrad! Es war sichergestellt worden. Eine gründliche Untersuchung war allerdings nicht angeordnet worden. Das würde er sofort nachholen. Bechstein griff nach dem Telefonhörer.

*

Charlie hatte geduscht, sich die Haare gewaschen und sich etwa zwölfmal an- und wieder ausgezogen. Sie hatte Kleidung ausgesucht, die sie übers Wochenende mitnehmen würde, wieder in den Schrank gelegt, sich neu, dann anders und wieder umentschieden und letztendlich war sie noch nicht fertig, als Beetke um kurz vor sechs klingelte. Sie schmiss die Sachen, die gerade greifbar waren, in ihre Tasche, zog den Mantel über und hastete die Treppe hinunter. Beetke wartete vor der Tür. Er sah wie immer aus wie aus dem Ei gepellt.

»Hallo Charlotte, ich freue mich, Sie zu sehen.«

Er hauchte ihr einen Kuss auf die Wange, nahm die Tasche, öffnete die Beifahrertür, verstaute die Tasche im Kofferraum und setzte sich ans Steuer.

»Wohin geht's?«, fragte Charlie, wobei sie sich Mühe gab, entspannt und cool zu wirken.

»Überraschung. Wir fahren ungefähr eineinhalb Stunden. Um acht Uhr ist der Tisch für das Abendessen reserviert. Ich hoffe, Sie haben Hunger.«

»Immer.«

Beetke plauderte den größten Teil der Fahrt durchaus charmant über Dinge, von denen Charlie nichts verstand. Segeln, Golf, Bergsteigen. Sie fuhren nach Belgien. Die Ortschaften wurden kleiner, die Häuser grauer und älter, die Straßen kurviger. Hier kannte Charlie sich nicht aus. Aber schön war's, soviel konnte sie in der Dunkelheit erkennen. Viele Häuser und Vorgärten waren weihnachtlich geschmückt, in einer Art, die eindeutig nicht deutsch war. Mehr Kitsch, mehr Farben, mehr Spielerei. Schlitten und Elche aus Lichterketten, Weihnachtsmänner mit rot blinkenden Nasen und riesige, von innen beleuchtete Pakete mit großen, roten Schleifen.

Beetke bemerkte ihr Lächeln. »Gefällt Ihnen die Weihnachtsdekoration?«

»Och, es geht so. Eigentlich ist das einzig Gute an Weihnachten das ganze süße Zeug.«

»Süßes Zeug? Was meinen Sie?«

»Lebkuchen, Dominosteine, Plätzchen, Stollen, Schokoladenweihnachtsmänner, Zimtsterne, Vanillekipferl, Marzipankugeln, Printen, Weckmänner, Spekulatius, Pfeffernüsse, Mandelkonfekt, habe ich irgendetwas vergessen?«

Beetke lachte schallend. »Das kam ja wie aus der Pistole geschossen. Dabei sehen Sie gar nicht so aus, als ob Sie dieses Zeug haufenweise futtern würden.«

Charlie grinste. »Klingt nett, ist aber gelogen. Ich versuche tapfer, den Konsum derart ungesunder Kost in Grenzen zu halten. Gelingt mir bloß nicht so oft.«

Das Schloss stellte sich als riesiger, alter Kasten in einem unüberschaubar großen Park heraus. Die Auffahrt war mit flackernden Fackeln beleuchtet, ein goldbetresster Page öffnete die Beifahrertür, kaum dass der Wagen vor der großen Freitreppe stand.

Charlie wähnte sich in einem dieser fürchterlichen Groschenromane, die sie vor etlichen Jahren mit Begeisterung verschlungen hatte. Sie musste grinsen, als Beetke sie am

Arm nahm, sie in die Halle und zur Rezeption führte. Er parlierte Französisch und trug sich in ein Buch ein. Dann bedeutete er Charlie, dem Pagen zu folgen, der bereits wartend hinter ihnen stand.

Die Suite belegte das gesamte Dachgeschoss und schloss eine große Dachterrasse ein. Auf dem Salontischchen stand eisgekühlter Champagner, den sie als Aperitif tranken, wobei Beetke Charlie das »Du« anbot. Sie besiegelten die neue Vertrautheit mit einem Kuss.

Charlie hörte ein Glöckchen klingeln. Erleichtert stellte sie fest, dass dieses Geräusch nicht in ihrem leicht benebelten Kopf entstanden, sondern eine Tatsache der real existierenden Umwelt war.

»Man läutet zum Abendessen«, verkündete Beetke und stellte sein Glas ab. »Lass uns gehen, ich habe einen Bärenhunger.«

In dem nur von Kerzen erleuchteten Gewölbekeller trugen diskrete Ober diverse Vorspeisen, Suppen, Wildgerichte, Beilagen und einen üppigen Nachtisch auf. Dann folgten Kaffee und Calvados. Charlie hatte ausgezeichnet gegessen, hervorragenden Rotwein getrunken und musste sich von Beetke stützen lassen, als er einen Spaziergang durch den von Fackeln erleuchteten Park vorschlug. Sie gingen schweigend. An einem halb verfallenen Pavillon küsste er sie.

»Du bist wundervoll«, flüsterte er in ihr Ohr und strich ihr eine Haarsträhne aus der Stirn. »Warum ist mir das bloß nicht früher aufgefallen?«

Ja, warum wohl? Dieser Gedanke hatte Charlies Bewusstsein kurz gestreift, war ihr dann aber wieder entglitten. Egal, es war ja noch nicht zu spät. Sie erwiderte seinen Kuss mit Leidenschaft.

Das zweite Schlafzimmer der Suite blieb in dieser Nacht unbenutzt.

*

Herr Fiedler legte den Hörer auf. »Schon die Dritte, die genau das Gleiche sagt wie alle anderen. Es habe zu ihrer Zeit keine Trennung der Betriebsteile gegeben. Sie wüsste auch nicht, aus welchem Grund zum damaligen Zeitpunkt eine Trennung hätte stattfinden sollen, es seien halt mehrere Produktionsstraßen im Werk, auf denen unterschiedliche Produkte hergestellt wurden. Sonst hätte es keinen Unterschied gegeben.«

Theo wiegte den Kopf. »Es nützt alles nichts, wir müssen die Telefonnummern der zwei Praktikantinnen herausfinden, die in den letzten Wochen vor der Abschottung dort waren. Vielleicht können diese beiden Licht ins Dunkel bringen.«

Herr Fiedler seufzte. »Warum sind gerade diese beiden Nummern nicht auf dem Zettel? Jetzt müssen wir bis Montag warten, bevor wir an der Universität jemanden nach den beiden Namen fragen können. Und wo steckt eigentlich Charlie? Warum geht sie nicht an ihr Telefon? Sie müsste doch die Fotos inzwischen angesehen haben und uns sagen können, ob es etwas Interessantes zu entdecken gibt.«

»Charlie ist eine hübsche, junge und vor allem ausgesprochen lebenslustige Studentin. Sie wird den Samstagabend in einer Kneipe verbringen oder im Kino oder was weiß ich, was junge Leute heute so anstellen. Sie wird sich schon wieder melden, sei unbesorgt.«

»Aber genau das ist der Punkt. Ich beginne langsam, mir Sorgen um sie zu machen. Wer weiß, was sie jetzt wieder ausheckt.«

Theo lächelte. »Vielleicht ist sie auch verliebt und hat uns deswegen vergessen.«

Herr Fiedlers Lächeln war nicht so fröhlich wie sonst. Auch dieser Gedanke konnte ihn nicht recht trösten. Er musste daran denken, wie Charlie und der Professor sich angesehen hatten, als sie gemeinsam in der Hochschule gewesen waren. Er hoffte nur, dass Charlies Abwesenheit nichts mit diesem Herrn zu tun hatte. Männer, die Frauen umgarnten, die ihre Töchter sein könnten, waren ihm immer suspekt gewesen, ohne dass er sich den Grund dafür jemals hätte erklären können. Nun, Charlie war alt genug und ziemlich clever. Sie würde auf diesen Charmeur sicher nicht hereinfallen.

*

»Erzähl mir von deinen Ermittlungen im Fall Annabelle Sievers.« Beetke spielte wieder mit einer Haarsträhne, die Charlie über die geschlossenen Augen gefallen war. Sie lag neben ihm in dem Himmelbett mit dem weißblauen Baldachin, hatte den Kopf auf seine Schulter gelegt und konnte sich nicht entscheiden, ob sie wieder einschlafen oder endlich richtig aufwachen sollte. Sie schnurrte.

»Komm, spann mich nicht auf die Folter.« Beetkes Hand fuhr langsam ihren Nacken entlang und über die Schulter. »Was habt ihr herausbekommen?«

Charlie blinzelte. Die Sonne schien ins Fenster, auf dem kleinen Tisch neben dem Bett standen Mineralwasser und Obst, die männliche Brust vor ihren Augen war unbehaart. Damit war ihr Blickfeld ausgeschöpft. Um mehr zu erkennen, hätte sie den Kopf heben müssen, und das hatte sie nun wirklich noch nicht vor.

»Also?« Es klang, als ob er es mit Nachdruck sagte.

»Ich weiß nicht.« Sie hatte keine Lust, darüber nachzudenken, ob sie den Einbruch erwähnen sollte. Bisher wusste sie ja noch nicht einmal, ob die Fotos verwertbare Informationen enthielten. Sie hatte sie nur kurz auf ihren PC geladen, nachdem sie nach Hause gekommen war, sie aber nicht ausgiebig betrachtet.

»Erzähl mir nicht, dass ihr untätig wart. Ich bin sicher, dass es neue Informationen gibt.«

Charlie fand zwar, dass das Thema der Situation nicht ganz angemessen war, aber Beetke wollte offenbar nicht lockerlassen.

»Herr Fiedler hat sich die Namen der Praktikantinnen und Praktikanten besorgt.«

»Von Frau Diepgen, das weiß ich doch schon.«

»Nein, von Feinkostkönig direkt. Alle Namen der letzten drei Jahre.«

In Beetkes Stimme lag eindeutig Verwunderung. »Wie hat er die bekommen?«

Charlie kicherte. »Er hat einen Freund, der beim WDR arbeitet. Der hat sie ihm besorgt. Diese Public-Relations-Tante fährt wohl auf alles ab, was mit Presse, Funk und Fernsehen zu tun hat.«

Einen Moment lang sagte Beetke nichts. »Und, hat das etwas gebracht?«, fragte er dann.

»Keine Ahnung. Ich weiß nicht, ob er die Leute schon angerufen hat.«

»Und du, Charlotte? Was hast du zu den Ermittlungen beigetragen?«

»Ich habe ihm die Telefonnummern der Praktikanten besorgt, die Liste war nämlich ohne Nummern. Zwei waren allerdings auch mit meinen Mitteln nicht herauszufinden.«

Beetke schwieg wieder einen Augenblick. »Wie hast du die Telefonnummern herausgefunden?«

»Ein Freund von mir hat sie aus diversen Onlineverzeichnissen herausgezogen. Wenn man weiß, wo man suchen muss, findet man im Internet praktisch alles.«

»Herr Fiedler hat dies getan, dein Freund jenes... und was hast du unternommen, Charlotte? Du hast doch nicht zu Hause gesessen und für Herrn Fiedler Socken gestrickt.«

Charlie fühlte sich entspannt, wohlig, einfach gut. Beetke war ein zärtlicher Liebhaber, der mit der rechten Hand ihren Nacken kraulte. Gab es wirklich einen Grund, ihm ihre Erkundigungen bei Feinkostkönig nicht anzuvertrauen? Dem Mann, dem sie sich selbst ganz und gar, mit Haut und Haaren anvertraut hatte? War der leise Ruf der Vorsicht nun klug oder war es die alte Paranoia, die ihr wieder den früheren Wahlspruch einflüsterte: Trau niemandem außer dir selbst. Sie fasste einen Entschluss. »Ich habe mich bei Feinkostkönig umgeschaut.«

»Hatte Herr Fiedler nicht auch schon eine Führung mitgemacht?«

»Ja, aber mit der Führung bekommt man den interessanten Teil nicht zu sehen. Deshalb habe ich mich ohne Leithund und ohne Herde auf die Socken gemacht und mir den Teil angeschaut, der üblicherweise nicht zugänglich ist.«

Beetkes Brustkorb schien mitten in der Atembewegung zu stocken, einige Sekunden bewegungslos zu verharren, bevor er sich wieder normal senkte. »Wie hast du das denn geschafft? Ich hatte Herrn Fiedler so verstanden, als sei dieser Teil wirklich sehr gut abgeschottet.«

Charlie war mit einem Schlag deutlich wacher. Die Beantwortung dieser Frage würde ihre illegalen Aktivitäten offenbaren, obwohl noch nicht einmal gesichert war, dass sie verwertbare Informationen gesammelt hatte. Nur im äußersten Fall, nur, wenn die Fotos wirklich dramatische Aussagekraft hätten, nur, wenn sie sicher wäre, dass sie einen Mord aufklären könnte, nur dann hätte sie diesen Einbruch zugeben sollen. Das war ihr Plan gewesen. Ihre Eitelkeit hatte sie in diese Situation gebracht. Jetzt hieß es, möglichst vage zu bleiben. Ab sofort musste jedes Wort gut bedacht sein.

»Ich bin mit der Putzkolonne rein.« Hoffentlich würde er sich damit erst einmal zufrieden geben.

»Na, da ist die Abschottung aber ziemlich unprofessionell, wenn eine beliebige unbekannte Person als Putzfrau verkleidet einfach so in den Hochsicherheitstrakt spazieren kann.«

»Hmm.«

»Hast du denn wenigstens etwas herausgefunden?«

Zum Glück hatte er nicht nach dem genauen Ablauf ihres Eindringens gefragt. »Das weiß ich noch nicht.«

»Was soll das denn wieder heißen?«

»Ich habe Fotos gemacht, die wir aber noch nicht ausgewertet haben.«

»Hast du sie denn schon zum Entwickeln gegeben?«

»Nein. Muss ich aber zunächst auch nicht. Es sind Digitalfotos, die kann ich mir auch erstmal auf dem Rechner ansehen. Wir wollen sie allerdings auf Papier entwickeln lassen, damit wir etwas in der Hand haben.«

»Gut. Zeig sie mir, wenn du sie hast, damit ich etwas zur ursprünglichen Frage sagen kann.«

Charlie hob den Kopf und sah ihn fragend an.

»Na, was der Grund dafür sein könnte, dass dieser Betriebsteil so geheim gehalten wird.«

*

Den besonderen Regeln der Lebensmittelherstellung ging auch Theo nach. Unermüdlich wälzte er die Bücher, die Herr Fiedler ihm mitgebracht hatte. Selbst am Kaffeetisch hatte er eins dieser Werke neben sich liegen.
»Wusstest du eigentlich, dass in Kalbsleberwurst gar keine Kalbsleber drin ist?«
Herr Fiedler sah überrascht aus. »Aber dann dürfte die doch gar nicht Kalbsleberwurst heißen, oder?«
Theo schüttelte den Kopf. »Du denkst, Kalbsleberwurst kommt von Kalbsleber und Wurst. Aber wenn du das Wort anders trennst, kommst du auf Kalbs-Leberwurst.«
Herr Fiedler schaute Theo mit gerunzelter Stirn an. »Das verstehe ich nicht.«
»Naja, in Kalbsleberwurst ist schon Leber drin, aber meistens vom Schwein. Und Kalbfleisch ist auch meist drin, aber eben keine Kalbsleber. Die fertige Wurst besteht aus Kalb und Leber. Also Kalbsleberwurst.«
Herr Fiedler sah nicht überzeugt aus. »Ist das nicht Betrug? Der Begriff Kalbsleberwurst klingt doch ziemlich irreführend.«
Theo zuckte die Schultern. »Wenn du jetzt schon unzufrieden bist, sage ich dir lieber gar nicht mehr, dass der Lebergehalt häufig nur zehn Prozent beträgt. Insofern fände ich bereits die Bezeichnung ›Leberwurst‹ nicht ganz angemessen, vom Kalb ganz zu schweigen.«
Eine Weile herrschte Stille, während Theo weiter in dem Buch blätterte und Herr Fiedler vor sich hin starrte.
»Theo, warum tun die Menschen sich das eigentlich an?«, fragte Herr Fiedler.
»Was?«
»Warum essen die Leute Joghurt ohne Fett oder Kalbsleberwurst ohne Kalbsleber? Warum kaufen sie nicht einfach etwas Obst, statt fertig eingedickter ›Rote Grütze‹, bei der die Zutatenliste so lang ist, dass die Verpackung größer sein muss, als die Menge des Produktes erfordert? Warum haben so viele Menschen keinen Spaß beim Essen und kein Vertrauen darauf, dass man sich mit Brot, Butter und vernünftigem Käse gesund ernähren kann?«

Theo dachte einen Moment nach. »Darüber habe ich eine Theorie gelesen, die lautet, dass die Deutschen immer dazu neigen, ein schlechtes Gewissen zu haben. Das bezieht sich auch auf die Tatsache, dass sie im Überfluss zu essen haben, während jeden Tag hunderttausend Menschen verhungern. Also wähnen sie in der Nahrung schreckliche Gefahren. Das führt dazu, dass man das Essen nicht einfach so genießen kann, schon gar nicht das, was man gern mag. In dieser gefährlichen Ernährungssituation muss man dann kein schlechtes Gewissen mehr haben, weil es so viel zu essen gibt, denn die Menge allein ist ja gar nicht entscheidend. Entscheidend ist die Qualität und die ist, nach Meinung dieser Leute, mit all den Cholesterinen, Fetten und Spritzmittelrückständen lebensbedrohlich schlecht. Also geht es ihnen im Grunde nicht viel besser als jenen Menschen, die hungers sterben.«
»Kannst du das nachvollziehen?«
»Nein. Überhaupt nicht.«
»Glaubst du denn, dass unsere Lebensmittel heutzutage gut sind?«
»Ich habe sicher keine Angst vor Butter oder vor einem ordentlichen Braten. Ich habe vielmehr ein komisches Gefühl, wenn ich nicht weiß, was ich esse. Und das scheint mir bei vielen neuen Lebensmitteln der Fall zu sein. Oder hast du eine Ahnung, was in probiotischem Trinkjoghurt wirklich drin ist? Oder in vegetarischen Würstchen? Oder in Brot mit knackiger Kruste und weicher Krume, das niemals schimmelt, egal wie lange man es liegen lässt?«
Herr Fiedler schüttelte den Kopf. »Nein, keine Ahnung. Ich habe aber auch lange Zeit nicht gewusst, was dieses leckere kandierte Popcorn ist, das ich in Mexiko so gern gegessen habe. Bis mir jemand erklärt hat, dass das geröstete Maden sind.«
Theo sah seinen Freund entsetzt an.
»Das schmeckte wirklich gut, Theo. Auch Schlange ist in Ordnung und diverse andere Dinge. Es kommt eigentlich nur darauf an, was man gewöhnt ist. Australier essen keine Kaninchen, weil sie sie als Plage betrachten wie wir die

Ratten. Inder essen keine Kühe, weil sie heilig sind, die Deutschen finden es abartig, Katzen zu essen, dafür essen sie Schweine, die sich im Schlamm suhlen. Und Fritz, der alte Preuße, musste seine Untertanen zwingen, Kartoffeln zu essen. Kannst du dir die deutsche Küche ohne Kartoffeln vorstellen?«

Theo schüttelte den Kopf. »Die Küche hat sich sowieso sehr verändert«, sinnierte er. »Früher hätte jede ordentliche deutsche Hausfrau entsetzt den Kopf geschüttelt, wenn man ihr gesagt hätte, sie solle Olivenöl benutzen.«

Herr Fiedler kicherte. »Stimmt. Und Nudeln waren etwas für die Armen. Heute heißt das Zeug Pasta und liegt im Delikatessengeschäft direkt neben dem Kaviar.«

Jetzt lächelte auch Theo. »Als wir das erste Mal in Italien Urlaub machten, bekamen wir ein Gericht, in dem sich unserer Meinung nach Tannennadeln befanden. Wir hielten das für eine Zumutung und haben das Essen entrüstet zurückgehen lassen. Inzwischen weiß ich, dass es frischer Rosmarin war. Was für eine Verschwendung!«

Herr Fiedler nickte. »Man lernt dazu. Und heutzutage braucht bloß eine Kochsendung ein bestimmtes Gericht anzupreisen, schon schwört die Nation auf die jeweils angesagte Stilrichtung. Ob das nun Italienisch, Französisch oder Korsisch ist. Mir ist jedenfalls ziemlich egal, was von den Futterpäpsten gerade propagiert wird, solange nicht jemand auf die Idee kommt, die Kost des Kongovolkes der Bakumu zur sinnvollsten Ernährung für das dritte Jahrtausend zu küren.«

»Wovon ernähren die sich denn?«

»Von Menschenfleisch.«

*

Beetke setzte Charlie nach ausgiebigem Frühstück, einem Spaziergang und einem kleinen Mittagsimbiss gegen drei Uhr zu Hause ab.

»Kommst du morgen in mein Büro, um mir die Fotos zu zeigen?«

»Vermutlich.«

»Ich bin ab vierzehn Uhr da, vorher habe ich Vorlesungen. Bis dann.«

Er küsste sie und stupste sie mit dem Finger auf die Nase. »Pass auf dich auf. Und schwindle dich nicht wieder irgendwo hinein.«

Charlie stieg die Treppen hoch und kramte ihren Schlüssel aus der Tasche. Sie wollte ihn ins Schloss stecken, aber die Tür bot keinen Widerstand, sondern schwang langsam auf. Charlie überlegte, ob sie in der Aufregung gestern vergessen hatte, die Tür abzuschließen, aber ein Blick in ihre Wohnung erübrigte weitere Überlegungen in diese Richtung. Es sah aus, als hätte die Schwerkraft alle Dinge aus Schubladen, Schränken, Regalen und von sonstigen Ablageflächen herunter auf den Boden gezogen. Was natürlich nicht möglich war, denn die Schwerkraft öffnete keine Schubladen, leerte keine Regale und fegte nichts vom Schreibtisch. Charlie schloss die Tür hinter sich. Sie korrigierte sich: Sie versuchte, die Türe zu schließen, die aber gleich wieder aufschwang. Der Schließmechanismus war weg. Vielleicht war er auch nur verklemmt. Auf jeden Fall war er untauglich.

Charlie beschlich ein unwohles Gefühl. Der Täter könnte noch da sein. Sollte sie auf dem Absatz kehrtmachen und zur Polizei gehen? Oder sollte sie sich erst einmal einen Überblick verschaffen, was hier los war und gar nicht zur Polizei gehen? Wenn nun der Graukittel von Feinkostkönig dieses Desaster hier zu verantworten hatte? Sie blickte sich gehetzt um. Dem wollte sie nun wirklich nicht wieder begegnen. Sie holte ihr Handy aus der Tasche und rief Herrn Fiedler an.

»Ich bin gerade von einem Ausflug zurückgekommen und finde meine Wohnung verwüstet vor. Jemand ist eingebrochen und hat ein furchtbares Chaos angerichtet.«

»Fehlt etwas?«

»Keine Ahnung, ich traue mich nicht so richtig rein. Außerdem liegt mein gesamter Hausrat zu einem unordentlichen

Haufen auf dem Fußboden aufgetürmt. Es wird schon eine Zeit dauern, bis ich weiß, was fehlt.«

»Haben Sie schon die Polizei verständigt?«

»Nein. Ich bin auch nicht sicher, ob ich das wirklich tun sollte.«

Es war einen Augenblick still in der Leitung. »Sie können gern zu mir kommen, aber das löst nicht das Problem, dass Sie früher oder später in Ihre Wohnung zurückwollen. Oder wir kommen zu Ihnen. Martin ist gerade hier und futtert mir meinen Christstollen weg.«

»Ich wäre Ihnen echt dankbar, wenn Sie kommen könnten«, sagte Charlie nach einer kurzen Überlegung. »Kann ich Ihnen das zumuten?«

»Klar, mein Deern. Wir waren sowieso gerade mit dem Adventsliedersingen fertig.«

Wenige Minuten später betrachteten Martin und Herr Fiedler das Chaos in Charlies Wohnung.

»Das sieht nach einer ziemlich umfassenden Zerstörung aus«, sagte Herr Fiedler entsetzt.

Martin drehte sich einmal um die eigene Achse. »Ist das das einzige Zimmer?«

Charlie nickte. Es war ein großes Zimmer mit Blick ins Grüne. Eine Matratze lag auf dem Boden, ein alter Sessel, eine kleine Couch mit Beistelltisch und ein Schreibtisch standen in Fensternähe. An einer Seite war eine Küchenzeile für kleinste Ansprüche angebracht.

»Wo ist dein Computer?«

Charlie deutete in Richtung Schreibtisch, hielt aber mitten in der Bewegung inne. Dort befanden sich einige lose Kabel auf und unter dem Tisch. Ein Computer war nirgends zu sehen.

»Ach du Scheiße! Das darf doch nicht wahr sein!« Charlie fasste sich an die Stirn. »Ohne Computer bin ich absolut hilflos. Ohne E-Mail abgeschnitten von der Welt. Die Fotos!«

Herr Fiedler zuckte zusammen. »Meinen Sie die Fotos aus dem Feinkostkönig-Werk? Sind die jetzt auch weg?«

Charlie begann hektisch in dem Berg aus Papieren, Kleidungsstücken, Büchern, CDs und allen möglichen anderen Dingen herumzuwühlen.
»Der Fotoapparat, ich muss den Fotoapparat finden.«
Martin hockte sich neben sie und half bei der Suche. Herr Fiedler, dem das Bücken zu schwer fiel, schaute hinter jede Schranktür, in jede nicht ganz herausgezogene Schublade und ging sogar ins Bad. Der Fotoapparat blieb unauffindbar.
»Jetzt war der ganze Einbruch umsonst. Abgesehen von der Tatsache, dass ich mich strafbar gemacht habe und vermutlich in den Knast wandere. Für nichts und wieder nichts.« Charlie war den Tränen nahe. »Das kann nur das Werk von diesem Graukittel Kletzenrath gewesen sein.«
Herr Fiedler nickte langsam. »Das denke ich auch. Ich frage mich allerdings, woher er weiß, wer Sie sind und wo Sie wohnen.«
Charlie stutzte. »Das ist eine interessante Frage.«
»Vielleicht hat er deine Autonummer gesehen«, schlug Martin vor.
»Möglich«, murmelte Charlie und wischte sich über die Augen. »Wer Lust hat zu helfen, darf jetzt hierbleiben und aufräumen.«
Zwei Stunden später sah die Wohnung schon fast wieder normal aus.

Fromage

In Tomaten-Bärlauchöl gebackener Ziegenkäse

»Hallo, hier ist Britt.«

Herr Fiedler musste grinsen. Die Telefonnummer des AStA hatte er von einer netten Dame, die sich ordentlich mit dem ganzen Titel der Fachhochschule Münster gemeldet hatte. Beim AStA ging es etwas lockerer zu. Nicht ganz unerwartet, wie er sich selbst eingestehen musste. »Guten Tag, mein Name ist Fiedler. Ich rufe aus Mönchengladbach an, weil ich von Ihnen gern eine Auskunft hätte.«

»Dann schießen Sie mal los, Herr Fiedler.« Die Stimme klang eindeutig fröhlich.

»Ich habe hier zwei Namen von Studentinnen aus dem Fachbereich Oecotrophologie, die ich unbedingt kontaktieren muss. Könnten Sie mir deren Telefonnummern geben?«

Einen Moment herrschte Stille, dann klang die Stimme etwas weniger fröhlich. »Wir haben hier keine Daten und Telefonnummern von Kommilitonen. Da müssten Sie im Studentensekretariat nachfragen.«

Herr Fiedler seufzte stumm. »Es gibt, nein, leider muss ich sagen, es gab eine Studentin hier in Mönchengladbach, die vor einigen Tagen verstorben ist. Ihr Tod wirft einige Fragen auf, in deren Zusammenhang ich gern mit den beiden Damen sprechen möchte. Ich konnte ihre Telefonnummern nicht herausfinden, das Studentensekretariat beruft sich auf den Datenschutz. Aber es ist wirklich sehr wichtig, dass ich ihnen ein paar Fragen stellen kann. Deshalb bitte ich Sie um Hilfe. Würden Sie mir fürs Erste schon mal Ihren Namen verraten?«

»Britt Feldmann.«

»Sehr erfreut, Frau Feldmann.«

»Ist diese Studentin, die gestorben ist, Ihre Tochter? Oder sind Sie von der Polizei?«

»Nein, keins von beidem. Annabelle, das ist die Unglückliche, hat früher bei mir im Dachgeschoss gewohnt. Sie hat mich am Tag ihres Todes angerufen, hat gesagt, dass sie in Schwierigkeiten sei und mich um Hilfe gebeten. Auf dem Weg zu mir ist sie verunglückt.«

»Hmm. Das tut mir Leid. Jetzt sagen Sie mal, mit wem Sie sprechen möchten, dann sehe ich, was ich für Sie tun kann.«

»Nadja Dinç und Ljubov Dumakova.«

Herr Fiedler meinte, einen tiefen Atemzug am anderen Ende der Leitung zu hören.

»Hören Sie, Herr Fiedler, wenn Sie mich auf den Arm nehmen wollen, machen Sie das mit einem anderen Thema, aber nicht mit diesem.«

Herr Fiedlers Nackenhaare stellten sich auf. »Wie meinen Sie das?«

»Die beiden sind tot.«

»Wann... wie...?«

»Das war im Sommer vor zwei Jahren. Sie hatten einen Verkehrsunfall.«

»Wo?«

»Weiß ich nicht mehr. Jedenfalls nicht in Münster.«

»Sagen Sie bloß in Geilenkirchen.«

»Ähem, nein. Irgendwo in der Nähe von Bonn, glaube ich.«

»Hmm, das passt nicht. Wurde eine Untersuchung durchgeführt, ob es wirklich ein Unfall war?«

»Sind Sie paranoid, oder was?«

»Das habe ich auch befürchtet, aber inzwischen kann ich die Frage ziemlich sicher verneinen.«

»Versteh ich nicht.«

»Annabelle Sievers hat ein Praxissemester bei einer Firma in Geilenkirchen gemacht. Vor etwas über einer Woche ist sie gestorben. Verkehrsunfall mit Fahrerflucht. Ihr Freund Harun hatte einige Stunden später einen Verkehrsunfall durch Fremdverschulden. Und wieder Fahrerflucht. Jetzt erzählen Sie mir, dass zwei Studentinnen, die damals ein Praktikum bei derselben Firma absolviert haben wie Annabelle jetzt, ebenfalls in einem Verkehrsunfall ums Leben kamen. Ich weiß zwar nicht genau, wie der Unfallort da hinein passt,

aber trotzdem gibt es Parallelen. Finden Sie es paranoid, da gewisse Zusammenhänge zu vermuten?«
»Ich fände es sträflich dumm, das nicht zu tun.«
»Eben.«
»Was machen wir jetzt?«
Herr Fiedler dachte einen Moment angestrengt nach. »Ich muss mich erst mal gedanklich auf die neue Situation einstellen. Vielleicht könnten Sie mir einfach möglichst viele Informationen über die beiden Studentinnen beschaffen?«
»Welche Art von Information? Bezüglich ihres Studiums? Ihres Lebenswandels? Sie sprachen eben von einem Praktikum, meinen Sie Informationen auch darüber?«
»Ja. Und über den Unfall. Vielleicht stand etwas darüber in der Zeitung?«
»Ja, es gab Zeitungsberichte. Ich versuche, so viel wie möglich zusammenzutragen. Sagen Sie mir Ihre Telefonnummer und Adresse.«

Herr Fiedler saß vor dem Computer, als Theo ins Wohnzimmer kam.
»Weißt du, wie viele Verkehrsunfälle es pro Jahr gibt, Theo?«
»Nein, aber du wirst es mir bestimmt gleich sagen.«
»Es gab im letzten Jahr eins Komma neun Millionen Unfälle nur mit Sachschaden, dreihundertfünfundsiebzigtausend Unfälle mit Personenschäden, davon 6.977 Tote.«
»Woher weißt du das?«
»Das Statistische Bundesamt veröffentlicht diese Informationen im Internet.«
»Und was willst du mir damit sagen, Patrick?«
»Annabelle, Harun und die beiden Studentinnen aus Münster sind Teil dieser Statistik.«
»Hmm.«
»Wie viele weitere Fälle werden wohl als Verkehrsunfall gezählt, obwohl es sich um Mord handelt?«
»Zweifelst du ernsthaft an der effektiven Aufdeckung von Mordfällen durch die Behörden?«
»Ich zweifle grundsätzlich an allem.«

»Stimmt. Und solange es Zweifler wie dich gibt, besteht ja noch Hoffnung für die Welt. Falls dieser Kommissar Bechstein wirklich nicht ermittelt, was wir im Übrigen nicht definitiv wissen, gibt es immer noch dich, der sich mit attraktiven Studentinnen umgibt und der Sache nachgeht.«
Herr Fiedler musste grinsen. »Du bist neidisch, dass die jungen Hüpfer immer mich umschwärmen und nicht dich.«
Auch Theo grinste. »Keinesfalls. Ich wüsste gar nicht, wie ich mit den Damen umgehen sollte. Und höfliches Geplauder mit einem Nackedei in meiner Küche ist sicher nicht dazu geeignet, mein Wohlbefinden zu erhöhen.«
Herr Fiedler kicherte. »Das hat dich ganz schön aus der Fassung gebracht.«
»Das hätte es vermutlich jeden anständigen Mann in unserem Alter.«
»Jetzt komm mir nicht wieder mit ›anständigen Männern‹. Oder bin ich vielleicht unanständig?«
»Du bist abgebrüht, Patrick. Du hast die ganze Welt gesehen, ich habe mich Zeit meines Lebens mit alten Handschriften befasst. Das ist ein himmelweiter Unterschied.«
»Stimmt. Und noch dazu hast du dich morgens ordentlich gekämmt, bist regelmäßig zum Friseur gegangen und hast im Winter einen Strickpullunder zwischen Hemd und Jackett getragen. Der Inbegriff des Gelehrten. Es wird also Zeit, dass du etwas Lässigkeit übst. Wenn du wieder gesund bist, gehen wir in die Sauna. Die gemischte.«
Theo winkte ab und ging Richtung Küche. »Geh du ruhig in die Sauna. Man wird dich fragen, ob du den Plissée-Bademantel nicht ausziehen willst.«
Herr Fiedler lachte laut. »Diese kleinen Gemeinheiten hast du von mir gelernt, und auch deine Schlagfertigkeit hat sich schon sehr gebessert, seit du hier wohnst. Ich habe übrigens mit dem Frühstück auf dich gewartet. Ich hätte gern ein gekochtes Ei. Dafür bist in diesem Haushalt du zuständig, weil ich es mit der Kochzeit nicht so genau nehme.«
»Sehr wohl, Käpt'n.«

*

»Sie ist weg.«
Charlies Stimme klang aufgeregt, ihre Wangen waren gerötet, und Herr Fiedler musste sich wieder erst daran gewöhnen, dass sie immer gleich mit der Tür ins Haus fiel.
»Nun kommen Sie erst mal herein, ziehen die dreckigen Schuhe und die Jacke aus, atmen einmal tief durch und fangen nochmal von vorn an.«
Charlie feuerte ihre Schuhe unter die Bank, schlüpfte in die Filzpantoffeln, auf die Herr Fiedler mit seinem Stock deutete, warf ihre Jacke über einen Haken und stürmte ins Wohnzimmer.
»Hallo Herr Streckbein.«
Theo schien erleichtert, dass sie bekleidet war.
»Wer ist nun weg?«
»Frau Sievers. Annabelles Oma. Ich wollte sie im Krankenhaus besuchen, da war sie aber nicht mehr. Und die Tussi von der Rezeption wollte mir ihre Adresse nicht sagen.«
»Die Adresse ist sicher auch im Dekanat bekannt, oder?«
»Da war ich noch nicht. Ich bin gleich hergekommen.«
»Dann lassen Sie uns dort anrufen.«
Charlie stürzte ans Telefon.
Die Vormittagsfee meldete sich. »Brenner?«
»Hier ist Charlie Wagenrad. Frau Brenner, ich muss unbedingt mit Frau Sievers sprechen. Können Sie mir sagen, wo sie zu erreichen ist?«
»Ich glaube nicht, dass ich die Adresse einfach so weitergeben sollte. Sie wissen schon, Datenschutz.«
»Sie sind ja goldig. Vielleicht könnten Sie, anstatt leblose Daten zu schützen, mal darüber nachdenken, ob es nicht sinnvoller wäre, Menschenleben zu schützen.«
»Jetzt werden Sie melodramatisch.«
»Und nicht zu Unrecht. Dass Annabelle tot ist, muss ich Ihnen sicher nicht nochmal in Erinnerung rufen, und in meiner Wohnung war jemand, der es offenbar auf mich abgesehen hat.«
Herr Fiedler und Theo sahen sich an, wurden aber von Charlie mit einer Geste zum Schweigen verdonnert.

»Und ich wäre mir nicht so sicher, ob nicht auch Frau Sievers in Gefahr ist«, fuhr Charlie fort.
Jetzt hob Herr Fiedler die Hand. Charlie drehte ihm den Rücken zu.
»Ich gebe Ihnen die Telefonnummer. Aber denken Sie daran, dass die Frau geschwächt ist und den Tod ihrer Enkelin noch nicht ganz verkraftet hat. Seien Sie also mit ihr ein bisschen vorsichtiger als mit mir, in Ordnung?«

»Das war ziemlich starker Tobak, den Sie der Dame da aufgetischt haben«, sagte Herr Fiedler, nachdem Charlie das Telefonat beendet hatte.
»Manchmal muss man zu radikaleren Mitteln greifen, damit die Leute sich daran erinnern, dass Datenschutz kein Selbstzweck ist. Ich kann dieses Wort bald nicht mehr hören.«
»Nun regen Sie sich bitte ab, Charlie«, versuchte Theo einzulenken, und seine ruhige Art schien Charlie wirklich etwas zu besänftigen. »Warum wollen Sie denn unbedingt mit Frau Sievers sprechen?«
Charlie kramte in ihrer Tasche und warf dann eine Postkarte und einen Brief auf den Tisch.
»Was ist das?«, fragte Theo, der keine Anstalten machte, die Papiere anzufassen.
»Ich war nochmal an Annabelles Briefkasten.«
Herr Fiedler griff nach der Postkarte. Die Stadtbibliothek Mönchengladbach teilte mit, dass ein Buch aus der Fernleihe eingetroffen war. Der Titel war ebenfalls vermerkt: »Risikobewertung Umwelttoxikologie – Untersuchungen zur akuten, chronischen und subchronischen Toxizität ausgewählter Pestizide.« Puh, das war ja ein interessanter Titel. Dieses Buch würde er sich beschaffen.
Herr Fiedler legte die Karte wieder hin und griff nach dem Brief. Die Adresse auf dem Umschlag war von Hand geschrieben. Er zog das Blatt heraus. Der Brief war in kyrillischer Schrift.
Herr Fiedler blickte Charlie verdutzt an. »Was soll das denn sein?«
»Keine Ahnung.«

»Sprach Annabelle Russisch?«
»Keine Ahnung.«
»Spricht Frau Sievers...«
»Keine Ahnung«, unterbrach Charlie ihn. »Aber all diese Fragen will ich ihr stellen.«
»Gut. Aber lassen Sie uns bitte zuerst nochmal über den Einbruch bei Ihnen reden.«
Charlie zog einen Schmollmund.
»Haben Sie inzwischen festgestellt, was fehlt?«
»Mein Computer, alle Disketten, die geliehene Digitalkamera, mein CD-Spieler, ein altes Handy, eine alte, noch funktionstüchtige Uhr und ein Paar Perlenohrringe.«
»Hmm. Das könnte auch ein ganz normaler Einbruch gewesen sein«, murmelte Theo.
»Oder einer, der als solcher getarnt ist«, gab Herr Fiedler zu bedenken.
»Waren Sie schon bei der Polizei?«
Charlie schüttelte den Kopf.
»Gehen Sie noch zur Polizei?«
Charlie zuckte die Schultern.
»Wo liegt das Problem?«
»Wenn wirklich der Graukittel von Feinkostkönig der Einbrecher war, möchte ich ungern die Polizei auf die Spur meines Einbruchs setzen.«
»Und wenn er es nicht war?«
»Ich dachte, Sie glauben nicht an Zufälle?«
Herr Fiedler grinste. »Eins zu Null.«
»Wenn ich Sie richtig verstanden habe«, schaltete Theo sich ein, »dann hat die Polizei Sie noch nicht wegen des Einbruchs bei Feinkostkönig kontaktiert?«
»Nein.«
»Dann hat das Unternehmen also vermutlich noch keine Anzeige erstattet.«
»Das würde wieder dafür sprechen, dass der Graukittel Ihre Identität nicht kennt, also wäre der Einbruch zufällig gerade jetzt passiert.«
»Wer glaubt daran?« , fragte Herr Fiedler. Keine Hand hob sich.

»Alternative Erklärung: Feinkostkönig kennt Ihre Identität und Ihre Adresse, aber man hat keine Anzeige erstattet. Wonach riecht das?«, fuhr Herr Fiedler fort.
»Nach demselben Grund, aus dem auch ich nicht zur Polizei gehen will. Der Laden hat etwas zu verbergen, das bei einer polizeilichen Untersuchung ans Licht kommen könnte.«
»Jetzt müssen wir nur noch herausfinden, was das sein könnte«, seufzte Theo.
Charlie nickte. »Aber verdammt vorsichtig, denn Annabelle war uns vielleicht nur knapp voraus und ist jetzt tot.«

*

Nach einem ausgezeichneten Mittagessen mit Gnocchi in Gorgonzolasoße, Apfel-Porree-Salat und dem anschließenden Mittagsschläfchen prüfte Herr Fiedler seine Mailbox. Dieser australische Pfarrer war wirklich flink, schon wieder war eine Nachricht von ihm dabei. Herr Fiedler stockte der Atem, als er die Betreffzeile las: BINGO. Er holte den Text auf den Bildschirm.
»Lieber Herr Fiedler, Sie hatten offenbar Recht mit Ihrer Idee von der Namensänderung. Am vierten Januar 1969 wurde in Melbourne ein Knabe geboren, dessen Eltern laut Geburtsregister mit Ludwig (verstorben) und Olivia Fiedler, geb. Pembrokeston angegeben werden. Er wurde auf den Namen Patrick getauft...«
Herr Fiedler konnte den Rest der Nachricht nicht mehr lesen. Tränen liefen ihm über die Wangen, als ihm bewusst wurde, dass er seit über dreißig Jahren Großvater war und nichts davon gewusst hatte. Warum hatte Olivia ihn nie kontaktiert? Konnte es tatsächlich möglich sein, dass sie Ludwigs Eltern nicht hatte ausfindig machen können? Das war nicht denkbar. Also wollte sie vielleicht keinen Kontakt... Herr Fiedler wischte sich mit seinem großen Taschentuch über die Augen und las weiter.
»...Die Mutter starb während der Geburt. Bisher konnten wir nicht herausfinden, was aus dem Jungen wurde, da momentan nur die Geburtsurkunden online abrufbar sind, aber

keine Information über eine Adoption. Sobald ich etwas weiß, lieber Herr Fiedler, melde ich mich wieder bei Ihnen. Ich wünsche Ihnen Gottes Beistand in dieser für Sie sicher sehr schweren Stunde. Ihr Johannes von Karst.«

Herr Fiedler schluckte. Er hatte sich dem christlichen Gott seiner Heimat nie besonders nahe gefühlt, obwohl er sehr wohl der Meinung war, dass es eine Höhere Macht gab. Aber der gut gemeinte Wunsch dieses fremden Mannes, der sich für seine Suche so einsetzte, ging ihm doch nahe. Er sandte eine Antwort, in der er seiner Dankbarkeit Ausdruck verlieh, und brauchte noch einige Minuten, bevor er sich wieder beruhigt hatte.

Dann bemerkte er, dass mit dem Versenden der Antwort an von Karst schon wieder eine neue E-Mail angekommen war, diesmal von Britt Feldmann aus Münster. Das ging ja schnell.

Die beiden Studentinnen hatten, im Gegensatz zu Annabelle, einen sehr aktiven Freundeskreis an der Universität gehabt. So hatte Frau Feldmann die wesentlichen Daten recht einfach recherchieren können. Nadja Dinç stammte aus Rumänien, Ljubov Dumakova aus Russland. Beide waren als Jugendliche mit ihren Eltern nach Deutschland gekommen und hatten sich an der Uni kennen gelernt. Bald waren sie unzertrennlich, was sich in ihrem gemeinsamen Spitznamen »Nadjov« ausdrückte. Sie starben an einem Freitagabend auf der B56 zwischen Euskirchen und Düren. Das Datum war, wie Herr Fiedler mit einem Blick auf die Feinkostkönig-Liste feststellte, das Wochenende nach Abschluss ihres Praktikums bei der Firma.

Wenige Tage später, als die Studentin der Hochschule Niederrhein ihr Praktikum begann, war der Betriebsteil dann schon abgeschottet gewesen. Das konnte kein Zufall sein.

Zum Unfallhergang hatte Britt Feldmann einen Artikel aus der Zeitung eingescannt und als Datei angehängt. Darin wurde berichtet, dass der bereits betagte Wagen der Studentinnen im Dunkeln von der Straße abgekommen und gegen einen Baum geprallt war. Durch eine Verkettung unglücklicher Umstände brach ein Feuer im Fußraum des

Beifahrersitzes aus. Eine fast volle Flasche Wodka wurde offenbar durch eine heruntergefallene Zigarette in Brand gesetzt. In den Mägen beider Studentinnen fand sich Wodka, im Blut war hingegen kein Alkohol festzustellen. Die Rekonstruktion des Unfalls ging davon aus, dass die Frauen auf der Heimfahrt eine Flasche Wodka im Auto öffneten, beide einige Schlucke nahmen und dabei von der Straße abkamen. Vielleicht war aber auch die herunterfallende Zigarette der Unfallauslöser gewesen. Jedenfalls führte das Zusammenspiel dieser Faktoren letztlich zu der Tragödie, die zwei Todesopfer forderte. Die Studentinnen starben in den Flammen.

Herr Fiedler druckte den Artikel aus und ging zu Theo, der im Bett saß und weitere unappetitliche Details über Lebensmittelherstellung las, die er als Verbraucher so genau gar nicht wissen wollte.
Herr Fiedler reichte Theo den Artikel und saß schweigend neben dem Bett, während Theo las.
Nach einigen Minuten starrte Theo seinen Freund an. »Sie starben in den Flammen«, murmelte er.
Herr Fiedler nickte. »Sie waren also nach dem Aufprall des Wagens auf den Baum noch am Leben. Kommt dir da nicht irgendetwas komisch vor, Theo?«
»An all diesen Unfällen von Praktikantinnen bei einer bestimmten Firma kommt mir zunächst mal ihre Häufung komisch vor«, begann Theo so, wie er früher bei der Wiederherstellung eines Textes begonnen hatte. Nämlich erkennbare Zusammenhänge vom Allgemeinen zum Besonderen herzustellen.
»Da ist eine unglaubliche Schweinerei im Gange und zwar offenbar schon seit mehreren Jahren, und niemand hat etwas bemerkt«, sagte Herr Fiedler mit gerötetem Gesicht.
»Ich bin genauso empört wie du, Patrick. Aber wir dürfen nicht den Kopf verlieren. Lass uns möglichst sachlich analysieren, was in diesem Artikel steht, damit wir einen Punkt finden, an dem wir unsere Vermutung eines Verbrechens festmachen können.«

Herr Fiedler nickte. Es wusste, dass Theo ihm ansehen konnte, wieviel Beherrschung er aufbringen musste, um ruhig auf dem Stuhl sitzen zu bleiben.
Theo rückte seine Brille zurecht. »Ich habe keine Ahnung, ob es wirklich möglich ist, ausgelaufenen Wodka mit einer Zigarettenkippe in Brand zu setzen.«
Herr Fiedler nickte. »Kein Problem. Du hast doch sicher schon mal gesehen, wie jemand etwas flambiert hat. Bei über fünzig Volumenprozent Alkohol ist Schnaps brennbar.«
»Aha. Also weiter. In ihren Mägen fand sich Alkohol, aber nicht im Blut. Das heißt wohl, dass der Alkoholkonsum erst unmittelbar vor ihrem Tod stattgefunden hat, und der Alkohol gar keine Zeit mehr hatte, aus dem Magen bis ins Blut zu kommen.«
»Genau. Sie müssen also quasi unterwegs im Auto Wodka mit einem Alkoholgehalt von über fünfzig Prozent getrunken haben. Kannst du dir das vorstellen?«
Theo schüttelte den Kopf.
»Da sind wir uns einig. Ich habe viele Russen, Polen, Ukrainer und auch Skandinavier kennen gelernt, Theo, und die waren alle sehr trinkfest. Auch in der christlichen Seefahrt wird ganz unchristlich gesoffen, bestes Beispiel ist der Kapitän der Exxon Valdez, der im Vollrausch die größte Ölpest der Geschichte auslöste. Aber so dumm, sich mitten auf einer dunklen Landstraße während einer Autofahrt bei hundert Stundenkilometern hochprozentigen Wodka reinzuschütten, so dumm war selbst von denen keiner.«
Theo hob beschwichtigend die Hand. »Ich bin auf deiner Seite, Patrick. Dieser Ablauf ergibt sich als Erklärung, wenn wir von einem Unfall ausgehen.«
»Was wir nicht tun.«
Theo schüttelte müde den Kopf. »Nein, das tun wir nicht. Lass uns ein Szenario entwickeln, das zu einem Mord passt.«
Herr Fiedler sprach drauflos. »Ein anderes Fahrzeug bringt den Wagen der beiden Studentinnen von der Straße ab, so dass sie gegen einen Baum fahren. Dazu ist unter Umständen gar keine wirkliche Berührung notwendig. Die meisten Fahrer würden schon das Steuer verreißen, wenn ein Auto

knapp vor ihnen einschert und sie ausbremst. Es gibt also keine Berühung, keine Spuren am Wagen, keine entsprechende Untersuchung.«

Theo nickte.

Herr Fiedler improvisierte weiter. »Das Auto der Frauen fährt gegen einen Baum. Die Frauen leben noch. Der Fahrer des anderen Wagens steigt aus, eine Flasche Wodka in der Hand. Er flößt beiden Frauen etwas davon ein, dann wirft er die Flasche in den Fußraum des Beifahrers, steckt eine Zigarette in Brand und wirft sie zum Wodka.«

Herr Fiedler erschrak über sich selbst. Hatte er eine zu blühende Fantasie? Hatte er selbst so viel kriminelle Energie, dass er sich dieses Szenario spontan ausdenken konnte? Sah er zuviel fern? Er fuhr sich mit der Hand über die abstehenden grauen Haare. Seine Theorie war zwar furchtbar, aber nicht von der Hand zu weisen.

Auch Theo war blass geworden. »Erschreckend, aber denkbar. Vorausgesetzt, dass ein Wodka-Brand im Fußraum des Beifahrersitzes in der Lage ist, das ganze Auto in Brand zu setzen.«

Herr Fiedler zuckte die Schultern. »Ich werde herausfinden, ob so etwas möglich ist.« Jetzt brauchte er erst mal frische Luft.

Er fühlte sich nicht imstande, Theo noch von den Erkenntnissen über seinen Enkel zu berichten, zumal in diesem schwierigen Fall gar nicht absehbar war, ob man an weitere Informationen über das Kind kommen würde. In Deutschland zumindest wurden Informationen über Adoptionen sehr restriktiv gehandhabt. Nun hatte er zwar erfahren, dass er einen Nachkommen hatte, würde aber vielleicht niemals mehr über dieses Kind seines Sohnes herausfinden. Also schwieg er, zog sich an und ging, da Theo im Bett bleiben wollte, allein erst in der Bücherei das von Annabelle bestellte Buch abholen und dann spazieren. Der kleine Weihnachtsmarkt vor dem Rheydter Rathaus sah so deplatziert aus wie immer, nur die Kinder auf dem Karussell schienen ihren Spaß zu haben. Die Lichterdekoration in der Innenstadt färbte den nebligen Dunst gelb, grün und rot, aber

die Menschen, die mit hochgeschlagenen Krägen durch das feuchte Wetter hasteten, schienen keinen Blick dafür zu haben.
Herr Fiedler ging zur Post, kaufte Briefmarken und lenkte seine Schritte dann in Richtung Pestalozzistraße. Die grüne Insel der Schrebergärten liebte er, hier ging er oft spazieren. Heute allerdings hatte er für die liebevoll gestalteten Gärten, die alle schon winterfest waren, kaum einen Blick.
Die erhoffte Ruhe fand er bei seinem Spaziergang nicht. Er musste darüber nachdenken, dass seine Frau Ilse Oma gewesen war, aber niemals etwas davon erfahren hatte. Auch der Tod der beiden Frauen ließ ihn nicht los. Was hatten die Studentinnen aus Münster auf einer Landstraße zwischen Euskirchen und Düren gewollt?

*

»Er heißt Kletzenrath. Bruno Kletzenrath.«
»Und was willst du über ihn wissen?«
Charlie grinste. Sie hatte gewusst, dass Mr. Spock anbeißen würde. Er war nun mal ein Hacker, der die unbegrenzten Möglichkeiten des Internet einfach faszinierend fand. Er hatte keine kriminelle Energie und war auch nicht größenwahnsinnig. Er würde niemals versuchen, Microsoft zu Fall zu bringen oder ins Pentagon einzudringen. Aber er hatte einen gewissen »Provinzstolz«, wie er das nannte, was ihn trieb. »Ein Schulkind aus Wassenberg kann vom Schreibtisch seines Jugendzimmers aus die Welt ins Chaos stürzen«, pflegte er zu erklären. Während seine Mutter in der Küche den Nachbarinnen die Haare geschnitten, gefärbt und gewellt hatte, war er im Netz auf die Pirsch gegangen und hatte Informationen gejagt. Er hatte sie niemals zu unlauteren Zwecken genutzt, wenn man davon absah, dass der Direktor des örtlichen Gymnasiums hatte gehen müssen, nachdem Mr. Spock sein Foto auf einer Erotikseite gefunden hatte – in eindeutiger Position und minderjähriger Gesellschaft. Das Foto fand dann seinen Weg auf die Homepage des CDU Ortsverbands, dem der Herr Direktor angehörte. Neben diesem

Jugendstreich, dessen Urheberschaft übrigens nie aufgeflogen war, hatte Mr. Spock keine weiteren öffentlichkeitswirksamen Aktionen mehr gemacht. Aber er hatte weiter Informationen gesammelt, das hatte er nie verheimlicht. Die wenigsten allerdings kannten das Ausmaß, das seine Datenbank inzwischen erreicht hatte. Charlie gehörte zu den Auserwählten, die wussten, was sich tatsächlich hinter den bunten Covern seiner Musik-CDs versteckte. Ihr war klar, dass Mr. Spock mit diesem Wissen viele bürgerliche Existenzen in der Hand hatte. Und sie wusste, dass das Wissen um diese Macht ihm reichte. Allerdings fragte sie sich, wie lange ihm das wohl noch reichen würde. Wenn Mr. Spock sich eines Tages entschließen sollte, auszupacken, wollte sie über mögliche Folgen gar nicht nachdenken.

»Kannst du mir zusätzliche Informationen geben, damit ich weiß, wo ich anfangen soll?«

»Er arbeitet bei Feinkostkönig in Geilenkirchen. Mehr weiß ich nicht.«

»Okay, ich melde mich bei dir, sobald ich etwas herausgefunden habe.«

»Danke.«

Charlie hatte gerade den Hörer aufgelegt, als das Telefon wieder klingelte.

»Ich hatte gedacht, du kämst heute vorbei, um mir die Fotos zu zeigen. Oder hast du es dir anders überlegt?« Beetkes Stimme klang tief, warm und weich.

Charlie seufzte. »Tut mir Leid, dass ich mich noch nicht gemeldet habe. Die Fotos sind weg.«

»Weg? Du hast sie zur Entwicklung gegeben?«

»Nein, weg heißt in diesem Falle: geklaut. Jemand ist in meine Wohnung eingebrochen und hat alles mitgenommen, was an Wertsachen da war. Einschließlich Kamera, Computer und somit auch diese Fotos.«

»Und du hattest die Fotos nicht irgendwo gesichert, auf CD gebrannt oder den Speicherchip aus dem Apparat genommen?«

»Nein, nichts dergleichen. Sie sind weg.«

»Das tut mir sehr Leid. Was heißt das jetzt für deine Untersuchung?«
»Keine Ahnung. Im Moment bin ich etwas durcheinander.«
»Ruf mich an, wenn ich helfen kann oder wenn du einfach eine Schulter zum Anlehnen brauchst.«
Charlie versprach es. Dann versuchte sie zum wiederholten Mal, Frau Sievers anzurufen, doch unter der Nummer, die sie von der Dekanatsfee bekommen hatte, hob niemand ab.

Nur zwei Stunden später meldete Mr. Spock sich wieder. »Er ist vorbestraft.«
Charlie war eingedöst und erkannte die Stimme nicht auf Anhieb.
»Was...? Wer...?«
»Kletzenrath«
Charlie setzte sich kerzengerade auf. Kletzenrath rief bei ihr an?
»Was wollen Sie?«
Kurzes Schweigen. Dann: »Charlie, ich bin's. Mr. Spock. Pennst du, oder was?«
Charlie atmete tief durch. »Mensch, Spock, hast du mich erschreckt. Natürlich schlafe ich. Wieviel Uhr ist es?«
»Keine Ahnung, ich habe mich von der Zeit emanzipiert. Irgendwo auf der Welt ist immer gerade die richtige Zeit, was spielt es da für eine Rolle, was die Kirchturmuhr am Niederrhein zeigt?«
Charlie stöhnte leise. Wenn Mr. Spock so anfing, fand er häufig eine mehr oder weniger gelungene Überleitung zur Frage der räumlichen Beschränktheit, die Menschen ihrem Geist antäten. Die körperliche Fesselung an einen definierten Ort sei schlimm genug, man solle aber doch dem Geist die Freiheit der universellen Präsenz gestatten. Dafür hatte Charlie im Moment keinen Nerv. »Nochmal von vorn, Mr. Spock. Ich bin inzwischen so wach, dass ich deinen Ausführungen ab sofort folgen kann. Was hast du für Informationen für mich?«
»Aha, willkommen im Universum des Bewusstseins. Bruno Kletzenrath ist vorbestraft wegen Körperverletzung.«

»Was hat er getan?«
»Vorfall und Urteil aus dem Jahr 1976. Er hat einen Nachbarn unter Zuhilfenahme eines Bleirohrs krankenhausreif geschlagen, weil dieser seine damalige Freundin als Nutte bezeichnet hat.«
»Und?«
»Der Nachbar hatte recht. Sie war eine.«
»Das meinte ich nicht. Ich meinte: und sonst? Gab es weitere Vorfälle? Wie kommt ein Vorbestrafter an eine Stelle als Sicherheitsverantwortlicher in einem großen Unternehmen?«
»Weitere Vorfälle: Fehlanzeige. Wie er Hausmeister und Sicherheitsboss werden kann, ist mir ein Rätsel. Ich tippe auf Beziehungen.«
Charlie nickte. Es hatte Zeiten gegeben, da hatte sie sich für Resozialisierungsstatistiken interessiert. Aus familiären Gründen. Die Erfolge lagen im einstelligen Bereich. Im unteren einstelligen Bereich, um genau zu sein. Ohne Beziehungen hatte ein Vorbestrafter in Deutschland keine Chance. Da konnte die Justiz sich ihrer Humanität rühmen, bis der Doktor kam. Einmal kriminell, immer kriminell, so lautete das ungeschriebene Gesetz der Wiedereingliederungshürde. Die einzige Erklärung: Kletzenrath kannte jemanden im Personalbüro oder wahrscheinlich sogar darüber. Personaler gingen selten das Risiko ein, zweifelhafte Kandidaten einzustellen. Sie sicherten sich gewöhnlich nach allen Seiten hin ab. Verlangten Diplome und Zertifikate, im Zweifelsfall sogar solche, die mit der ausgeschriebenen Stelle herzlich wenig zu tun hatten. Referenzen waren auch gut. Aber Vorstrafen waren übel. Also noch weiter oben. Kletzenrath musste Beziehungen zur Unternehmensführung haben.
»Wie heißt der Chef?«
»Feinkostkönig ist in Deutschland als GmbH eingetragen, deren einziger Gesellschafter die Familie König ist. Der Chef in Deutschland ist ein direkter Sproß eines Familienzweigs und heißt Markward Südinger.«
»Komischer Name.«
»Sagt Charlotte Wagenrad.«
»Halt die Klappe, Spock. Weiter.«

»Was jetzt, Klappe halten oder weiter?« Mr. Spocks Grinsen war förmlich zu hören.
»Weiter.«
»Kletzenrath ist Jahrgang 1942, verheiratet...«
»Mit der Nutte?«, unterbrach Charlie ihn.
»Nein, mit ihrer Kollegin, Tänzerin in einer Nachtbar. Es gibt einen Sohn, ebenfalls nicht ganz astrein. Aber noch nie rechtskräftig verurteilt.«
»Seit wann ist Kletzenrath bei Feinkostkönig?«
»Als Markward Südinger 1994 die Geschäftsleitung von seiner Mutter übernahm, stellte er Kletzenrath als einen der ersten ein.«
»Woher könnten sich Kletzenrath, der Vorbestrafte, und Südinger, der Familienerbe, wohl kennen?«
»Mir scheint, mein Auftrag erfährt eine Erweiterung.«
»Melde dich, sobald du etwas weißt.«
»Geht klar, Captain.«

Sie drückte ein paar Tasten auf ihrem Handy und hatte plötzlich das Foto auf dem Display, das sie Martin als Hilferuf geschickt hatte. Kletzenrath schaute ihr zornig entgegen. Dies war das einzige Foto, das ihr von ihrem Einbruch bei Feinkostkönig geblieben war. Sie sollte also, solange sie sich noch einigermaßen erinnern konnte, eine Skizze von der Produktionsanlage zeichnen und sie sollte sich dieses Foto nochmal genauer ansehen.
Sie rief Mr. Spock zurück. »Ich schicke dir ein Foto und brauche es zurück an meine E-Mail... ach, wie blöd, ich habe ja gar keinen Computer mehr. Also bitte an die folgende E-Mail Adresse.« Sie gab Herrn Fiedlers Adresse durch. »Der Typ auf dem Bild ist übrigens Kletzenrath. Erschrick nicht, der Kerl sieht wirklich furchtbar aus.«
Mr. Spock versprach umgehende Erledigung.
Charlie hatte gerade aufgelegt, als das Telefon wieder klingelte.
»Hi, hier ist Martin. Hast du dich von dem Einbruch erholt?«
»Ja, danke.«

»Ja, also... Das wollte ich eigentlich nur wissen. Äh, also wenn ich etwas für dich tun kann, dann lass es mich wissen.«
Charlie hatte eine spontane Eingebung. »Ich habe einige interessante Informationen über meinen Freund Kletzenrath bekommen. Weitere Zusammenhänge liegen allerdings noch im Dunkeln. Hast du Lust, mich bei einer Überwachung zu begleiten?«
»Du willst dich schon wieder mit diesem Typ anlegen?«
»Nein, dafür nehme ich ja dich mit.« Charlie grinste als sie sich vorstellte, dass Martin hin- und hergerissen war zwischen Hilfsangebot und Vernunft. Die Vernunft unterlag.
»Klar, wann soll ich wo sein?«

Zwei Stunden später trafen sie sich am Ortseingang von Geilenkirchen. Charlie stellte ihr auffälliges gelbes Auto in der dunkelsten Ecke eines Supermarkt-Parkplatzes ab und stieg in Martins Wagen.
»Hi, wie geht's?« Sehr eloquent, dachte Martin und ärgerte sich über sich selbst.
»Ich kann nicht klagen«, erwiderte Charlie. »Danke, dass du mir hilfst.«
»Kein Einbruch, kein Diebstahl, keine Handgreiflichkeiten«, stellte Martin klar.
»Logo. Solche Sachen erledige ich gewohnheitsmäßig selbst.« Charlie grinste.
Musste diese Frau immer das letzte Wort haben? »Also, wohin?«
Charlie nannte die Adresse, die Mr. Spock ihr gegeben hatte und suchte sie in dem Straßenatlas, den Martin ihr aus dem Handschuhfach reichte. Zu diesem Zweck musste er sich weit zu ihr herüberbeugen. Sehr angenehm.
»Wieso hast du einen Straßenatlas von Geilenkirchen im Auto? Ist das ein Hobby von dir, Karten von Käffern zu sammeln, aus denen selbst die Feldhamster fliehen, um sich in prosperierenden Gewerbegebieten niederzulassen?«
Martin grinste. »Ein Journalist ist immer und überall im Einsatz. Vorausgesetzt, er findet hin.«
»Klingt wichtig.«

»Sollte es auch.«

Sie grinsten sich verschwörerisch zu.

Unterwegs berichtete Charlie, was Mr. Spock herausgefunden hatte, und lotste Martin zu der Straße, in der Kletzenrath wohnte. Die Hausnummer war leicht zu finden. Sie war fast sechzig Zentimeter groß und hell angestrahlt. Damit entsprach sie dem Rest der Kletzenrath'schen Residenz. Anders konnte man das protzige Gebäude mit Säulenvorbau und Türmchen nicht nennen. Sie fuhren zunächst langsam vorbei.

»Mensch, ich dachte der Typ sei Hausmeister oder sowas. Hat sich dein Informant vertan? Wohnt hier der Firmenchef?« Martin pfiff noch einmal leise durch die Zähne, als seitlich hinter dem Haus die große Doppelgarage in Sicht kam.

Charlie hatte die Augenbrauen zusammen- und die Nase kraus gezogen und schüttelte den Kopf. »Damit hatte ich, ehrlich gesagt, auch nicht gerechnet.«

Am Ende der Straße drehten sie und fuhren bis auf wenige Meter an das Anwesen heran. Dann stellte Martin den Motor ab.

»Es ist zwar nicht so groß, wie es auf den ersten Blick scheint, aber immer noch deutlich beeindruckender, als ich erwartet hätte«, stellte Charlie fest. »Wobei beeindruckend nicht im positiven Sinne zu verstehen ist.«

Martin grinste. »Ach, stehst du nicht auf eine Mischung aus griechischen Säulen, Rapunzelturm und Walmdachgarage?«

Charlie streckte die Zunge heraus und den Mittelfinger in den Rachen.

»Wir sind da. Was machen wir jetzt?«, fragte Martin.

»Keine Ahnung.«

»Keine Ahnung? Wir sitzen hier im Winter bei Eiseskälte im Auto vor einem der hässlichsten Häuser, das ich je gesehen habe, und du hast keine Ahnung, wieso du mich eigentlich hierher gelockt hast?«

»Also, wenn du es unbedingt dramatisch willst, dann observieren wir den Laden.«

»Hey, im Fernsehen haben die Leute, die eine langweilige Observierung machen müssen, wenigstens Kaffee und fettige Snacks dabei. Was haben wir?«

Charlie zuckte die Schultern. »Erzähl mir einen Schwank aus deinem Leben«, forderte sie Martin auf. »Dann brauchst du keinen Kaffee, weil du beim Sprechen sowieso nicht trinken kannst, und ich bin so gefesselt von deiner Geschichte, dass ich meinen Hunger vergesse.«

Martin seufzte leise. Die Observierung schien ihm zwar weder sinnvoll noch interessant, aber für die Möglichkeit, einige Zeit neben Charlie im Auto zu sitzen, würde er auch den städtischen Friedhof beobachten. »Der Bericht über meine Jugend passt in einen Satz: Sie war normal, bürgerlich und todlangweilig. Ich hatte furchtbare Pickel, keine Freundin und sah meine einzige Chance darin, eine Laufbahn einzuschlagen, bei der ich in hermetisch abgeriegelten Studios im Dämmerlicht vor mich hin vegetiere. Also Versuchstier oder Radiomoderator. Da ich äußerst schmerzempfindlich bin, habe ich mich für das Radio entschieden.«

Charlie lachte. »Langsam kommt die flotte Zunge auf Betriebstemperatur. Nach der Schilderung der Jugend bin ich gespannt, wie es weitergeht.«

»Gar nicht. Erst bist du dran. Was interessiert eine vernunftbegabte Frau an Oecotrophologie?«

»Zunächst mal ist schon der Name des Studiengangs eine Wucht. Es gibt nämlich ganz viele Angeber, die keine Ahnung haben, was das ist, sich aber scheuen, dieses Unwissen zuzugeben. Solche Leute kann man wunderbar veralbern.«

»Den Effekt hättest du auch, wenn du einfach behaupten würdest, das zu studieren.«

Charlie legte den Kopf zur Seite. »Hm, jetzt wo du es sagst... Dann könnte ich mir die ganze Arbeit ja sparen und einfach so tun, als ob.«

Martin seufzte. »Ist schon gut, mir ist es ganz egal, warum du diesen Blödsinn studierst.«

Charlie legte ihre Hand auf Martins Bein. »Nun sei nicht gleich eingeschnappt.«

Martin war bereit, noch stundenlang eingeschnappt zu sein, wenn sie dafür ihre Hand dort liegen ließe.
Charlie sprach weiter. »Es ist ein interessantes Studium, das nichts mit Kochen zu tun hat. Stattdessen mit der Frage, wieviel Sojamehl man in ChickenNuggets mischen kann, bis der blöde Verbraucher merkt, dass gar kein Fleisch mehr in seiner Frikadelle ist. Oder Nahrungsmittelmarketing: Wie macht man Werbung für einen Schokoriegel, der hauptsächlich aus Zucker und Fett besteht, der aber jung, gesund und kalorienarm daherkommen soll? Oder noch besser, wie blöd müssen Verbraucher sein, damit sie kakaohaltigen Brotaufstrich kaufen, in dem ›das Best aus einem Viertelliter entrahmter Milch‹ drin ist?«
Martin schaute verwirrt. »Das Beste aus entrahmter Milch? Wieso entrahmt?«
Charlie grinste. »Hört sich nicht so fettig an. Tatsächlich wäre es hundertmal besser, der Milch den Rahm zu lassen, statt gehärtete Fette zweifelhafter Herkunft zu dem sowieso überwiegenden Zucker zu panschen.«
Martin schüttelte sich. »Ich habe diesen kakaohaltigen Brotaufstrich mein Leben lang geliebt und möchte dieses Gefühl tiefer Verbundenheit, das zweifellos auf Gegenseitigkeit beruht, nicht von deinen unappetitlichen Erörterungen abtöten lassen.«
»OK.«
Charlie zog ihre Hand zurück. Martins Puls beruhigte sich etwas, die Körpertemperatur fiel wieder auf Normalmaß und seine Atmung erreichte eine übliche Frequenz. Charlie schien seine körperlichen Reaktionen nicht zu bemerken.
Martin atmete einmal tief durch. »Lassen wir also das Thema und wenden uns unserem Fall zu. Was gibt es für Neuigkeiten, von denen ich noch nichts weiß?«
»Kletzenrath ist ein vorbestrafter Krimineller, der als Hausmeister und Sicherheitschef bei Feinkostkönig erstens mit seiner Vergangenheit gar nicht dort arbeiten dürfte und zweitens normalerweise kaum so viel verdienen könnte, dass er das hier alles bezahlen kann.« Charlie deutete auf das Haus, die Garagen, den Vorgarten. »Deshalb sind wir

hier. Ich wollte sehen, wie er wohnt, jetzt bin ich überrascht und weiß nicht so genau, was ich mit dieser Information anfangen soll. Hast du eine Idee?«

»Wo wir schon mal hier sind, können wir auch noch einen Moment hier sitzen und sehen, ob er weggeht oder Besuch empfängt, ob er mit einem Hund raus geht oder was er sonst so treibt.« Martin wäre bereit gewesen, die ganze Nacht hier mit Charlie zu sitzen. Leider wurde es langsam kalt. »Ich habe von einem Freund einen tollen Fotoapparat geliehen, der auch im Dunkeln super Bilder macht.« Martin griff hinter den Sitz, wobei er sich wieder weit zu Charlie herüberbeugen musste. »Hier, das Ding muss man allerdings auflegen, wenn man ohne Blitz fotografieren will, sonst verwackelt alles.«

Charlie betrachtete den Apparat mit Wehmut. »Hoffentlich hast du mit diesem Ding mehr Glück als ich mit der kleinen Digitalkamera. Ich weiß wirklich nicht, woher ich das Geld nehmen soll, um sie zu ersetzen.«

Martin wurde einer Antwort enthoben, als ein dunkelblaues Mercedes Coupé in die Straße einbog. Als die Scheinwerfer in Martins Auto leuchteten, rutschten die beiden Beobachter tiefer in ihre Sitze.

Der Mercedes bog in die Einfahrt von Kletzenrath, die Rücklichter erloschen, dann stieg der Fahrer aus. Ein großer, mittelalter Mann in einer Lammfelljacke. Er ging zur Haustür und klingelte. Martin drehte leise das Fenster herunter und brachte den Fotoapparat in Anschlag, das Objektiv legte er auf die Scheibe. Er schoss ein Foto von dem Mann, der ihm allerdings den Rücken zuwandte. Die Haustür blieb zu. Der Mann klingelte nochmal. Dann drehte er sich um und sah die Straße entlang. Er machte einen genervten Eindruck.

Martin schoss mehrere Fotos. Ob das Licht, das die Haustür taghell anstrahlte, für ein gutes Foto ausreichen würde, musste sich herausstellen. Aber der Blickwinkel der Kamera war ideal. Wie ein Fotomodell hatte der Mann langsam den Kopf gedreht und sich von vorn und den Seiten ablichten lassen.

Jetzt ging die Tür auf. Der Besucher war offenbar nicht erwartet worden, denn er wechselte erst ein paar Worte mit dem Hausherrn, bevor er eintrat.

Martin und Charlie atmeten tief durch, sobald die Haustür sich geschlossen hatte.

»Puh, wenn dem der Wagen aufgefallen wäre und er mich hier entdeckt hätte...«, murmelte Charlie.

»Kanntest du den Typ denn?«

»Ich meine Kletzenrath. Den anderen habe ich noch nie gesehen.«

»Was machen wir jetzt?«, fragte Martin, während er das Fenster wieder hochdrehte.

»Auf jeden Fall warten, bis er wieder rauskommt. Und die Autonummer sollten wir notieren. Kannst du sie sehen?«

Martin setzte sich wieder aufrecht hin und buchstabierte die Nummer. »Was hast du damit vor?«

»Herausfinden, wer der Besucher ist.«

»Ich glaube nicht, dass das Straßenverkehrsamt diese Frage einfach so beantwortet.«

»Ich habe da so meine Verbindungen.«

»Okay«, Martin winkte ab. »Ich will es gar nicht wissen.«

Sie saßen in gespannter Erwartung und starrten unverwandt auf die Haustür. Nach etwa zwanzig Minuten öffnete sie sich und der Besucher kam heraus. Er ging zu seinem Wagen, stieg ein und fuhr davon. Kletzenrath hatte diesmal etwas länger in die Richtung des Autos mit dem Kölner Nummernschild geschaut, aber kein weiter gehendes Interesse gezeigt. Er schloss die Tür hinter sich, dann wurde die Außenbeleuchtung abgeschaltet.

»Der hat wohl für heute die Nase voll von Besuchern«, platzte Charlie heraus.

»Ja, genau so sah es aus.« Martin bemerkte, dass er fror. »Lass uns die Observierung abbrechen, bevor wir zu Tiefkühlfleisch gefrieren.«

Charlie nickte mit leise klappernden Zähnen. »G-g-g-gute Id-d-dee.«

Martin startete den Wagen, drehte die Heizung auf und brachte Charlie zu ihrem Auto. »Wenn du mich brauchst, sag Bescheid.«
»Schick mir das Foto. Oder schick es per E-Mail an Herrn Fiedler. Oder beides, ja?«
Martin nickte. Er rang mit sich, ob er sich trauen sollte, Charlie einen Gute-Nacht-Kuss zu geben. Bevor er sich entschieden hatte, war sie bereits ausgestiegen. Mist.

Dessert

Apfel-Zimt-Mousse auf Rumfrüchten

Herr Fiedler hatte das Fachbuch mit dem unaussprechlichen Titel wieder zur Hand genommen. Toxikologie. Pestizide. Seltsam. Annabelle hatte Oecotrophologie studiert, das hatte etwas mit Ernährung zu tun. Hier lag nun ein Buch über die Giftigkeit von so genannten Pflanzenschutzmitteln, das Annabelle bestellt hatte. Der Begriff Pflanzenschutzmittel war etwas, worüber Herr Fiedler sich schon häufig aufgeregt hatte. Ein Euphemismus, sprachwissenschaftlich gesehen. Oder aber schlichtweg eine Frechheit. Denn immerhin waren diese Pflanzenschutzmittel meist genau das Gegenteil: Sie töteten Pflanzen oder Tiere. Sie teilten das Leben auf in Gute und Böse und machten Letzteren den Garaus.

Herr Fiedler blätterte in dem Fachbuch. Dort wurden die Grundlagen der »toxischen Wirkungen von Chemikalien« behandelt, die nicht nur auf der chemisch-physikalischen Struktur des Stoffes beruhen, sondern auch von Art, Häufigkeit und Dauer der Einwirkung sowie der Empfindlichkeit des biologischen Systems abhängig sind. Biologisches System, dachte Herr Fiedler. Das ist wohl der Mensch, wenn man die Giftigkeit der Pestizide in Bezug auf ihre Schöpfer bewerten will.

Was bereits Paracelsus mit seiner Erkenntnis, dass die Dosis das Gift macht, gemeint hatte, wurde einige Seiten weiter am Beispiel des Giftes Ethanol, umgangssprachlich vereinfacht als Alkohol bezeichnet, anschaulich dargestellt. Während sich bei null Komma drei Promille Blutkonzentration Störungen des Gleichgewichtssinns einstellen, so las Herr Fiedler, treten bereits bei null Komma acht Promille Sprachstörungen auf und ab zwei Komma vier Promille Bewusstlosigkeit. Lebensgefahr besteht ab vier Promille Alkoholgehalt im Blut. Naja, dachte Herr Fiedler, diese Werte gelten wohl nur für Ungeübte. Er kannte Männer, bei denen selbst zweieinhalb Promille noch keine offensichtliche Wirkung zeigte.

Gut, weiter im Fachtext. Selbst geringe Mengen Alkohol können, bei regelmäßiger Einwirkung, toxische Wirkungen entfalten. Klar, die gute alte Leberzirrhose.
Aber jetzt wurde es interessant. Manche Stoffe reicherten sich selbst im Körper bis zu giftigen Konzentrationen an, wie etwa Schwermetalle. Herr Fiedler konnte sich daran erinnern, von dieser Anreicherung bereits früher gehört zu haben. Damals hatte es Diskussionen über die in Deutschland übliche Bestattungspraxis gegeben. Es gab Stimmen, die gefordert hatten, grundsätzlich nur noch Feuerbestattungen zuzulassen, da die meisten Menschen eigentlich, wegen hoher Schwermetallwerte im Körper, als Sondermüll entsorgt werden müssten.
Bei anderen Stoffen, hier war wieder der Alkohol als Beispiel angeführt, kumulierte der biologische Effekt, in diesem Fall also die Schädigung der Leber. Der Alkohol wurde wieder ausgeschieden, aber der Schaden im Körper stieg mit jedem Gläschen an.
Das war alles sehr einleuchtend und interessant, aber immer noch blieb vollkommen unklar, wieso Annabelle sich für die Giftigkeit von Pestiziden interessiert hatte. Dass diese Tatsache für die laufenden Ermittlungen von Bedeutung war, davon war Herr Fiedler überzeugt. Für heute allerdings hatte er genug gelesen. Er legte eine Schallplatte auf und ließ sich von Tschaikowsky in die märchenhafte Welt der Ballettmusik entführen.

*

»Viele Grüße von Martin«, richtete Charlie aus, während sie sich an Herrn Fiedler vorbei ins Haus drängte. Sie zog die Schuhe aus, schlüpfte in die inzwischen immer für sie bereit stehenden Filzlatschen und war schon im Wohnzimmer, bevor Herr Fiedler die Tür wieder geschlossen hatte.
»Wann haben Sie Martin denn gesehen?«, fragte Herr Fiedler.
»Wir haben gestern Abend ein paar nette Stündchen in seinem Auto verbracht.«

»Nanu, ist das nicht kalt und unbequem? Sie haben doch beide eigene Wohnungen.«
»Herr Fiedler, was Sie wieder denken.« Charlie grinste. »Wir haben Kletzenrath beobachtet.«
»Und ich hatte gedacht, Ihre kriminelle Energie sei verflogen nach den Erfahrungen mit diesem Grobian und dem Einbruch in Ihre Wohnung.«
»Kriminelle Energie? Wovon reden Sie bloß wieder? Ich habe einfach nur einen netten Abend mit einem Freund in seinem Auto verbracht.«
»Haben Sie während Ihres Schäferstündchens denn wenigstens etwas über den Mann erfahren, vor dessen Haus Sie zufälligerweise geparkt hatten?«
»Ja und nein. Schmeißen Sie Ihren Computer an und rufen Sie Ihre E-Mails ab, Sherlock, ich möchte Ihnen jemanden vorstellen.«
Die E-Mail von Martin mit den Bildern des gestrigen Abends war noch nicht angekommen, aber Mr. Spock hatte das Foto von Charlies Handy geschickt. Gemeinsam starrten Charlie und Herr Fiedler auf den Bildschirm, auf dem Kletzenrath erschien.
»Das ist das einzige Foto, das ich noch aus dem verbotenen Betriebsteil von Feinkostkönig habe, deshalb wollte ich es mir nochmal genauer ansehen. Wenn Ihnen etwas auffällt, sagen Sie es ruhig.«
Eine Weile starrten sie gemeinsam auf den Bildschirm.
»Da in dem Regal, sehen Sie das?«, fragte Herr Fiedler und deutete auf eine Stelle neben Kletzenraths linker Schulter.
Charlie starrte auf die Stelle. »Die ganzen Regale dort sind voller Behälter mit Etiketten. Was ist an diesem so Besonderes?«
»Ich finde, es sieht so aus, als ob das Etikett über einen Schriftzug drübergeklebt wäre.«
Charlie starrte auf den Bildschirm. Sie bewegte den Kopf leicht hin und her, ging näher heran und wieder weiter weg.
»Sie haben recht, aber ich kann nicht lesen, was da steht. Total krakelig geschrieben.«
»Nicht krakelig. Kyrillisch.«

Charlie starrte nochmal auf die Stelle. Das war's! Das war der Grund, warum sie das Wort nicht entziffern konnte. Es waren keine lateinischen Buchstaben.

Charlie und Herr Fiedler stießen mit den Köpfen zusammen, als sie versuchten, wenigstens das Etikett zu entziffern. Bei dieser Schrift handelte es sich eindeutig um lateinische Buchstaben.

»Ich kann's nicht lesen«, gab Herr Fiedler nach einer Weile auf.

Charlie hatte mit zusammengekniffenen Augen auf den Bildschirm gestarrt. »E308, Gamma-Tocopherol. Das ist ein Antioxidationsmittel.«

Herr Fiedler sah sie fragend an.

»Solche Zusatzstoffe verhindern unerwünschte Reaktionen des Lebensmittels mit dem Luftsauerstoff, also zum Beispiel die braune Verfärbung von angeschnittenen Äpfeln oder das Ranzigwerden von Fetten.«

»Wozu braucht man so etwas in einer Pastetenkonserve?«

»Ach du je, Lebensmittelchemie ist wirklich nicht meine starke Seite. Aber ich versuche mich mal an einer Erklärung. Wenn Sie das Glas mit der Pastete öffnen und eine kleine Menge entnehmen, könnte sich die Anschnittfläche dunkel verfärben. Das sieht unappetitlich aus. Deshalb kommt das Antioxidationsmittel rein, dann bleibt die Schnittfläche rosig. Dieser Erklärungsansatz ist, mangels ausreichend fundiertem Fachwissen, ohne Gewähr.«

»Hört sich also für Sie nicht irgendwie verdächtig an?«

»Nein, nicht verdächtig.«

»Was hat das mit dem kyrillischen Schriftzug darunter zu tun?«

»Das kann ich Ihnen auch nicht sagen, Sherlock. Aber offensichtlich zieht sich die kyrillische Schrift wie ein roter Faden durch diesen Fall. Die Studentinnen aus Münster kamen aus dem Ostblock, Annabelle bekommt einen Brief in kyrillischer Schrift und auf einem Kanister im Regal von Feinkostkönig taucht ebenfalls ein solcher Schriftzug auf. Wir sollten uns also bald jemanden suchen, der etwas poly-

glotter ist als wir, und der den Brief und die Aufschrift auf dem Kanister übersetzen kann.«
Charlie versuchte erneut, Annabelles Großmutter unter der Nummer, die sie von der Dekanatsfee bekommen hatte, zu erreichen, aber wieder ging niemand ans Telefon..

*

Auf dem Weg zur Hochschule ging Charlie in Gedanken auf die Suche nach einem Studenten oder einer Studentin mit russisch klingendem Namen. Sie wusste, dass es davon einige im Fachbereich gab. Zwei Namen fielen ihr ein. Hoffentlich sprachen sie genügend Russisch oder welche Sprache das auch immer war, um den Brief und das Wort auf dem Kanister entziffern zu können. Charlie ging zum Studentensekretariat und ließ sich unter mühsamer Aufbietung all ihrer Überredungskünste die entsprechenden Handynummern geben. Gleich beim ersten Anruf hatte sie Glück, Oleg war gerade in der Hochschule. Sie trafen sich in der Mensa.
»Was heißt das hier?« Charlie hielt Oleg einen Zettel hin, auf den sie das kyrillische Wort mit Herrn Fiedlers Hilfe kopiert hatte.
»Bist du sicher, dass das richtig geschrieben ist?«
»Nein. Ich habe das Wort abgemalt. Aber es war schon so ähnlich.«
Oleg legte die Stirn in Falten. Dann sagte er ein Wort auf Russisch, das sich für Charlies Ohren anhörte wie das Geräusch, das ein Staubsauger macht, wenn er eine Socke ansaugt.
»Was bedeutet das?«, fragte Charlie.
»Das ist so ähnlich wie Pilz-Ex oder Pilz-Tod.«
»Pilz-Tod?«
»Hmm. Ist vielleicht nicht die beste Übersetzung. Aber du weißt, was ich meine, oder? Ein Mittel, mit dem man Pilze abtötet. Wie ein Fungizid.«
»Aha.« Damit hatte Charlie nicht gerechnet. Sie legte den Brief auf den Tisch.
»Wer hat diesen Brief geschrieben und was steht drin?«, fragte sie.

Oleg betrachtete das Papier. Seine Augen huschten die Zeilen entlang, blieben hier und da ein wenig hängen, huschten weiter.

»Der Brief ist vom ukrainischen Konsulat. Unterschrift von einem gewissen Juri Pauls, adressiert an Annabelle Sievers. Die Anrede ist weder besonders förmlich noch vertraut. Er kannte sie also nicht persönlich.«

»Das kannst du daraus erkennen?«

»Na klar, das könntest du aus einem deutschen Brief ja auch sehen. Die Anrede ›Sehr geehrte Frau Sievers‹ ist förmlicher als ›Liebe Frau Sievers‹ oder gar ›Liebe Anna‹.«

Charlie nickte.

»Dann der Text: Vielen Dank für die Anfrage. Die betreffende Firma hat ihren Sitz in Melitopil (russische Schreibweise: Melitopol), etwa einhundert Kilometer südlich von Zaporizhzhya. Es handelt sich um ein Privatunternehmen, welches Fertilitäts- und Pflanzenschutzprodukte für die Landwirtschaft herstellt. Generalimporteur in Deutschland ist die Firma Hansen Import in Euskirchen. Uns sind keine negativen Informationen über die Firma bekannt. Wir hoffen, dass wir Ihnen mit dieser Auskunft geholfen haben und würden uns freuen, wenn wir auf diesem Wege einer Kooperation dienlich sein konnten. Mit freundlichen Grüßen, Unterschrift.«

»Danke.« Charlie riss Oleg den Brief aus der Hand, steckte das Papier in ihre Tasche und stand auf.

»Annabelle Sievers, das ist die Studentin, die auf so zweifelhafte Weise bei einem Verkehrsunfall gestorben ist, nicht wahr?«

»Ja. Kanntest du sie?«

Oleg lächelte schief. »Leider nicht. Sie hielt sich von uns fern.«

»Von uns? Wen meinst du damit?«

»Hier gibt es eine ganze Reihe Studierende aus dem ehemaligen Ostblock. Manche sprechen untereinander Russisch. Anna hat das nie getan. Sie tat so, als spreche sie nur Deutsch. Dabei habe ich sie einmal telefonieren hören. Ihr

Russisch war nicht nur grammatisch perfekt, sondern sogar sehr gewählt.«

»Warum hat sie diesen Abstand gehalten?«

»Keine Ahnung.« Oleg sah traurig aus. »Ich habe eine Vermutung, weiß aber nicht, ob sie zutrifft.«

»Was ist das für eine Vermutung?«

»Es gibt in Deutschland viele Menschen, die gewisse Ressentiments gegen Russen haben. Ich bin mal von einer Frau verbal angegriffen worden, die mir vorwarf, ein Schmarotzer zu sein. Du weißt schon, es gibt Leute, die behaupten, alle Russen, die jemals einen deutschen Schäferhund besessen hätten, bräuchten nur nach Deutschland zu kommen und bekämen hier das Geld säckeweise nachgeworfen.«

Charlie nickte. Sie hatte solche Sprüche schon gehört.

»Wenn du einen russischen Namen hast oder russisch sprichst, kann es passieren, dass du automatisch in diese Schublade gesteckt wirst, egal wie fleißig du arbeitest. Das ist manchmal ziemlich nervtötend.«

Charlie nickte wieder.

»Annabelle hatte keinen russischen Namen, sie hatte nicht diese slawischen Wangenknochen, und ihr Deutsch war absolut einwandfrei. Sie wäre blöd gewesen, wenn sie sich selbst in diese Aus- und Übersiedler-Schublade einsortiert hätte. Und blöd war sie mit Sicherheit nicht.«

»Du hast sie gemocht, nicht wahr?«

Oleg nickte. »Aus der Ferne angehimmelt trifft es wohl. Aber das hat sie nie bemerkt. Und jetzt ist es zu spät.« Mit hängenden Schultern blieb er vor seinem Kaffeebecher sitzen, als Charlie ging.

Charlie fuhr auf direktem Weg zurück zu Herrn Fiedler und berichtete ihm, was sie herausgefunden hatte. Dann legte sie ihm den Brief vor, den Oleg übersetzt hatte und erzählte ihm, was darin stand.

»Offenbar hat sich Annabelle für ein Unternehmen interessiert, das in der Ukraine Landwirtschaftsbedarf herstellt. Dieses Unternehmen hat einen Generalimporteur in Euskirchen. In der Nähe von Euskirchen sind die beiden

Studentinnen aus Münster ums Leben gekommen. Was hat diese Firma mit unserem Fall zu tun?«, fragte Herr Fiedler.
»Die Antwort liegt direkt vor Ihnen«, entgegnete Charlie und zeigte auf den Zettel mit dem kyrillischen Wort. »Das bedeutet Pilz-Tod, oder so ähnlich. Vermutlich ein ukrainisches Fungizid.«
»Ein Fungizid im Regal eines Lebensmittelherstellers?« Herr Fiedler sah entsetzt aus. »Wozu braucht man das denn?«
»Sie würden sich wundern, welche Gifte Sie bei Lebensmittelherstellern entdecken könnten, wobei die diversen Mittelchen meist zum Reinigen der Rohrleitungen oder der Behälter eingesetzt werden. Dafür benötigt man allerdings sicherlich kein Fungizid.«
»Aber woher wusste Annabelle davon? Sie war doch vermutlich nicht in der Trüffelhalle.«
»Vielleicht finden wir einen Hinweis darauf in ihrem Praktikumsbericht?«
Herr Fiedler schlug sich an die Stirn. »Daran habe ich ja gar nicht mehr gedacht. Den Bericht sollten wir uns nochmal genau vornehmen.«
Er holte den Ausdruck und vertiefte sich mit Charlie in das Werk. Es war der letzte Eintrag über Annabelles Aushilfstätigkeit beim Wareneingang, an dem sowohl Charlie als auch Herr Fiedler mit den Augen hängenblieben. Annabelle berichtete, dass sie von einem Feinkostkönig-Mitarbeiter um Hilfe beim Wareneingang gebeten worden war, da eine Kollegin sich krank gemeldet hatte. Zwei Abschnitte behandelten die Wareneingangsprüfung der Rohware nach Quantität anhand von Bestellunterlagen. Die Qualitätsprüfung wurde in einem späteren Arbeitsgang erledigt, Annabelle schrieb, dass sie gesondert darüber berichten würde. Danach brach der Bericht abrupt ab.
»Ist es üblich, während eines Praktikum auch den Wareneingang zu kontrollieren?«, fragte Herr Fiedler.
Charlie zuckte die Schultern. »Das ist von Unternehmen zu Unternehmen verschieden und kommt auch auf die Definition des Praktikums an. Grundsätzlich ist es durchaus denkbar, dass ein Praktikant alle Abteilungen eines

Unternehmens durchläuft. Oder zumindest alle Stationen, die mit der Produktion zu tun haben. Wie das üblicherweise bei Feinkostkönig gehandhabt wird, weiß ich nicht.«

»Nehmen wir an, Annabelle war zufällig bei der Wareneingangskontrolle dabei, als eine Lieferung von diesem Fungizid ankam. Was auch immer auf dem Lieferschein stand, sie konnte erkennen, dass auf dem Behälter der Markenname eines Fungizids stand. Vielleicht hat sie einfach nachgefragt, wofür das benötigt wird.«

»Das ist denkbar«, stimmte Charlie zu.

»Nehmen wir weiter an, dass sie keine Antwort bekam oder eine unbefriedigende und somit selbst nachforschte, was es mit dem Zeug auf sich haben könnte.«

»Aber wie ist sie von dem Wort auf dem Behälter auf die Firma in der Ukraine gekommen?«

»Vielleicht stand etwas auf dem Lieferschein. Oder sie hat im Internet den Namen des Herstellers herausgefunden. Oder auf dem Behälter, den Annabelle gesehen hat, war noch ein Etikett mit dem Namen des Herstellers.«

Charlie nickte. »Alles möglich und eigentlich auch egal. Sie hat jedenfalls diese Verbindung hergestellt. Was tat sie dann...?«

Herr Fiedler überlegte einen Moment und holte dann einen Briefumschlag. »Hier, der Bericht von dem Analyse-Institut. Offenbar hat sie eine Probe genommen und sie an dieses Institut geschickt.« Herr Fiedler überflog die Seite und schlug sich dann an die Stirn. »Wieso habe ich daran nicht mehr gedacht? Natürlich, hier steht es ja schwarz auf weiß.« Er deutete auf den Schlusssatz des Analyseberichts. »Hier steht, dass es sich bei der eingesandten Probe um ein Fungizid handeln könnte. Ich gehe also davon aus, dass es die Flüssigkeit aus dem Behälter war, die dort untersucht worden ist.«

Charlie sah nachdenklich auf den Brief. »Ich könnte jetzt zwar alle möglichen Recherchen an der Hochschule anstellen, aber vielleicht ist es einfacher, wenn wir bei diesem Labor anrufen und uns sagen lassen, was die davon halten.«

Herr Fiedler holte bereits das Telefon an den Tisch. Er wählte, fragte sich durch und sprach schließlich mit Dr. Friedhelm Machalek.
»Erinnern Sie sich an die Probe, die Frau Anna Siev..., äh, Fiedler eingesandt hat?«, fragte Herr Fiedler.
»Sagen Sie mal ein Stichwort.«
»Es handelte sich um eine Probe, die Sie analysiert haben und deren mögliche Verwendung Sie als Fungizid eingeordnet haben, obwohl es nicht sehr wirksam ist.«
»Ja, ich erinnere mich. Was wollen Sie denn dazu wissen?«
Herr Fiedler stutzte. Er hatte keine sehr klare Vorstellung davon, was er fragen wollte. Etwas hilflos sah er Charlie an.
»Ist das Zeug giftig?«, flüsterte sie ihm zu.
Machaleks Antwort kam prompt. »Die Giftigkeit ist eine Frage der Dosis, das ist seit Paracelsus bekannt. Wenn Sie sich ein ordentliches Glas von der Flüssigkeit einverleiben wollen, sollten Sie vorher Ihr Testament machen.«
»In welchen Dosierungen könnte ich die Verabreichung denn überleben?«
»Nun, das müssten Sie vermutlich eher einen Mediziner fragen. Zumal dieses Zeug ein recht abenteuerliches Gemisch unterschiedlichster Wirkstoffe ist und außerdem diverse Verunreinigungen enthält. Und obwohl wir im westlichen Abendland das monokausale Prinzip zu unserer übergeordneten Weltanschauung erhoben haben, ist die reale Welt mit ihren Ursache-Wirkung-Prinzipien doch nicht ganz so einfach aufgebaut.«
Herr Fiedler sah Charlie hilfesuchend an, aber die zuckte nur die Schultern.
»Können Sie das, was Sie da gerade gesagt haben, nochmal für einen Laien verständlich erklären?«, bat Herr Fiedler.
»Klar. Bei der Giftigkeit der Stoffe gehen selbst viele Wissenschaftler heute noch davon aus, dass jeder Stoff allein einen Einfluss auf den Körper hat. Das ist aber Quatsch. Wenn Sie zwei Gifte zu sich nehmen, müssen Sie nicht nur die Summe der beiden Gifte, sondern auch die Wirkungen, die die beiden Stoffe untereinander haben, berücksichtigen. Die Wirkungen können sich gegenseitig multiplizieren oder

reduzieren. Vereinfacht ausgedrückt: In diesem Cocktail, den Frau Fiedler mir zur Analyse geschickt hat, sind so viele Stoffe drin, dass man mögliche Folgen zwar in ihrer vermutlichen Wirkweise abschätzen kann, aber nicht in ihrer Intensität.«

»Und was wäre eine mögliche Wirkweise?«

»Nun, wenn wir jetzt mal davon ausgehen, dass Sie die Einnahme des Cocktails überleben, weil Sie nur einige Mikrogramm zu sich nehmen, beispielsweise in Folge einer Verunreinigung, dann sollten Sie sicherlich akut mit Augen- und Hautreizungen, Durchfall und Schüttelfrost rechnen, langfristig auch mit Schäden der Nieren und der Leber, eventuell auch des Nervensystems. Wenn mich nicht alles täuscht, war auch ein Dinitrophenol drin. Davon bekommt auch die Lunge noch einen Schaden weg, außerdem führt eine schleichende Vergiftung zum Beispiel zu Gewichtsverlust. Das ist ziemlich übel, da Gewichtsverlust oft dann wieder andere Substanzen im Körper freisetzt, die sich im Fettgewebe eingelagert haben, wie beispielsweise Schwermetalle. Die durch diese Verbindung entstehenden zusätzlichen Wirkungen auf den Organismus sind überhaupt nicht mehr abschätzbar.«

Herr Fiedler schluckte. Das hörte sich ja wirklich furchtbar an. »Aber würde ich es nicht bemerken, wenn ich das Zeug versehentlich zu mir nehme, beispielsweise als Verunreinigung? Könnte ich das nicht schmecken? Wenn ich ein oder zwei Tropfen in ein Glas Wasser schütte, dann bemerke ich doch vermutlich, dass da nicht nur Wasser drin ist, oder? Wie schmeckt das denn wohl? Nach Alkohol oder Spiritus oder irgendsowas?«

»In Wasser würden Sie den Geschmack vielleicht wahrnehmen, wobei ich das nicht beurteilen kann, ich habe das Zeug nicht probiert. Sicher weiß ich aber, dass es recht intensiv riecht. Allerdings gar nicht unangenehm. Eher leicht nussig. Oder erdig. Es riecht nach herbstlichem Wald, wie... Ja, jetzt hab ich's. Ein bisschen wie Trüffeln.«

Herr Fiedler umklammerte den Hörer mit aller Gewalt und starrte Charlie an, die zurückstarrte.

»Hallo, sind Sie noch da?«, drang die Stimme von Dr. Machalek aus dem Hörer.
»Jaja, ich bin noch da. Ich glaube, das reicht mir erstmal als Einschätzung, womit wir es hier zu tun haben. Ich danke Ihnen sehr.« Er verabschiedete sich und legte auf.
Einen Augenblick schwiegen beide.
»Das ist doch eine Schweinerei, dass der Trüffelgeschmack künstlich dazugemischt wird.«
Charlie sah Herrn Fiedler erstaunt an und lachte dann. »Nein, die Sache mit dem Geschmack ist normal, Sherlock. Es gibt Firmen, die nichts anderes herstellen als Aromen. Und diese Unternehmen boomen.«
Herr Fiedler schüttelte den Kopf. »Wenn eine Firma Pfirsicharoma für den Joghurt herstellt, habe ich ja nichts dagegen. Ob die ganze Pfirsiche hineintun oder nur das Aroma aus Pfirsichen soll mir noch egal sein. Aber ...«
»Das Pfirsicharoma kommt nicht aus dem Pfirsich, sondern wird von einem hefeähnlichen Pilz namens Sporobolomyces odorus hergestellt.«
»Aber wenn auf dem Joghurt steht, dass dort natürliches Aroma drin ist...«
»Dann heißt das nur, dass dieses Aroma auch in der Natur vorkommt, es heißt aber nicht, dass dieses Aroma aus der Frucht gewonnen wird, deren Namen es trägt. Pfirsicharoma aus Pfirsichen zu extrahieren wäre ja teurer, als echte Pfirsiche in den Joghurt zu tun.«
»Und das finden Sie alles ganz in Ordnung?«
Charlie zuckte die Schultern. »Was heißt schon in Ordnung? Ein Joghurt, dessen Fruchtgeschmack durch künstliches Aroma hergestellt wird, ist deswegen noch lange nicht giftig.«
Herr Fiedler nickte. »Das sehe ich ein. Aber die Kennzeichnung ist schon ziemlich irreführend.«
»Stimmt.«
»Nun war meine Formulierung eben nicht ganz treffend, als ich mein Entsetzen über ein künstliches Aroma zum Ausdruck brachte. Das hat uns von der eigentlichen Schweinerei abgelenkt. Lassen Sie uns also jetzt über die Firma

Feinkostkönig reden. Gehen wir wirklich davon aus, dass dieses Unternehmen über Jahre hinweg der Trüffelpastete mit einem Gift zu ihrem Geschmack verholfen hat?«

Charlie dachte einen Moment nach. »Es deutet alles darauf hin, oder?«

»Ist nun die Beimischung von schlechten Fungiziden aus der Ukraine Ihrer Meinung nach auch nur eine weitere Spielart kreativer Etikettenbeschriftung?«

Charlie schüttelte den Kopf. »Nein, definitiv nicht. Aromen, Konservierungsstoffe und sonstige Zusatzstoffe werden grundsätzlich für den Einsatz in Lebensmitteln überprüft und zugelassen. Wenn also ein Fruchtjoghurt mit solchen Stoffen aufgepeppt wird, weiß man zumindest ungefähr, was drin ist. Ein unwirksames Fungizid aus der ehemaligen Sowjetunion hingegen, das hier seiner illegalen Entsorgung in Gourmetpasteten zugeführt wird, ist im Lebensmittelrecht nicht zugelassen. Zumindest noch nicht.«

Herr Fiedler hob die rechte Hand. »Noch wissen wir nicht mit Bestimmtheit, dass in der Pastete das Fungizid drin ist. Wie finden wir das heraus?«

Charlie tippte auf den Brief des Analyse-Instituts. »Wir lassen die Trüffelleberpastete analysieren.«

»Können Sie das in der Hochschule machen?«

»Keine Ahnung, mit Chemie kenne ich mich ja, wie gesagt, nicht wirklich aus. Ich könnte es versuchen, aber meist sind die Labors sowieso überbelegt und die Aufgaben, die dort abgearbeitet werden, stehen normalerweise lang fest. Ob ich da einen wissenschaftlichen Mitarbeiter oder Laborheini finde, der diese Analyse mal schnell dazwischen schiebt, wage ich zu bezweifeln. Immer vorausgesetzt, dass die Labors überhaupt über eine entsprechende Ausstattung verfügen.«

»Also schicken wir die Pastete nach Neuss.«

»Ja, aber nicht in der Originalverpackung. Wir teilen die Pastete in mindestens zwei Teile, behalten einen Teil als Rückstellprobe hier und schicken die andere Hälfte zur Analyse an Machalek. So haben wir eine Sicherheitsreserve für den Fall, dass mit seiner Probe etwas passiert.«

Wieder wunderte Herr Fiedler sich, dass Charlie von ihrem schnoddrigen Ton unvermittelt in eine geschäftsmäßig sachliche Tonlage wechseln konnte. Wenn sie so sprach, klang sie seriös und überzeugend. Und sehr erwachsen.
»Ich besorge Probenbehälter und bringe sie schnellstens her, dann können wir die Sendung fertigmachen.«

Sie war eine dreiviertel Stunde später mit den Plastikdosen wieder da. Nachdem Charlie und Herr Fiedler die Pastete aufgeteilt und in die Probenbehälter gefüllt hatten, wollte Charlie zur Post fahren.
»Und was machen Sie, Sherlock, mit dem angefangenen Tag?«, fragte sie leichthin.
»Ich fahre nach Euskirchen.«
Charlie setzte den Probenbehälter, den sie gerade in den Karton legen wollte, hart auf dem Tisch ab. »Das halte ich nicht für eine gute Idee.«
»Ich habe darüber nachgedacht, während Sie die Probenfläschchen geholt haben. Überlegen Sie doch mal. Die beiden Studentinnen Nadja und Ljubov finden im Werk einen Kanister mit der kyrillischen Aufschrift ›Fungizid‹. Sie verfolgen die Herkunft des Kanisters zu dieser Firma in Euskirchen. Sie fahren nach Euskirchen, vielleicht haben sie vorher angerufen und einen Termin vereinbart, vielleicht aber auch nicht. Sie stellen ein paar Fragen oder sehen sich nur auf dem Hof um, was weiß ich. Und irgend jemand erkennt, dass sie nicht nur gefährlich sind, sondern sogar sehr gefährlich, so dass sie umgehend aus dem Weg geräumt werden müssen.«
Charlie nickte. »So weit kann ich Ihnen folgen. Aber was wollen Sie herausfinden, wenn Sie jetzt dorthin fahren? Wollen Sie mit jemandem reden? Wollen Sie fragen, ob man dort weiß, dass das Fungizid falsch deklariert in einer Trüffelleberpastete landet? Das wäre ja Selbstmord. Und es würde nichts nützen, denn wenn die Leute nichts wissen, können sie nichts sagen, und wenn sie Bescheid wissen, werden sie nichts sagen wollen.«
Herr Fiedler überlegte einen Moment. »Klingt logisch. Mir scheint, mein Plan ist noch nicht ganz ausgereift.«

Charlie atmete auf. »Lassen Sie Ihre Kamikaze-Spioniererei, bis wir wenigstens eine Idee haben, wie diese Sache zusammenhängt.«
Herr Fiedler gab sich geschlagen. Statt sich der geheimdienstlichen Informationsbeschaffung zu widmen, trug er die Informationen über das Fungizid zusammen, die er bisher hatte und blätterte noch ein bisschen im toxikologischen Fachbuch. Dabei erinnerte er sich plötzlich an die Zeitungsberichterstattung über einen Mordfall, der ihn sehr beschäftigt hatte. Die nette Dame aus dem Delikatessenladen, in dem er gelegentlich eingekauft hatte, sollte ihren Gatten vergiftet haben. Vergleiche mit dem Fall Napoleon, der über mehrere Jahre hinweg vergiftet worden sein sollte, waren in der Zeitung angestrengt worden. Die Dame beteuerte ihre Unschuld. Herr Fiedler wusste zwar, dass es Wölfe im Schafspelz gab, hätte aber für Frau Schwerdtfeger jederzeit ein Leumundszeugnis abgegeben. Fast hätte er gegrinst, als ihm die Formulierung in den Sinn kam: Sie war manchmal wirklich ein Schaf, eine hinterhältige und clever eingefädelte Vergiftung ihres Mannes traute Herr Fiedler ihr nicht zu. Ob dieser Fall von Pastetenpanscherei bei Feinkostkönig vielleicht eine weitere Dimension besaß, über die bisher noch niemand nachgedacht hatte? Nämlich die schleichende Vergiftung von Menschen, die die Trüffelleberpastete regelmäßig verzehrten? Das allein wäre schlimm genug, aber hier wurde offenbar gleich noch die Ehefrau eines Gattenmords beschuldigt. Er würde mit Theo darüber beraten müssen, was in diesem Fall zu unternehmen war.

Er legte das Fachbuch zur Seite und schaltete den Computer ein. Mit angehaltenem Atem wartete er darauf, dass die E-Mail Nachrichten vom Server heruntergeladen wurden. Er wurde nicht enttäuscht.
»Lieber Herr Fiedler«, begann von Karst wie gewöhnlich, »wir haben Richard, den Bruder von Olivia Pembrokeston ausfindig gemacht, der uns bestätigen konnte, dass er und seine Frau Sara ihren Neffen Patrick Fiedler aufgezogen haben. Richard bestätigte, dass Olivia nach Ludwigs Tod nicht

nach Bankstown zurückgekehrt war, sondern sich in Melbourne niedergelassen hatte – offenbar, weil sie Ludwig dort kennen gelernt hatte. Sie hatte eine sehr schwierige Schwangerschaft, musste monatelang liegen, wollte das Kind aber unbedingt austragen. Das tragische Ende kennen Sie.
Patrick, Ihr Enkelsohn, lebte von Geburt an bei Onkel und Tante, die später noch zwei eigene Kinder hatten. Er lebt heute in Sydney. Um all diese Informationen zu bekommen, mussten wir Mr. Pembrokeston erzählen, dass wir im Auftrag von Ludwigs Vater nach seinem Enkel suchen. Er war erfreut zu hören, dass Patrick noch Verwandte hat. Ich habe ihm Ihre E-Mail-Adresse gegeben. Ich hoffe, dass das in Ordnung war. Im Telefonbuch von Sydney habe ich eine Telefonnummer von Patrick Pembrokeston gefunden. Da es im Telefonbuch zwar noch weitere Pembrokestons gibt, aber nur einen Patrick, gebe ich Ihnen die Nummer hier weiter.
Ich wünsche Ihnen alles Gute und bin gern weiter behilflich.
Herzlichst – Johannes von Karst«
In dieser Nacht wurde Herr Fiedler von wilden Träumen gequält.

Digestif

Williamsbirne

Auch Martin hatte schon die zweite Nacht in Folge schlecht geschlafen. Die Aufregung der Beobachtung und Charlies Nähe hatten ihn nachhaltig um seine sonst recht ausgeprägte Gelassenheit gebracht. Er wachte früh auf, wälzte sich ein paarmal hin und her, konnte aber nicht wieder einschlafen. Er fuhr in aller Frühe in den Sender und traf Herbert, Kölner Original und Verwalter des Bild-, Text- und Tonarchivs, allein an - eine Seltenheit.

»Ich bin auf der Suche nach Informationen über Feinkostkönig in Geilenkirchen.«

»Bild, Text oder Ton?«

»Bild und Text.«

Herbert vertiefte sich in seine Suche. »Willst du auch was über Südinger wissen, oder interessiert dich nur das Unternehmen?

»Auch Südinger.«

Kurze Zeit später begann Martin, sich durch die Informationen zu wühlen. Er überflog die Textdokumente, konnte aber auf Anhieb nicht viel Interessantes entdecken. Ein Blick auf die Uhr zeigte ihm, dass er die Recherche bald unterbrechen und an die Arbeit musste. Er nahm sich die Bilder vor. Die Firmenzentrale mit Blick auf den Haupteingang, die Firmenzentrale aus der Vogelperspektive, eine Gruppe von Menschen vor der künstlichen Bananenplantage, der Geschäftsführer vor der Firmenzentr... Martin stutzte. Diesen Mann kannte er. Es war der Mann, der unangemeldet bei Kletzenrath aufgetaucht war. Der Firmenboss, der seinen Hausmeister besucht. Seltsam. Martin druckte das Bild aus.

»Kann ich noch mehr Bilder von Markward Südinger haben?«, fragte er Herbert.

»Moment, ich schaue mal.«

Kurze Zeit später legte Herbert eine Mappe mit alten Fotos vor Martin auf den Tisch. »Die digitalen Bilder sind im

System. Kannste finden, wenn du einfach den Namen und Vornamen als Suchbegriff eingibst.«

Martins Handy klingelte. Die Redaktionssekretärin war dran. »Wo immer du bist, komm her so schnell du kannst. Auf dem Weihnachtsmarkt gibt es eine Demo gegen Festtagskonsum.« Die Verbindung wurde getrennt. Martin raffte seine Siebensachen zusammen, dankte Herbert und raste die Treppen hinauf. Eine Anti-Konsum-Demo auf dem Weihnachtsmarkt! So etwas konnte es auch nur in Köln geben. Und er würde seinen Spaß haben, darüber zu berichten.

*

Herr Fiedler hatte die Vorbereitungen für Ravioli all'Antonio schon fast abgeschlossen, als um kurz nach elf das Telefon klingelte.

»Fiedler«

»*Labess*! Hier ist Jusuf Rafik. Haruns Cousin.«

Herr Fiedler erschrak. »Guten Morgen. Bringen Sie mir eine gute oder eine schlechte Nachricht?«

»Eine gute, mein Freund, eine gute. Harun ist aufgewacht. Er ist gesund.«

»Das freut mich wirklich sehr. Haben Sie ihm schon gesagt...«

»Ja.« Die Stimme klang jetzt nicht mehr so fröhlich. »Er hat nach ihr gefragt. Wir mussten ihm die Wahrheit sagen. Der Arzt hat mit uns geschimpft.«

Das konnte Herr Fiedler sich lebhaft vorstellen.

»Aber Harun ist nicht blöd«, fuhr Jusuf fort. »Wenn er tagelang im Krankenhaus liegt und Annabelle nicht bei ihm ist, dann fragt er natürlich nach ihr. Wenn dann die ganze Familie die Köpfe senkt und schweigt... Was soll er daraus schließen? Wir wollten ihn nicht anlügen.«

»Das verstehe ich sehr gut. Sie haben sicher richtig gehandelt.«

»Danke, mein Freund. Wir haben Harun das Nötigste erzählt, auch von Ihrem Anruf bei uns und Ihrem Brief. Er möchte

Sie gern sprechen. Würden Sie uns den Gefallen tun und herkommen?«
Herr Fiedler brauchte nicht zu überlegen. »Natürlich. Soll ich gleich heute kommen?«
»Das würden Sie tun? Wann können Sie kommen? Nach der Arbeit?«
»Nein, ich bin nicht berufstätig. Ich komme heute Nachmittag, ist das recht?«
Herr Fiedler seufzte, nachdem er den Hörer aufgelegt hatte. Er mochte Krankenhäuser nicht. Und er empfand sehr starkes Mitleid mit Trauernden. Dieser Besuch würde ihn viel Kraft kosten. Aber das war er Annabelle schuldig. Er ging Theo wecken, damit sie gemeinsam essen konnten, bevor er sich auf den Weg nach Dortmund machte.

»Halt, wer sind Sie?«
Ein großgewachsener Mann mit schwarzem Haar, schwarzen Augen und einer schwarzen Lederjacke erhob sich von dem Stuhl neben der Tür zum Krankenzimmer 403 und verstellte Herrn Fiedler den Weg.
»Und wer sind Sie?«, fragte Herr Fiedler zurück. Dann fiel es ihm ein. »Bewachen Sie Harun?«
Der Mann bewegte sich keinen Millimeter, auch sein Gesichtsausdruck veränderte sich nicht. Herr Fiedler grinste und streckte ihm die Hand hin.
»Guten Tag, ich bin Herr Fiedler aus Mönchengladbach. Der frühere Vermieter von Annabelle, Haruns Freundin. Ich habe einen Anruf von Haruns Cousin Jusuf erhalten, der mich bat, hierher zu kommen. Ich bin erfreut zu sehen, dass Harun bewacht wird.«
Der Mann betrachtete Herrn Fiedler von oben bis unten. Die wirren Haare, die Outdoorjacke, Jeans, Trekkingschuhe und Stock. Dann grinste auch er, wobei sein linker, oberer Eckzahn golden glänzte. »Ich bin Jusuf. Ich hatte Sie mir anders vorgestellt. Willkommen.«
Er öffnete die Tür des Krankenzimmers und sagte ein paar Worte auf Arabisch. Zwei Männer und mehrere Frauen und Mädchen umringten das Krankenbett, in dem ein gut

aussehender junger Mann lag. Er war blass und trug einen Kopfverband. Ein Bein lag in Gips. Die Besucher machten Platz, als Herr Fiedler an das Bett trat.

»Ich bin Herr Fiedler. Wie geht es Ihnen?«

Harun schüttelte Herrn Fiedlers Hand. Seine Stimme war leise, als er sprach. »Ich bin das, was die Ärzte ein medizinisches Wunder nennen. Keiner wusste, warum ich im Koma lag und niemand weiß, warum ich wieder aufgewacht bin. Die anderen Verletzungen beschränken sich auf ein gebrochenes Bein, zwei geprellte Rippen, eine leichte Gehirnerschütterung und Hautabschürfungen an den Füßen.«

Harun hatte keinen ausländischen Akzent, aber eine etwas ungewöhnliche Satzmelodie. Kein Wunder, dass Annabelle ihn gemocht hatte, dachte Herr Fiedler. Er war ein sehr attraktiver Mann - und ein sehr trauriger, wenn er den Blick richtig deutete.

Herr Fiedler spürte einen Kloß im Hals. Er räusperte sich. »Ich möchte Ihnen mein Beileid aussprechen. Ich habe Annabelle sehr gemocht.«

Harun versuchte ein Lächeln. »Danke. Für Ihr Beileid, für Ihre Bemühungen und dass Sie gekommen sind. Setzen Sie sich bitte.«

Ein Mädchen hatte Herrn Fiedler einen Stuhl herangezogen und lächelte ihn schüchtern an. Er setzte sich.

»Meine Familie hat mir erzählt, dass Sie Ermittlungen anstellen bezüglich Annabelles Tod.«

Herr Fiedler nickte.

»Tut denn die Polizei gar nichts?«, fragte Harun mit einer steilen Falte auf der Stirn.

»Das weiß ich nicht«, sagte Herr Fiedler wahrheitsgemäß. »Mein Freund Theo und ich, wir waren bei der Polizei und haben eine Aussage gemacht. Der Kommissar schien nicht besonders interessiert zu sein. Und da wir nicht das Risiko eingehen wollten, dass gar nichts passiert, habe ich mich an der Hochschule umgehört. Dabei habe ich erfahren, dass in Annabelles Wohnung eingebrochen worden ist. Ihr Computer wurde gestohlen. Die Polizei hat den Einbruch aufgenommen, aber ob sie in der Angelegenheit inzwischen weitere Erkenntnisse hat, weiß ich nicht.«

Harun lauschte wortlos und zeigte keine Regung.

Herr Fiedler fuhr fort. »An der Hochschule habe ich die Bekanntschaft einer Studentin namens Charlie gemacht. Sie hat mir bei meinen Ermittlungen geholfen.«

Harun sah Herrn Fiedler unverwandt an. »Was haben Sie inzwischen herausgefunden?«

»Annabelle hat ihr Praxissemester bei einer Firma namens Feinkostkönig in Geilenkirchen gemacht.«

Harun nickte.

»Sie hat einen ausführlichen Praktikumsbericht geschrieben, dessen letzter Eintrag sich mit der Wareneingangskontrolle beschäftigt, bei der sie ausgeholfen hat. Dann bricht der Bericht ab. Ich will Sie nicht mit allen einzelnen Spuren langweilen, die wir verfolgt haben, das können wir gern irgendwann nachholen. Wir, also Charlie, Theo und ich, sind inzwischen zu der Überzeugung gelangt, dass Annabelle einer illegalen Zutat in der Trüffelleberpastete der Firma Feinkostkönig auf der Spur war. Und wir glauben, dass bereits vor zwei Jahren zwei Studentinnen umgebracht wurden, die ebenfalls dieser Sache nachgegangen sind.«

Harun wischte sich Tränen aus den Augen. »Sie haben Recht. Sie hat mir von dieser Sache bei der Wareneingangskontrolle erzählt. Dass da plötzlich eine ganze Palette mit einem Unkrautvernichtungsmittel angeliefert worden sei. Oder nicht Unkraut-, sondern Pilzmittel? Ist ja egal. Jedenfalls sagte sie, dass auf den Behälteretiketten und auf dem Lieferschein stand, dass es sich um einen erlaubten Zusatzstoff handelt, auf den Behältern selbst aber hätte was Anderes gestanden. Sie hätte den Typ am Wareneingang darauf aufmerksam gemacht, aber der hätte nur gelacht und gesagt, das sei schon in Ordnung, diese Lieferungen kämen immer so an. Auf manchen Behältern stünde dieser komische Schriftzug, auf manchen nicht. Da solle sie sich mal keine Gedanken drum machen.«

Harun machte eine Pause und trank einen Schluck Tee, den die Frau neben dem Bett ihm reichte. Herr Fiedler nahm das angebotene Glas ebenfalls dankend an. Er hoffte, dass in dem Zug, den er später nach Mönchengladbach zurück nehmen würde, eine Toilette war. In seinem Alter konnte er keine beliebigen Mengen Flüssigkeit mehr über längere Zeit bei sich behalten. Er brach seine Überlegungen in dieser Richtung ab, als Harun weitersprach.

»Sie hat es nicht auf sich beruhen lassen, ist aber auch nicht zur Polizei gegangen. Sie wollte es unbedingt selbst klären. Sie sagte immer, dass sie erst mal einen Beweis bräuchte, bevor sie einen wichtigen Arbeitgeber in der Region anklagen könnte.«

Herr Fiedler nickte. So hätte er vermutlich auch gehandelt.

»An dem Abend...« Harun schluckte und zog die Nase hoch. »An dem Abend haben wir uns am Telefon gestritten. Sie hatte den Eindruck, verfolgt zu werden. Ich habe ihr gesagt, dass sie zur Polizei gehen soll, egal, ob sie schlüssige Beweise hat oder nicht. Sie wollte sich aber noch sicherer sein, dass sie nicht einen falschen Mann beschuldigt.«

»Einen falschen Mann beschuldigt? Wie meinen Sie das? Wenn ein Unternehmen mit Gift panscht, wird wohl so oder so der Geschäftsführer dran sein, oder?«

»Ich weiß nicht, was sie damit meinte. So hat sie sich ausgedrückt. Sie sagte: ›Es gibt jemanden, der hinter dieser ganzen Sache steckt. Ich muss mir sicher sein. Wenn ich jetzt den Falschen beschuldige, glaubt mir nachher kein Mensch mehr.‹ Ich habe ihr gesagt, dass es nicht ihre Sache sei, Beweise zu beschaffen, sondern die Sache der Polizei. Aber Sie wissen ja, wie sie ist – wie sie war. Sie wollte einfach perfekt sein.«

Herr Fiedler nickte.

»Wir haben uns also am Telefon gestritten. Dann hatte ich irgendwann die Nase voll und habe ihr gesagt, sie solle sich wieder melden, wenn sie Vernunft angenommen hätte und habe die Verbindung unterbrochen.«

Dicke Tränen quollen aus Haruns Augen. Er ließ sie laufen. »Ungefähr eine halbe Stunde später klingelte mein Handy wieder. Es war Annabelle, ich habe einen besonderen Klingelton für sie eingestellt. Das heißt, es war ein Anruf von Annabelles Handy, aber niemand sagte etwas.«

Herr Fiedler war verwirrt. Dann fiel ihm Charlies Warnung ein. Wenn der Mörder das Handy an sich genommen hatte, brauchte er nur auf die Wahlwiederholung zu drücken, um die zuletzt angerufene Nummer wieder zu wählen. Dann war die letzte Nummer gar nicht seine gewesen, sondern Haruns.

»Haben Sie etwas gesagt bei diesem Anruf von Annabelles Handy?«, fragte Herr Fiedler.

»Ich habe gefragt, ob sie endlich die Polizei angerufen hätte.«

Einen Moment war es still. Dann sprach Harun leise weiter. »Sie glauben auch, dass das der Mörder war, nicht wahr?«

Herr Fiedler nickte. »Wie ging es weiter? Wie war das mit Ihrem Unfall?«

»Ich war furchtbar wütend auf Annabelle, habe noch eine Zeitlang zu Hause gesessen und bin später in meine Stammkneipe gegangen, um Billard zu spielen. Ich hab zwei Kumpels getroffen und mit denen gespielt. Nach einer Zeit kam ein Typ rein, der uns zugesehen hat. Er hat erzählt, dass er in seiner Jugend auch Billard gespielt hätte, aber nicht besonders gut. Eben so Gelaber. Er war nicht unsympathisch, hat einfach nur dabeigesessen und zugesehen.«

Harun stockte und senkte den Blick. Herr Fiedler hatte den Eindruck, dass ihm das, was jetzt kam, peinlich war. Als er weitersprach, war seine Stimme noch etwas leiser geworden.

»Ich habe meinen ganzen Frust vor meinen Freunden ausgebreitet. Habe ihnen von Annabelles Praktikum erzählt und dass sie einem Lebensmittelskandal auf der Spur war. Dass sie einen Verdacht hat, aber nicht zur Polizei gehen wollte, bevor sie Beweise hat. Der Typ hat alles mitgehört.«

Herr Fiedler nahm Haruns Hand und drückte sie. Im Hintergrund schluchzte eine der Frauen und schniefte in ihr Taschentuch.

»Der Typ ist kurz vor mir rausgegangen. Auf dem Heimweg hat mich dann dieses Auto von der Straße gedrängt. Ich

habe nicht gesehen, was es für ein Wagen war oder wer drin saß, aber ich würde wetten, dass das der Typ war.«
»Wie sah er aus?«
»Schwer zu sagen. Er saß immer im Schatten außerhalb des Billardtisches. Inzwischen denke ich, dass er sich absichtlich im Dunkeln gehalten hat. Ich bin mir nicht sicher, ob ich ihn wiedererkennen würde. Ich glaube allerdings, dass er ganz gut aussah.«
Herr Fiedler sah im Geiste Kletzenrath vor sich. Den würde man sicher nicht als gutaussehend betrachten. Aber hatte er nicht einen Sohn?
»Was werden Sie jetzt tun?«, fragte Herr Fiedler.
»Zunächst liege ich hier ziemlich blöde rum«, antwortete Harun in genervtem Tonfall. »Ich wollte mit Ihnen besprechen, was wir nun unternehmen. Ich will nicht die große Welle bei der Polizei machen, wenn Ihnen das in die Quere kommt. Aber ich finde schon, dass wir die Sache der Polizei übergeben sollten, bevor noch mehr Unheil geschieht. Und meine Familie ist zwar sehr groß, aber es ist schon ein beträchtlicher Aufwand, mich rund um die Uhr zu beschützen.«
Herr Fiedler nickte. »Wenn Sie den Typ aus Ihrer Billardkneipe vernünftig beschreiben könnten oder sogar die Autonummer gesehen hätten, könnten wir sofort zur Polizei gehen. Da wir aber seine Identität nicht kennen, würden wir ihn vielleicht sogar warnen, wenn die Polizei anfinge, anhand eines schlechten Phantombildes nach dem Mann zu suchen. Daher schlage ich ein bisschen Geduld vor. Wir haben eine Probe der fraglichen Lebensmittel nach Neuss an ein Untersuchungslabor geschickt. Spätestens, wenn wir das Ergebnis haben, sollten wir damit zur Polizei gehen. Bis dahin werden wir alle den Kopf unten halten und keine weiteren Ermittlungen anstellen. Ist das in Ordnung?«
Harun nickte. »Nochmals Danke. Ich weiß Ihren Einsatz sehr zu schätzen.«
Herr Fiedler holte die Zeitschrift aus der Tasche, die Charlie aus Annabelles Briefkasten gefischt hatte. Er überreichte sie Harun mit der entsprechenden Erklärung und einer Ent-

schuldigung für die Schnüffelei. Harun schluckte, nickte aber.
Herr Fiedler reichte Harun die Hand. »Ich wünsche Ihnen alles Gute, mein Freund. Rufen Sie mich an, wann immer Sie möchten.«
Jusuf, der vor der Tür gewacht hatte, war inzwischen abgelöst worden und bot sich an, Herrn Fiedler zum Bahnhof zu fahren.
»Hat er geweint?«, fragte Jusuf, während er den Wagen zügig aber defensiv durch den Verkehr lenkte.
Herr Fiedler nickte. »Ja, ein bisschen.«
»Denken Sie nicht schlecht von ihm. Er ist ein guter Mann. Manchmal etwas sentimental.« Jusuf schaute nach vorn, während er sprach.
Harun galt in seiner eigenen Familie als Weichei, weil er um seine tote Freundin trauerte? Herr Fiedler schüttelte den Kopf.
»Ich denke nicht schlecht von ihm. Ich habe selbst mehr als einmal in meinem Leben geweint. Kein Grund, sich zu schämen. Tränen sind kein Zeichen von Schwäche, sondern von Trauer. Und manchmal können sie helfen.«
Jusuf warf Herrn Fiedler einen kurzen Seitenblick zu und lächelte. »Ich finde es ziemlich peinlich, wenn mein Cousin in seinem Bettchen liegt und flennt wie die Weiber, die um ihn herum hocken. Aber das ist seine Sache. Er ist eben so.«
»Nett, dass Sie trotzdem Ihre Zeit zu seiner Bewachung zur Verfügung stellen.«
»Hey, das ist nicht nett, das liegt außerhalb jeder Diskussion. Er ist Familie, er braucht Hilfe, er bekommt sie. So läuft das.«
»Ach, wenn doch mehr Leute so denken würden.«
Jusuf zuckte die Schultern. »Ich wünschte manchmal, dass es bei uns nicht so wäre.«
Sie waren am Bahnhof angekommen, Jusuf half Herrn Fiedler aus dem Auto und reichte ihm seinen Stock. »Passen Sie gut auf, alter Mann. Wer zweimal mordet, mordet auch weiter.«
Herrn Fiedler lief ein Schauer über den Rücken.

Auf dem Bahnsteig drängelten sich die Reisenden. Herr Fiedler suchte sich einen Platz etwas abseits der Massen, wo er ruhig stehen konnte. Die Sitzplätze waren alle belegt. Als am gegenüber liegenden Gleis ein Zug hielt, war es auf dem gesamten Bahnsteig mit der Ruhe vorbei. Wie eine Flutwelle brachen die Menschenmassen aus den geöffneten Türen hervor, ergossen sich auf die Plattform, strömten um Hindernisse wie Fahrplantafeln, Mülleimer und Würstchenbuden herum. Die Woge schwappte auf Herrn Fiedler zu, riss ihn mit. Sein Stock wurde ihm aus der Hand gerissen, er verlor das Gleichgewicht und taumelte gegen einen jungen Mann. Der stützte ihn am Arm und zog ihn aus dem größten Gedrängel heraus - zur Bahnsteigkante. In dem Moment, in dem der Zug nach Mönchengladbach einfuhr, spürte Herr Fiedler einen Stoß im Rücken. Er fiel auf die Gleise.
Er hörte das Rattern der schweren Eisenräder, die näher kamen. Er nahm Stimmen wahr, ein allgegenwärtiges Gemurmel, aus dem eine Stimme herausstach: »Was ist denn los, geht es Ihnen nicht gut?«
Unfassbar, dachte Herr Fiedler. Ich liege auf den Gleisen, im nächsten Moment wird der Zug meinen Körper in kleine Fetzen reißen und da fragt mich so ein Witzbold, ob es mir gut...
Herr Fiedler schlug die Augen auf. Drei Augenpaare starrten ihn an. Sorgenvoll, aber nicht panisch. Das Rattern der Räder war immer noch zu hören, aber Herr Fiedler bemerkte, dass er nicht auf den Gleisen lag, sondern auf einer unbequemen Sitzbank in einem nicht sehr sauberen Waggon saß.
Die Stimme ertönte wieder, sie hatte den Ton drängender Unruhe verloren. »Sie sind wohl eingenickt. Haben Sie geträumt?«

Herr Fiedler war froh, als er wieder in seinem alten Backsteinhaus in Rheydt angekommen war. Er freute sich auf Tee und Christstollen und einen ruhigen Abend.
Daraus wurde allerdings vorerst nichts.
Martin saß im Wohnzimmer vor einer leeren Tasse und einem Teller voller Krümel.

»Mir scheint, dass Sie mir die Labsal eines guten Nachmittagstees voraus haben«, sagte Herr Fiedler, während er sich in seinen Stuhl fallen ließ.

»Es ist von allem noch da, Patrick. Ich bringe dir Tee und Stollen«, rief Theo aus der Küche. Er sprach kaum noch durch die Nase und sah, als er mit dem Tablett ins Wohnzimmer kam, schon deutlich besser aus. »Nun berichte uns, was du in Dortmund erlebt hast. Geht es Harun wirklich gut?«

Herr Fiedler nickte und berichtete zunächst, dass offenbar die ganze weitläufige Verwandtschaft im Krankenhaus Wachdienst schob.

Theo schmunzelte. »Was wohl die Schwestern und Ärzte dazu sagen?«

»Es schien mir, als ob die Schwestern mir voller Interesse hinterherschauten, als ich auf das Zimmer zuging. Ich habe das natürlich zuerst für ein nur allzu verständliches Interesse an meiner Person gehalten.« Herr Fiedler grinste. »Etwas später habe ich aber erkennen müssen, dass sie wohl sehen wollten, ob der Zerberus vor der Tür mich gleich in der Luft zerreißt.«

»Was er nicht getan hat, da von einem klein gewachsenen, schmalschultrigen Greis mit strubbeligen Haaren und Stock keine große Gefahr auszugehen schien.« Theo zwinkerte Martin zu, während er sprach.

»Deine Beschreibung klingt etwas tendenziös, trifft aber wohl den Punkt«, gab Herr Fiedler zu.

Martin kicherte.

»Was hat Harun dann erzählt, als du an dem Türsteher vorbei warst?«, fragte Theo.

Herr Fiedler gab die Informationen möglichst genau wieder.

»Er würde den Mann also vielleicht wiedererkennen, vielleicht aber auch nicht«, resümierte Martin. »Immerhin meinte er, dass der Typ vielleicht gut aussah.« Er machte eine kurze Pause. »Kann sich irgend jemand vorstellen, dass man bei Kletzenrath eine Assoziation mit einem gut aussehenden Mann hat?«

Herr Fiedler grinste. »Nein, nein und nochmals nein. Aber der Mann hat einen Sohn, wie Charlie erfahren hat. Vielleicht sieht der etwas ansprechender aus.«

Martin fuhr plötzlich von seinem Stuhl hoch. »Moment, es gibt ja noch andere Männer in dieser Geschichte.«

Er wühlte in seiner Tasche und brachte einen Stapel Papier zum Vorschein.

»Was haben Sie denn da bloß wieder angeschleppt?«, fragte Herr Fiedler.

»Ich habe doch mit Charlie den Kletzenrath überwacht. Er bekam Besuch von einem gut aussehenden Mann, der in einem dicken Mercedes vorgefahren kam. Ich habe ein bisschen recherchiert und festgestellt, dass der Mann Markward Südinger ist, Familienerbe, Anteilseigner und Geschäftsführer von Feinkostkönig. Hier sind die Bilder, die ich in der Nacht geschossen habe.«

Er zeigte leicht unscharfe schwarz-weiß Fotos herum. Herr Fiedler und Theo betrachteten den Mann, der von vorn, von hinten und im Profil zu sehen war.

»Ja, den könnte man für gut aussehend halten. Zumindest, wenn die Fotos so unscharf sind wie diese hier.«

Martin hatte weiter in seinem Stapel gewühlt und hielt plötzlich eine dünne Akte in der Hand. »Oh Mann, da habe ich doch in der Hektik die Akte aus dem Archiv eingesteckt. Himmel, wie peinlich. Herbert wird mich nie wieder ins Archiv lassen.«

Er nahm einige Bilder heraus. »Hier, die alte Bildakte Südinger. Vielleicht sind diese Fotos schärfer, sind schließlich alle von Profis gemacht.«

Theo nahm einen Schwung Bilder entgegen und blätterte sie durch. »Ja, der Mann ist besser getroffen. Und er sieht wirklich nicht schlecht aus.«

»Dann sollten wir dringend mehr über diesen Südinger herausfinden«, sagte Herr Fiedler und sah Martin auffordernd an.

»Jaja. Bevor ich jetzt aber wieder nach Köln fahre, fangen wir mit unserer Suche im Internet an.«

Martin loggte sich in eine Datenbank ein, die nur angemeldeten Journalisten zur Verfügung stand. Sein Passwort verschaffte ihm Zugang zur Eingabemaske. Er gab den Namen »Markward Südinger« ein.
Sie mussten nicht lang warten. Herr Fiedler war wieder einmal erstaunt, wie viele Informationen über Menschen öffentlich waren. Ob dieser Südinger eigentlich wusste, dass man hier, mit ein bisschen Geduld, seinen gesamten Lebenslauf finden konnte? Dass es Informationen über eine Lebensgefährtin gab, eine kurze Notiz über die Trennung, eine ebenso kurze Notiz über die neue Lebensgefährtin. Ein langer Artikel über eine glanzvolle Hochzeit folgte, dann wieder eine kurze Meldung über die Scheidung. Ob er wusste, dass alle wesentlichen Daten vom Schulabschluss über den Wehrdienst bis zum erfolgreichen Diplom in Betriebswirtschaft und einem Vordiplom in Önologie hier zu finden waren? Ob er wohl alle diese Informationen selbst irgendwann einem Journalisten gegeben hatte? Oder hatten Dritte über ihn geplaudert, vielleicht, um sich selbst wichtig zu machen?
»Sehen Sie mal«, unterbrach Martin Herrn Fiedlers Gedankengänge. »Südinger, oder besser gesagt Feinkostkönig, hat mit der berühmten Trüffelpastete den ersten Platz bei einem Wettbewerb gewonnen.«
»Holen Sie mal den ganzen Text auf den Bildschirm.«
Zu dritt hockten sie vor dem Computer und lasen über einen Publikumspreis, der anhand des Geschmacks verschiedener Pasteten vergeben worden war.
»Es wurde also nicht die Qualität untersucht, sondern nur der Geschmack von Laien bewertet?«, fragte Theo nachdem er den Artikel überflogen hatte.
Herr Fiedler nickte. »Das Fungizid scheint wirklich ganz hervorragend zu schmecken.«
Martin sah nachdenklich auf den Bildschirm. »Wenn ich mich recht erinnere, gab es auch etliche Urkunden von Produktwettbewerben bei Feinkostkönig.«
Herr Fiedler nickte. »Ja, einige gerahmte Stücke hingen in der Eingangshalle, das habe ich bei meiner Besichtigung auch gesehen.«

Theo strich sich mit der Hand am Kinn entlang, was er immer tat, wenn er angestrengt nachdachte. »Was ich mich im Moment frage, ist, wie Südinger auf die Idee gekommen ist, ein ukrainisches Fungizid als Trüffelaroma in seiner Pastete zu verwenden. Wie ist er überhaupt damit in Berührung gekommen? Und wie ist er auf die Idee gekommen, ein Fungizid in eine Leberpastete zu mischen? Ob er wirklich so dreist ist, das einfach mal auszuprobieren? Es hätte ja für die Versuchspersonen auch tödlich enden können.«

»Vielleicht war eine seiner Frauen Chemikerin«, schlug Martin vor. »Das kläre ich mit einem einfachen Anruf bei uns im Archiv, dann kann ich mich auch gleich für die versehentlich entführte Akte entschuldigen.«

Er stand auf, holte das Telefon und rief im Sender an. »Hallo Herbert, ich wollte mich entschuldigen. Ich habe aus Versehen die Akte mit den Bildern von Südinger...«

Martin brach ab, lauschte einen Moment in den Hörer, dann wurde er blass. »Tot? Wieso? Was ist denn passiert?«

Herr Fiedler drückte den Knopf zum Mithören. »... spricht von Selbstmord. Hier ist die Hölle los und ich stehe im Kreuzfeuer, weil ich die Akte mit den alten Bildern nicht finde.«

»Oh Scheiße, das tut mir echt Leid. Ich...«

»Jetzt wo ich weiß, dass nicht ich selbst der Depp bin, der sie verlegt hat, bin ich beruhigt. Und dass die alten Fotos fehlen, ist zum Glück nicht so schlimm. Wir haben genug neuere Digitalfotos und die Fernsehleute besitzen außerdem jede Menge bewegte Bilder von Südinger.«

»Gibt es weitere Informationen zu seinem Selbstmord?«, fragte Martin.

»Es ist offenbar letzte Nacht passiert, er hat sich von einer Brücke gestürzt. Die Polizei hat vor einer halben Stunde eine erste Pressekonferenz gegeben. Eigentlich wollten die Herren von der Kriminalpolizei noch keine Details nennen, aber bereits vor der Pressekonferenz ist die Nachricht durchgesickert, dass er einen Abschiedsbrief hinterlassen hat, in dem er sich als Schwein bezeichnet und die ›Angehörigen der jungen Frauen‹ um Vergebung bittet. Was das heißen

soll, weiß momentan wohl noch niemand, die Polizei eingeschlossen.«
»Na, das ist ja ein Ding...«, murmelte Martin.
»Sag mal, wieso hast du dich eigentlich für ihn interessiert? Gerade heute Morgen, kurz bevor sein Selbstmord bekannt wurde? Wenn du etwas über Südinger oder seine Gründe für diese Verzweiflungstat weißt, solltest du auf dem schnellsten Wege herkommen. Ich habe nämlich den Eindruck, dass alle anderen völlig überrascht sind.«
Martin sah Herrn Fiedler Hilfe suchend an.
Herr Fiedler schüttelte energisch den Kopf.
»Äh, ja, ich komme sofort in den Sender. Also entschuldige nochmal, ich bringe die Akte dann gleich vorbei.«
Martin legte auf. Einen Moment herrschte Schweigen.
»Ich werde auf jeden Fall einen dezenten Hinweis auf die plötzlichen Todesfälle dreier Praktikantinnen geben«, sagte Martin in fast entschuldigendem Tonfall.
Herr Fiedler nickte. »Das wollte ich mit meinem Kopfschütteln auch nicht verbieten. Sie sind Journalist, Sie sollten Ihren Wissensvorsprung nutzen, das ist klar. Aber passen Sie bloß auf, dass Sie nichts erzählen, was Sie selbst mit kriminellen Handlungen in Verbindung oder Charlie in Schwierigkeiten bringt. Das ist alles, worum ich Sie bitte.«
Martin nickte. »Wenn ich etwas Neues erfahre, lasse ich es Sie wissen.«
Theo und Herr Fiedler blieben allein zurück.
»Jetzt komme ich vielleicht endlich dazu, meinen Stollen zu essen und meinen Tee zu trinken«, sagte Herr Fiedler und ließ sich mit einem Seufzer auf seinen Stuhl fallen.

*

Kommissar Bechstein bekam die Information über Südingers Selbstmord rein zufällig mit. Er hörte nur mit einem Ohr zu und maß der Neuigkeit keine besondere Bedeutung bei, bis der Name nochmal genannt wurde – diesmal in Verbindung mit seiner Position als Geschäftsführer der Firma Feinkostkönig in Geilenkirchen.

Bechstein kramte in seinem Gedächtnis. Den Namen hatte er in den letzten Tag schon mal irgendwo gehört oder gelesen. Und zwar im Zusammenhang mit dem geheimnisvollen Todesfall der Studentin Annabelle Sievers. Er fühlte, wie seine Handinnenflächen feucht wurden. Ob sich jetzt endlich das seltsame Gefühl, das er von Anfang an bei dieser Sache gehabt hatte, bestätigen sollte?
Bechstein blätterte nervös die Akte durch. Was hatte der Name der Firma in dieser Angelegenheit zu suchen gehabt? Aha, hier war der Eintrag. Annabelle Sievers hatte eine Zahlung von Feinkostkönig erhalten, das hatte die Überprüfung ihres Bankauszugs ergeben, der in ihrer Tasche gefunden worden war. Richtig, jetzt erinnerte Bechstein sich wieder. Als Überweisungszweck war »Praktikumsvergütung Oktober« angegeben. Es hatte ihn bisher nicht weiter interessiert, er hatte sein Augenmerk auf den Obduktionsbefund und den noch ausstehenden Bericht über das Unfallfahrrad gerichtet.
Vielleicht sollte er sich nun doch mit der Firma Feinkostkönig beschäftigen und mit der Frage, warum der Geschäftsführer Selbstmord begeht, nur wenige Tage, nachdem der Name seiner Firma in der Akte eines ungeklärten Todesfalles auftaucht. Möglicherweise ergab sich hier endlich die heiße Spur, an die Bechstein inzwischen schon selbst nicht mehr wirklich geglaubt hatte.

Café
Espresso Amaretto

Auch in der Öffentlichkeit sorgte Südingers Selbstmord für großen Wirbel. Bereits die Nachricht von seinem Tod war den Medien mehr als nur eine kurze Meldung wert. Als dann ein gewisser WDR-2-Journalist namens Martin Bellhaus nachmittags als Erster das geheimnisvolle Schuldeingeständnis in Südingers Abschiedsbrief vorsichtig mit den tödlichen Verkehrsunfällen dreier Studentinnen in Verbindung brachte, brach die mediale Hölle los. Zwar war die Formulierung angemessen vage gehalten, aber bereits die Erwähnung eines möglichen Zusammenhangs führte zu einem mittleren Aufruhr, der sich am folgenden Morgen in den Printmedien fortsetzte.

Annabelle Sievers' Name wurde landesweit bekannt und in einem Atemzug mit den Münsteraner Studentinnen Nadja Dinç und Ljubov Dumakova genannt. Martin Bellhaus hatte eine Lawine losgetreten und wurde in den ersten Stunden von jedem Radio- und Fernsehsender zitiert, bis die Kollegen auf der Basis seiner Informationen ihre eigenen Recherchen gemacht hatten.

Selbst an diesem grauen Morgen hatte das Radio schon wieder über den Selbstmord berichtet. Die Polizei hatte nur eine kurze Presseerklärung veröffentlicht, so dass Details über den Todesfall an sich noch nicht bekannt waren. Dafür wurden die Hintergrundinformationen ausführlicher.

»Mensch, das ist wirklich eine heiße Sache«, sagte Charlie und fegte an Herrn Fiedler vorbei in die Diele. »Machen Sie die Tür zu, es ist furchtbar kalt. Das Radio hat Schnee vorhergesagt.«

»Guten Morgen, Charlie, danke es geht mir gut.«

Herr Fiedler schloss die Tür und folgte Charlie ins Wohnzimmer. Das Wohnzimmer war leer. Aus der Küche war das Geklapper von Schranktüren zu hören. »Wollen Sie auch einen Kaffee?«, rief Charlie und steckte den Kopf ins Wohnzimmer.

»Ja, bitte.«

Charlie starrte Herrn Fiedler an. »Aber Sie trinken doch immer Tee.«

»Jetzt eben nicht. Aber nur eine Tasse, bitte.«

»Mit Kandis und Sahne?«, fragte Charlie mit breitem Grinsen, bevor sie sich wieder ans Werk machte.

»Also, das ist ja wohl ein Ding, oder?«, fragte sie, als sie das Tablett mit Kaffee, zwei Tassen, Milch und Zucker zum Esstisch balancierte. »Erzählen Sie mal, was jetzt eigentlich Stand der Dinge ist.«

»Haben Sie denn nicht Radio gehört oder ferngesehen?«, fragte Herr Fiedler, während er Milch in seine Tasse goss.

»Im Radio habe ich einmal kurz Martins großen Auftritt mitbekommen. Er hatte mich angerufen und mir den Knaller angekündigt. Er hörte sich sehr seriös an, wie er da von mutmaßlichen Zusammenhängen zwischen den Praktikantinnen und Südingers Selbstmord sprach, ohne etwas zu unterstellen oder als wahr zu behaupten, was er nicht beweisen konnte. Trotzdem musste jedem Hörer klar sein, dass es eine Verbindung geben muss.«

Herr Fiedler nickte und probierte den Kaffee. Er schmeckte, als ob der gesamte Inhalt der Kaffeedose in den Filter gefallen sei. Nach diesem einen Schluck würde er vermutlich vier Tage nicht schlafen können.

»Die Zeitungen haben die Geschichte natürlich auch groß aufgemacht. Theo hat sie noch oben, aber ich glaube, da kommt er gerade herunter.« Herr Fiedler hatte richtig gehört, Theo kam mit einem Packen Zeitungen unter dem Arm ins Wohnzimmer. Sein Blick war klar, wenn auch die Nase noch eine rötliche Färbung aufwies. Er grüßte Charlie und legte die Zeitungen auf den Tisch.

»Was hast du herausgefunden?«, fragte Herr Fiedler.

»Nun, das meiste wussten wir ja schon«, begann Theo. »Interessanterweise ist nirgendwo ein Wort von der Panscherei der Pastete zu finden.«

»Davon weiß die Polizei wahrscheinlich noch nichts«, vermutete Charlie.
Herr Fiedler hatte die Stirn gerunzelt. »Stimmt. Insofern kein Wunder, dass darüber nichts in den Zeitungen steht. Aber schon komisch, dass Südinger so eine Art Geständnis ablegt, das sich auf die Morde bezieht, aber keinen Hinweis auf das Fungizid in der Pastete gibt.«
»Vermutlich war das für ihn nicht so wichtig. Ein Mord wiegt schon schwerer als eine gepanschte Trüffelpastete«, überlegte Charlie.
»Mag sein«, murmelte Herr Fiedler. Dann wandte er sich an Charlie. »Gegen welche Gesetze verstößt man eigentlich, wenn man Pestizide in Lebensmittel schüttet?«
Charlie überlegte kurz. »Es gibt das Lebensmittel- und Bedarfsgegenständegesetz, das die Qualität von Lebensmitteln regelt. Allerdings nur ziemlich allgemein, wenn mich nicht alles täuscht. Die Vorschrift lautet, dass Lebensmittel nicht geeignet sein dürfen, der Gesundheit zu schaden. Wenn ich mich richtig erinnere, gibt es allerdings auch einen Paragraphen, der sich ausdrücklich mit Pestiziden und so etwas beschäftigt.«
»Was heißt das, ›beschäftigt‹?«, fragte Theo. »Heißt das, dass dieser Paragraph Pestizide in Lebensmitteln verbietet?«
Charlie lachte kurz auf. »Sie sind ein Optimist, Herr Streckbein. Wenn alle Pestizide und deren Rückstände in Lebensmitteln verboten wären, wären die Supermärkte leer. Nein, der Paragraph besagt, dass nicht zugelassene Pestizide nicht in Lebensmitteln enthalten sein dürfen und von den zugelassenen Pestiziden nur die festgesetzte Höchstmenge.«
»Wäre denn der Hersteller einer Straftat schuldig, wenn Pestizide gefunden würden?«
»Wenn er diese Pestizide absichtlich zugesetzt hat, hoffe ich doch, dass unser Rechtssystem das nicht einfach als Ordnungswidrigkeit betrachtet. Ich weiß es allerdings nicht. «
Herr Fiedler erinnerte sich an den Fall der Delikatessenhändler Schwerdtfeger. »Wenn die gepanschte Pastete zum Tod eines Menschen führt, wäre aber sicher das Strafgesetzbuch zuständig, oder?«

»Vermutlich«, bestätigte Theo.

Herr Fiedler nahm sich vor, den Fall Schwerdtfeger genauer unter die Lupe zu nehmen. Dann wandte er sich an Theo. »Was erfahren wir nun aus der Zeitung über Südinger?«

»Er lebte zurzeit solo, nachdem seine geschiedene Frau mit einer hübschen Abfindung ein Chalet in der Schweiz gekauft hat und dorthin gezogen ist. Aktuelle Frauengeschichten sind keine bekannt.«

»Nicht immer sind es die Frauen, die Männer in den Selbstmord treiben - wenn auch häufig«, sinnierte Herr Fiedler mit einem Seitenblick auf Charlie, die sich mit einer langen Nase revanchierte.

»Gibt es denn inzwischen Hinweise darauf, dass Südinger noch mehr auf dem Kerbholz hat? Es ist schließlich schwer vorstellbar, dass ein ansonsten völlig unbescholtener Mann plötzlich anfängt, Praktikantinnen umzubringen«, sagte Herr Fiedler.

»Völlig unbescholten ist wohl nicht wahr, wenn man bedenkt, dass er ein Pestizid in eine Qualitätspastete mischt«, antwortete Theo.

»Aber zwischen Lebensmittelpanscherei und Mord ist doch noch ein Unterschied«, mischte Charlie sich ein. »Lebensmittelpanscher gibt es wie Sand am Meer, wenn ich diverse Studien zur Lebensmittelqualität richtig deute. Sicherlich werden nicht alle so giftiges Zeug unter ihre Produkte mischen wie Südinger, aber die eine oder andere Zutat dürfte schon ohne das Wissen der Kontrollbehörden in unserem Futter landen. Allerdings kann ich nur hoffen, dass diese Leute nicht alle auch noch Mörder sind.«

Theo nickte. »Es könnte immer noch sein, dass Kletzenrath die Drecksarbeit gemacht hat. Vielleicht war Südinger nur der Kopf, Kletzenrath aber der Mordsgesell? Ich hoffe, dass man ihm auf den Zahn fühlt. Immerhin steht heute in der Zeitung, dass die Polizei ihre Ermittlungen in diesem Fall auf das ›geschäftliche und private Umfeld‹ des Herrn Südinger ausgeweitet hat. Ich nehme also an, dass Kletzenrath befragt wird.«

Theo hatte die Zeitung, aus der er zitiert hatte, aufgeschlagen. Auf einer ganzen Seite beschäftigten sich mehrere Artikel mit dem Selbstmord des Firmenchefs. In einem Kasten wurde Südingers Lebenslauf ausführlich dargestellt. Charlie zog die Zeitung zu sich herüber und überflog den Text.

Theo redete inzwischen weiter. »Einige Stationen im Leben des Herrn Südinger sind hier genannt, von denen wir bisher keine Kenntnis hatten. In das Unternehmen eingetreten ist er offenbar auf ausdrücklichen Wunsch der Mutter. Er selbst hatte wohl darüber nachgedacht, Weinbauer zu werden. Wie wir gestern bereits herausgefunden haben, hat er neben der Ökonomie auch Önologie studiert.«

Charlie sah kurz hoch und grinste. »Wahrscheinlich ist er nach dem Glykolskandal auf die Idee gekommen, seine Pastete aufzupeppen. Ich denke, dass diese Geschichte einige Nachahmer gefunden hat.« Dann wandte sie sich wieder der Zeitung zu.

»Nachdem Südinger einige Zeit auf einem Weingut gearbeitet hat, wurde er also von seiner Mutter ins Unternehmen berufen. Seit acht Jahren ist er Geschäftsführer. Er hält einen großen Anteil an dem Unternehmen zusammen mit weiteren Familienmitgliedern. Wie die genaue Verteilung der Gesellschafter ist, entzieht sich meiner Kenntnis.«

Charlie starrte immer noch auf die Zeitung.

»Ist alles in Ordnung mit Ihnen, Charlie?«, fragte Herr Fiedler.

»Was? Äh, jaja. Ein interessanter Werdegang«, murmelte Charlie. »Ich glaube, ich mache mich dann mal wieder auf. Die Arbeit ruft.«

Herr Fiedler und Theo sahen sich mit gehobenen Augenbrauen an.

»Charlie, wenn Ihnen etwas auffällt, was Ihnen komisch vorkommt, dann sagen Sie es uns doch bitte«, sagte Herr Fiedler.

»Nein, ist schon alles in Ordnung. Ich muss nur leider weg. Bleiben Sie sitzen, ich finde den Weg.«

Nachdem die Tür hinter ihr zugefallen war, zog Theo die Zeitung wieder zu sich herüber. »Was ist ihr hier bloß aufgefallen?«
Auch Herr Fiedler beugte sich über den Text. Aber selbst nach mehrmaligem Lesen konnten sie die Information, die ihre Besucherin offenbar so verstört hatte, nicht finden.

*

Charlie rief noch von unterwegs Mr. Spock an.
»Was hast du über Südinger und Kletzenrath herausgefunden? Woher kannten die beiden sich?«
»Ihre Frauen waren verwandt.«
»Waren? Hat Verwandtschaft ein Verfallsdatum?«
»Schön wär's. Südingers erste Lebensgefährtin war mit dem Vater von Kletzenraths Tänzerin verwandt. In diese Zeit muss die Anstellung fallen. Auch als Südingers Lebensgefährtin weg war, ist Kletzenrath geblieben.«
»Was hast du sonst noch herausbekommen?«
»Abgesehen davon, dass Südinger von einer Brücke gehüpft ist?«
»Mensch, Mr. Spock, das weiß inzwischen jeder. Auch den ganzen Kram, der in der Zeitung steht, habe ich gelesen. Wenn ich alte Geschichten hören will, frage ich meine Nachbarin. Von dir erhoffe ich mir Neuigkeiten.«
»Ich kann dir nur eine Neuigkeit erzählen, aber die wird dich umhauen.«
Charlie hörte gespannt zu. Ihre Vermutung bestätigte sich. Sie hatte die richtigen Schlüsse aus dem Zeitungsartikel bei Herrn Fiedler gezogen.

*

Charlie saß in der Bibliothek der Hochschule und starrte auf den Computerbildschirm. Nachdem sie mit Mr. Spock telefoniert hatte, war sie unverzüglich hierher gefahren und hatte, auf der Grundlage seiner Information, mit ihren Recherchen begonnen.

Inzwischen hatte sie einen ganzen Stapel Fotokopien in ihrer Tasche. Artikel aus Fachjournalen zum Thema Lebensmitteltechnologie fanden sich dort ebenso wie Kopien aus Büchern und Ausdrucke aus Internetverzeichnissen. Das »Who is who« der Lebensmitteltechnologie, ein Werk, das der Selbstbeweihräucherung von einschlägig tätigen Forschern, Unternehmern und Professoren diente, hatte ebenfalls einige sehr interessante Fakten beigesteuert.
Sie hatte kaum etwas gegessen bisher, verspürte aber auch keinen großen Hunger. Sie holte die letzte Seite aus dem Drucker, packte sie in ihre Tasche und ging.
Sie war noch nicht weit gekommen, als Beetke neben ihr auftauchte.
»Ich muss immer an dich denken, Charlotte. Unser Wochenendausflug war einfach zauberhaft, nicht wahr?«
Charlie blieb stehen und nickte. Hier auf dem Hochschulgelände mussten sie sich so benehmen, wie sich ein Professor und eine Studentin eben benehmen würden. Beetkes durchdringender Blick zeigte ihr, dass er diese Tatsache bedauerte.
»Was hast du gerade vor?«, fragte Beetke.
»Nichts Bestimmtes. Ich war in der Bibliothek. Wollte etwas essen gehen.«
»Das ist eine hervorragende Idee. Komm mit, ich habe auch Hunger.«
Beetke holte seinen Wagen allein vom Parkplatz und sammelte Charlie an der nächsten Ecke ein.
»Wohin fahren wir?«, fragte Charlie.
»Zu mir.«
Charlie nickte.

Zwanzig Minuten später staunte sie nicht schlecht. Der Wagen bog in die Auffahrt zu einem alten Gemäuer. Das Tor, das Charlie vorher nicht bemerkt hatte, schloss sich langsam wieder, als sie hindurchgefahren waren. Das Backsteingebäude war nicht groß, aber offenbar aufwändig saniert. An der linken Giebelwand befand sich ein Mühlrad mit etwa drei Metern Durchmesser. Das kleine Bächlein, das das Rad einmal angetrieben hatte, plätscherte leise über das Grundstück. Nur wenige Kilometer hinter der Gladbacher Stadtgrenze hätte man meinen können, in eine andere Zeit versetzt zu sein.

Charlie stieg aus. »Wunderbar«, murmelte sie. Obwohl ein waschechtes Stadtkind, fand sie den Ort bezaubernd. Wenn auch vermutlich nur für einige Stunden oder maximal zwei Tage.

»Hereinspaziert. Geh doch gleich geradeaus ins Wohnzimmer, ich mache uns einen Kaffee.«

Beetke nahm Charlie Jacke und Tasche ab, hängte beides an die Garderobe und gab ihr einen Schubs in die richtige Richtung. Er selbst verschwand nach rechts. Das Wohnzimmer war hell und geschmackvoll eingerichtet. Ein großer Kaminofen mit zwei Sesseln davor, ein Sofa an der Längsseite und ein großer Esstisch mit acht Stühlen dominierten den Raum. Die alten Holzbalken lagen frei und vermittelten Charlie den Eindruck, dass dieses Haus die Ewigkeit überdauern würde.

Sie trat an die große Glastür, die in einen winterlich stillen Garten hinausging. Mehrere kleine Teiche, zwei Sitzplätze, verschiedene Beete auf unterschiedlichen Höhen, mit Trockensteinmauern gegeneinander abgegrenzt. Hier waren Fachleute am Werk gewesen. Sicherlich hatte ein Gartenarchitekt diese Idylle geplant und ausgeführt. Vermutlich hatte Beetke sogar einen Gärtner, der die Anlage pflegte. Charlie konnte ihn sich jedenfalls beim besten Willen nicht mit grüner Latzhose und einem Spaten in der Hand vorstellen.

Beetke betrat das Wohnzimmer mit einem runden Tablett. »Komm hierher, ich mache das Feuer an.«

Er stellte das Tablett auf einem kleinen Tisch zwischen den Sesseln ab und machte sich am Ofen zu schaffen. Als das Feuer endlich flackerte, drehte Beetke sich zu Charlie um. »Ich habe deine grünen Augen vermisst, Charlotte. Sie können so herrlich spöttisch blicken.« Er küsste sie. »Wie möchtest du deinen Kaffee?«

»Nachher«, murmelte Charlie und löste den Knoten von Beetkes Krawatte. »Wo ist das Bärenfell?«

»Der Teppich ist aus reiner Schurwolle, viereinhalb Zentimeter dick«, murmelte Beetke. »Und garantiert ohne Kinderarbeit hergestellt. Der wird reichen, meinst du nicht?«
Die viereinhalb Zentimeter stellten sich als angenehm weich heraus.

»Möchtest du jetzt einen Kaffee?«, fragte Beetke später und legte den Handrücken an die Kanne. »Dieser hier ist allerdings kalt.«
»Dann werde ich solange auf dich verzichten, wie du brauchst, frischen Kaffee zu machen.« Charlie unterstrich ihre Äußerung mit einer huldvollen Handbewegung. »Aber wirklich nicht länger.«
Sie brachte das Kaminfeuer wieder in Gang und knabberte ein Plätzchen vom Tablett.
»Jetzt erzähl mir, was du über diesen Selbstmord weißt«, forderte Beetke Charlie auf, als er frischen Kaffee brachte. »Dieser Südinger ist doch der Chef von Feinkostkönig, nicht wahr? Weiß man schon, warum der Mann sich umgebracht hat? Im Radio habe ich von Zusammenhängen mit Annabelle Sievers und noch weiteren Studentinnen gehört. Stimmt das? Und hat sich diese Sache damit jetzt geklärt?«
»Welche Sache?«
»Der Tod von Annabelle Sievers und die Frage nach dem geheimnisvollen Betriebsteil, natürlich.«
Charlie überlegte einen Moment. »Im Prinzip ist die Sache wohl geklärt.«
»Was bedeutet ›im Prinzip‹? Ist sie oder ist sie nicht?«
»Es gibt noch eine offene Frage, die allerdings bisher noch niemand gestellt hat.«
»Und die wäre?«, fragte Beetke.
Charlie sah ihm in die Augen. Ihr Magen rebellierte und das rührte nicht allein von dem starken Kaffee her.
»Wieso du mir nie gesagt hast, dass du mit Südinger befreundet warst?«

*

Herr Fiedler war einkaufen, als das Telefon klingelte. Theo hob nach dem dritten Ton ab.
»Hier ist Martin. Es gibt da etwas, das Sie wissen sollten.«
»Ich höre.«
»Südinger und Beetke kannten sich.«
Theo dachte einen Moment nach. Beetke war der Professor der Hochschule, bei dem Herr Fiedler und Charlie nach Informationen über die möglichen Gründe für eine Abschottung des Betriebsteils von Feinkostkönig nachgefragt hatten. Theo konnte sich nicht daran erinnern, dass dabei eine Bekanntschaft zwischen Südinger und Beetke zur Sprache gekommen war. Aber vielleicht hatte er das auch nicht mitbekommen? Oder wieder vergessen?
»Ist das allgemein bekannt oder haben Sie das bei Ihren Recherchen herausgefunden?«, fragte Theo nach.
»Es ist überhaupt nicht bekannt. Das ist ja das Merkwürdige.«
Theo überlegte kurz. »Wieso ist das merkwürdig?«
»Weil den beiden zusammen ein Weingut gehört. Ich bin ganz zufällig darauf gestoßen. Sie erinnern sich, dass Südinger eigentlich Wein anbauen wollte und nur auf Druck seiner Mutter zum Familienunternehmen zurückgekommen ist?«
»Hm«, machte Theo.
»Und jetzt kommt die Information, die praktisch niemand hat. Weder der Sender noch die allwissende Datenbank.«
»Woher haben Sie sie denn?«
»Von meiner Praktikantin. Also, weiter im Text. Beetke und Südinger teilen die Leidenschaft für den Wein. Beide interessierten sich für ein zum Verkauf stehendes Weingut, auf dem Südinger bereits während seines Studiums gearbeitet hatte. Der Weinbauer war ein durchtriebener alter Fuchs, der den Preis treiben wollte, indem er seine beiden Interessenten gegeneinander ausspielte. Die Interessenten waren allerdings auch nicht doof. Letztendlich haben die beiden das Gut gemeinsam gekauft und einen Geschäftsführer eingestellt.«
»Das ist wirklich interessant. Wie verlässlich ist denn die Information?«

»Absolut verlässlich. Meine Praktikantin ist die Enkelin des Weinbauers. Ich traf sie heulend an meinem Schreibtisch. Der Selbstmord von Südinger hat sie schwer getroffen.«

»Nun, vielleicht ist es einfach ein Zufall, dass die Bekanntschaft von Beetke und Südinger nicht publik ist.«

»Nun machen Sie aber mal einen Punkt, Herr Streckbein. Sie haben doch gesehen, welche Masse an Informationen wir über Südinger aus der Datenbank gezogen haben. Auch das Weingut wurde erwähnt, nicht aber die Tatsache, dass ein bekannter Professor sein Partner ist. In der Öffentlichkeit tritt nur Südinger als Eigentümer auf. Das ist kein Zufall, glauben Sie mir.«

»Gut, Sie sind der Fachmann.«

»Genau. Aber es geht noch weiter. Ich hatte Frau Kraus-Diesterweg gebeten, mir Kopien der Urkunden zu schicken, die bei Feinkostkönig überall an der Wand hängen. Sie wissen schon: Die Auszeichnungen für besonders gute Qualität, irgendwelche Preise für die beste Wurst, die goldene Trüffelpastete und solche Dinge. Ich fand es komisch, wenn eine Pastete, die mit einem Fungizid aufgepeppt wird, jede Menge Auszeichnungen erhält, ohne dass jemals auffällt, was in dem Zeug für den besonderen Geschmack sorgt. Und ich hatte Recht mit diesem komischen Gefühl: Auf allen Urkunden hat Beetke unterschrieben, mal als Vorsitzender einer Fachjury, ein anderes Mal als wissenschaftlicher Leiter eines Analyselabors in Wassenberg. Wenn also wirklich dieses Pestizid in der Pastete ist, dann muss Beetke es wissen.«

»Das sind recht beunruhingende Nachrichten, die Sie mir hier mitteilen, mein Lieber...«, murmelte Theo.

»Das Schlimmste kommt erst noch. Südinger hat an dem Abend, an dem Annabelle Sievers ums Leben kam, einen Vortrag vor der Industrie- und Handelskammer gehalten. Er kann definitiv nicht derjenige sein, der sie getötet hat. Die Polizei hat Kletzenrath verhört und dann wieder freigelassen. Das legt die Vermutung nahe, dass auch er nicht als Täter dafür in Frage kommt. Damit war es entweder wirklich ein Unfall, was wohl niemand von uns ernsthaft glaubt, oder...«

»Oder Sie meinen, dass ein Dritter in dieser Sache drinhängt.«

»Genau.«

»Und dass dieser Dritte Professor Beetke sein könnte.«

»Das ist vielleicht ein bisschen weit hergeholt, aber es gibt mir sehr zu denken, dass die Männer ihre Bekanntschaft so unbedingt geheim hielten. Nicht einmal die Sekretärin von Südinger weiß, dass die beiden sich kennen.«

»Danke für die Nachricht. Halten Sie uns auf dem Laufenden.«

Theo hielt den Hörer noch einen Moment geistesabwesend in der Hand. Wenn Martin mit seinen Vermutungen Recht hatte, dann wäre es theoretisch möglich, dass Professor Beetke die Praktikantinnen umgebracht hatte... Er musste Charlie warnen. Sie befand sich an der Hochschule im direkten Umfeld des Professors. Sie durfte keinesfalls noch einmal zu ihm gehen und ihn auf diesen Fall ansprechen. Das könnte er als Bedrohung ansehen, und wozu er dann fähig wäre, das hatte man ja bereits gesehen.

Theo legte den Hörer, den er immer noch in der Hand hielt, zurück und blätterte in dem kleinen Adressbuch. Aha, da war Charlies Handynummer. Er wählte, es klingelte, aber niemand ging ran. Er legte nachdenklich auf. Sollte er die Sache damit vorerst auf sich beruhen lassen? Theo stand vor dem Telefon und starrte blicklos vor sich hin. Im Geiste spielte er alle Möglichkeiten durch. Er erreichte Charlie nicht rechtzeitig, sie sprach mit Beetke, er fühlte sich bedroht und brachte sie um. Theo würde sich den Rest seines Lebens furchtbare Vorwürfe machen. Oder er setzte jetzt sofort Himmel und Hölle in Bewegung, erreichte Charlie und verhinderte die Katastrophe. Damit könnte er besser leben. Er nahm den Hörer wieder ab.

»Fachbereich Null Fünf, Dekanat.«

»Guten Tag. Wissen Sie, ob Charlotte Wagenrad momentan eine Veranstaltung besucht?«

»Glauben Sie, ich habe den Stundenplan von allen Studierenden im Kopf?«

»Ob Sie das auswendig wissen oder im Computer nachsehen, ist mir eigentlich egal. Aber es ist sehr wichtig.«

»Ich kann so etwas nicht im Computer nachsehen, wir sind schließlich keine Grundschule, wo die Kinder einen festen Stundenplan haben.«

Theo seufzte. »Ich muss sie unbedingt sprechen oder wenigstens wissen, wo sie ist. Bitte helfen Sie mir.«

Die Stimme wurde etwas hilfsbereiter. »Frau Wagenrad ist doch im AStA aktiv. Rufen Sie da mal an. Vielleicht ist sie gerade dort. Oder Sie erwischen jemanden, der ihren Stundenplan kennt.«

»Können Sie mich dann bitte mit dem AStA verbinden?«

»Verbinden kann ich Sie nicht, aber ich kann Ihnen die Nummer geben.«

Theo notierte die Nummer und wählte umgehend.

»Hallo, hier ist Susi.«

»Guten Tag, mein Name ist Streckbein. Ich muss unbedingt mit Frau Wagenrad sprechen. Wissen Sie, wie ich sie erreichen kann?«

»Haben Sie ihre Handynummer probiert?«

»Ja. Sie geht nicht ran.«

»Dann weiß ich auch nicht, wie Sie sie erreichen sollen.«

»Es ist eine Frage von Leben und Tod. Wo kann sie sein?«

»Woher soll ich das wissen?«

»Denken Sie bitte ganz genau nach. Es ist wirklich die wichtigste Frage, die Ihnen heute gestellt wird.«

»Sie machen ja einen Wind. Was soll denn daran so wichtig sein?«

»Gut, dann eine andere Frage: Wissen Sie, ob Professor Beetke im Haus ist?«

Es war einen Moment still. »Wieso bringen Sie die beiden in Verbindung? Sind Sie von der Sitte, oder was?«

Jetzt war Theo baff. »Von der Sitte? Was soll das denn heißen?«

»Es gibt ein Gerücht, das seit ein paar Tagen kursiert. Und vor einer Stunde wurde Charlie gesehen, wie sie zu jemandem ins Auto stieg. Ich glaube aber nicht, dass ich diese

Information weitergeben sollte. So etwas wird hier nicht gern gesehen.«

Theo wurde heiß und kalt. Die Formulierung ließ ihn das Schlimmste vermuten. »Ist es ein Gerücht über Charlie und Professor Beetke?«

»Wenn Sie das alles wissen, warum fragen Sie dann?«

»Und sie ist in sein Auto gestiegen?«

»Ich habe es nicht selbst gesehen, aber an dieser Hochschule kann man nichts geheim halten. Gar nichts.«

Theo stammelte ein paar Dankesworte und legte auf. Jetzt nur nicht den Kopf verlieren. Er sah zum wiederholten Mal auf die Uhr. Wann kam Patrick endlich wieder? Der war es gewöhnt, schnelle Entscheidungen zu treffen. Theo hingegen hatte im Laufe seines Berufslebens mit Dokumenten zu tun gehabt, die mehrere Jahrhunderte alt waren. Die Frage, wie sie zu restaurieren oder welchem Themenkreis sie zuzuordnen waren, hatte nie geeilt. Manchmal hatte er sich mit der Antwort darauf einige Jahre Zeit gelassen. Er fuhr sich nervös mit der Hand über das Kinn.

Denk ganz ruhig und logisch nach, sagte er sich. Charlie und Professor Beetke sind vielleicht jetzt in diesem Augenblick zusammen. Aber wo? Im schlimmsten Fall steht das Auto in einem dunklen Waldweg und der Professor verscharrt gerade Charlies Leiche. Theo schüttelte den Kopf, um das Bild loszuwerden. Er fing bereits an, in genauso kriminellen Bahnen zu denken wie sein Freund Fiedler. Also nochmal. Wo könnten die beiden sein? Praktisch überall. Wenn sie doch bloß an ihr Mobiltelefon...

Theo versuchte, den Gedanken zu fassen, der gerade versucht hatte, sich in sein Bewusstsein zu drängen. Mobiltelefon... Dann fiel es ihm ein.

*

Beetke sah Charlie einen Moment mit starrem Blick an. »Wie kommst du darauf, dass ich mit Südinger befreundet bin?«

Charlie hatte die Schärfe in seinem Tonfall bemerkt. Ihr war nicht wohl in ihrer Haut. Aber jetzt hatte sie das Thema an-

geschnitten und konnte keinen Rückzieher machen. Gesagt ist gesagt.
»Nach Südingers Tod waren die Zeitungen voller Artikel über ihn und seinen Lebensweg. Dabei wurde auch sein Weingut erwähnt.«
Beetke zuckte die Schultern. »Und?«
»Die Hälfte davon gehört dir.«
»Wie kommst du darauf?«
»Es gibt Amtsgerichte, die ihr Handelsregister im Internet führen. Dort kann man die Gesellschafter einer GmbH nachsehen.« Dass sie die entsprechenden Informationen eben ausgedruckt hatte, sagte sie lieber nicht.
»Aber wie bist du auf die Idee gekommen, überhaupt nachzuschauen?«
»Erinnerst du dich an das Streitgespräch in dem Marketingworkshop, in dem es um die Verschleierung der industriellen Produktionsweise durch Produktnamen ging? Also die Diskrepanz zwischen einem Markennamen wie beispielsweise ›Landlust‹ und der tatsächlichen High-Tech Produktion? Um darzustellen, dass irreführende Namen keine neue Erfindung der Marketingstrategen zur Vertuschung technologischer Tricks der Fast-Food-Industrie sind, hast du althergebrachte Bezeichnungen von Weinlagen aus diesem Weingut genannt. Wir haben uns damals alle tierisch amüsiert über die ›Schweinspfötele‹ und das ›Nonnenärschlein‹. Das fand wohl auch der Verfasser des Artikels über Südinger lustig, denn er zitierte genau diese Lagen. Das hat mich stutzig gemacht.«
Beetke sah Charlie nachdenklich an. »Nun hast du also herausgefunden, dass wir uns kannten. Und weiter?«
»Ich wollte nur wissen, warum du uns das nicht gesagt hast. Als ich mit Herrn Fiedler bei dir war, haben wir doch über Feinkostkönig gesprochen. Du hast so getan, als ob du keinerlei Aussage über das Werk machen kannst, dabei kennst du den Chef seit vielen Jahren. Also, warum ist das alles so geheim? Gehört es sich nicht für einen Professor, gemeinsam mit einem Lebensmittelhersteller einen Weinberg zu besitzen?«

Beetke schüttelte den Kopf. »Bist du wirklich so blöd, wie du tust?«

Charlie starrte ihn an. Sie spürte einen Kloß im Hals. Diese Frage hatte weh getan. Nicht nur die Worte, auch der Tonfall. Besonders der Tonfall, korrigierte sie sich. Es hatte eindeutig Verachtung darin gelegen. »Wie meinst du das?«, fragte sie zögernd.

Beetke lachte. »Tatsächlich, du bist so blöd. Glaubst du wirklich, dass wir zwar Freunde waren, aber Südinger allein die Panscherei zu verantworten hat? Der war viel zu beschränkt, um auf die Idee zu kommen. Und viel zu zögerlich, um sie umzusetzen. Nein, der Mann hatte nicht das nötige Format für diese Sache.«

Charlie krümmte sich. Die Worte und das, was darin mitschwang, verursachten ihr Magenschmerzen, Schwindel, Übelkeit. Robert Beetke, der Mann, der eben noch so zärtlich gewesen war, war nicht wiederzuerkennen.

»Soll das heißen, dass du die ganze Zeit gewusst hast, dass er ein Fungizid in seine preisgekrönte Pastete schüttet, damit sie überhaupt nach Trüffeln schmeckt?«

»Gewusst? Ich habe ihn erst auf die Idee gebracht. Dieses Zeug wurde damals auf dem Weingut eingesetzt, bewirkte aber recht wenig. Es war eben nur billiger Ramsch aus dem Osten. Das ganze Gut war so schludrig geführt, deshalb brauchte es dringend neue Eigentümer und eine neue Führung. Alles alt, billig und unmodern. Das einzig Gute war, dass ich dort dieses Zeug kennen gelernt habe. Es roch verdammt gut, das fiel jedem auf, der schon mal mit handelsüblichen Pestiziden gearbeitet hat.«

Beetke schien Gefallen daran zu finden, seine Geschichte zu erzählen. Er warf sich mächtig in die Brust.

»Nach einigen Gläsern Wein, bei denen Südinger sich über die sinkende Beliebtheit der Pasteten seiner geliebten Mama ausgweint hat, bin ich auf die geniale Idee verfallen, die Rezeptur um eine kleine Zutat zu erweitern. Billig zu bekommen, einfach zu verarbeiten und das Sinnvollste, was man mit diesem wirkungslosen Zeug machen kann.«

Beetkes Augen strahlten. Er war offenbar begeistert von sich selbst, von seiner eigenen Genialität berauscht. Er sprach mit großen Gesten weiter. »Ich habe die richtige Menge herausgefunden, damit das kleine Aromawässerchen bei normalen Kontrollen nicht nachweisbar ist. Ich habe seine Pasteten analysiert und ihm gute Bewertungen geschrieben. Ich habe, wann immer man mir einen Juryvorsitz in einer dieser grauenhaften Goldmedaillen-Kommissionen angetragen hat, dafür gesorgt, dass diese Pastete zu den eingereichten Proben gehörte und dem Zeug die Bestnote gegeben.« Beetke stand auf und reckte sich zu seiner vollen Größe. »Ich habe Südingers Firma zu dem gemacht, was sie heute ist.«

»Und es hat nie Probleme gegeben mit den Mitarbeitern?«

»Die meisten Leute in so einer Produktion sind doch doof wie Stroh. Die mischen alles dazu, was man ihnen vorgibt und damit hat sich die Sache. Nein, das erste Problem kam auf, als diese beiden Praktikantinnen aus dem Ostblock begriffen haben, was in den Kanistern mit den komischen Schriftzeichen drin ist.«

»Was haben sie unternommen?«

»Südinger hat erst mal gar nichts gemerkt. Dabei hatten die beiden Weiber sich schon ihren Reim auf die ganze Sache gemacht. Aufgeflogen ist die Sache, als sie bei unserem Handelspartner in Euskirchen angerufen und ihm einige Fragen gestellt haben. Er war clever genug zu merken, wohin der Hase läuft.«

»Der Importeur war also mit von der Partie?«

»Sicher nicht bis ins Detail. Aber wenn er dreihundert Kunden in der Landwirtschaft hat und einen einzigen in der Lebensmittelindustrie, dann wird selbst der dümmste Importeur sich denken können, dass es damit etwas ganz Besonderes auf sich hat. Und wenn ihm der Kunde dann noch vorschreibt, welche Etiketten er auf die Kanister kleben soll... Zum Glück sind die Sowjets ein verschwiegenes Völkchen – solange das Geld stimmt.«

»Hat der Importeur die beiden umgebracht?«

Beetke lachte. »Das hätte er vielleicht sogar getan, aber das wäre zu teuer gewesen. Nein, er hat Südinger darüber informiert, dass die beiden Studentinnen ihn angerufen haben, und den Frauen hat er angeboten, in einem persönlichen Gespräch über die Sache zu reden. Sie haben den Termin gern wahrgenommen.«

»Einen Termin, von dem sie nicht lebend zurückkamen.«

»Tja, jeder weiß, dass Alkohol im Straßenverkehr gefährlich ist.« Beetke grinste.

Charlie schwieg einen Moment. Sie war schockiert. »Warum? Was hast du dafür bekommen?«

»Geld natürlich. Glaubst du vielleicht, als Professor an einer Fachhochschule könnte man sich so etwas leisten?« Er machte eine weit ausholende Geste, die das Haus und den Garten einschloss. »Was glaubst du, was es kostet, ein repräsentatives Domizil zu unterhalten, das nicht null acht fünfzehn ist? So eine alte Bausubstanz zu sanieren, auf den Stand der Technik zu heben und derart auszustatten? Das kann man aus den Mitteln, die die Staatsmacht ihren intellektuellen Eliten zubilligt, nicht finanzieren.«

Beetke machte eine kurze Pause und blickte sich um, als sähe er das teure Parkett, die Designermöbel und die Bilder an der Wand zum ersten Mal.

»Du bist ja so naiv«, fuhr er dann fort. »Eine Fachhochschule ist doch für die Sesselfurzer im Ministerium eine Einrichtung zweiter Klasse. Ach, was sage ich, drittklassig ist so ein Laden, und das ist noch optimistisch gedacht. Vergleiche mal den Etat einer Uni mit dem einer Fachhochschule. Ich gehöre zur Spitze unseres Bildungssystems: studiert, promoviert, habilitiert, und ich darf mich sogar mit einem Professorentitel schmücken. Aber nur an einer Fachhochschule. Und dann auch noch in Mönchengladbach, einer Provinzstadt, deren bundesweite Bekanntheit sich auf einen zweifelhaften Fußballverein gründet!«

Beetke schnaubte empört. »Man darf ja schon froh sein, wenn man überhaupt eine kleine Aufwandsentschädigung bekommt. Von der fachlichen Anerkennung mal ganz abgesehen. Wir arbeiten wie die Wilden unter zum Teil haarsträubenden Bedingungen und werden trotzdem im Vergleich mit den Universitäten nie für voll genommen. Mancher

Fachhochschulprofessor hat nicht einmal einen eigenen Assistenten!« Beetke hatte rote Flecken auf den Wangen. »Aber denen habe ich es gezeigt. All diese superklugen Unikasperle sind uns all die Jahre nicht auf die Schliche gekommen. Im Gegenteil, sie haben die von mir arrangierten Auszeichnungen für bare Münze genommen und Trüffelpastete gefressen, als glaubten sie wirklich an die potenzsteigernde Wirkung, die den Trüffeln nachgesagt wird.«
Charlie fühlte, wie ihr Tränen der Wut in die Augen stiegen.
»Wer hat die Praktikantinnen umgebracht?«, flüsterte sie.
Beetke grinste sie an. »Dreimal darfst du raten.«

*

Theo hatte den Gedanken endlich zu fassen bekommen. Er hatte versucht, Charlie auf dem Handy anzurufen, aber sie hatte nicht abgenommen. Das Mobiltelefon schien jedoch eingeschaltet und im Bereich eines Senders zu sein, sonst wäre die Ansage gekommen, dass der Anschluss leider vorübergehend nicht erreichbar sei. Das hieß, dass man das Handy orten konnte. Das hatte er im Fernsehen gesehen.
Und mit diesem Gedanken war ihm auch gleich die Idee gekommen, wer diese Ortung bewerkstelligen konnte: Der geheimnisvolle Computerfreak, der schon alle möglichen Daten für Charlie aus dem Netz gezogen hatte. Er hatte ihnen eine E-Mail mit dem Foto von Kletzenrath geschickt, also besaß Theo eine Kontaktmöglichkeit. Hoffentlich war der Mann gerade online.
Theo schaltete den Computer ein und trommelte ungeduldig mit den Fingern auf der Tischplatte herum, während das System hochfuhr. Dann blätterte er in dem zerlesenen Hefter. E-Mails abrufen... Aha. Das entsprechende Symbol doppelt anklicken. Wie immer hatte er Probleme damit, zweimal schnell genug hintereinander zu klicken. Das Symbol wurde zwar markiert, das Programm öffnete sich aber nicht. Also nochmal... Endlich! Jetzt aus der Liste der eingegangenen E-Mails die richtige aufrufen. Aha, da war die Adresse. Mrspock@raum-schiff-enterprise.de. Theo schrieb die Adresse

sorgfältig auf einen Zettel, dann fiel ihm ein, dass es eine Möglichkeit gab, eine E-Mail direkt zu beantworten. Dazu müsste oben irgendwo das Wort »Antworten« auftauchen. Gefunden! Darauf klicken, wieder warten. Jetzt konnte er den Text schreiben. Er tippte »NOTFALL« in die Betreffzeile und in das Textfeld: Charlie schwebt in Lebensgefahr! Rufen Sie sofort an unter ... Er gab die Telefonnummer an, unterschrieb die Nachricht und schickte sie ab. Dann setzte er sich neben das Telefon und wartete. Exakt dreieinhalb Minuten und fünf Blicke zur Uhr später klingelte das Telefon.

»Streckbein.«

»Mr. Spock. Was gibt's?«

»Charlie ist vielleicht in Lebensgefahr. Wissen Sie, dass vermutlich Beetke der Mörder ist?«

»Ich weiß, dass Beetke Südinger kannte und habe mir inzwischen so meine Gedanken gemacht. Ich kann Charlie aber nicht erreichen.«

»Ich auch nicht. Können Sie ihr Handy orten?«

»Bin ich Jesus? Kann ich übers Wasser gehen?«

»Das hoffe ich, junger Mann, das hoffe ich.«

»Was ist, wenn sie einfach nur in der Badewanne liegt und nicht ans Telefon geht?«

»An der Fachhochschule geht das Gerücht, sie habe ein Verhältnis mit Beetke und jemand hat sie eben in sein Auto steigen sehen.«

»Scheiße. Wo wohnt er?«

»Das weiß ich nicht. Können Sie das auch herausfinden?«

»Ich melde mich wieder.«

»Stop, nicht auflegen. Geben Sie mir Ihre Telefonnummer.«

Mr. Spock gab seine Nummer durch und hatte bereits aufgelegt, als Theo sie nochmal wiederholen wollte.

Theo stellte fest, dass er nass geschwitzt war. Wo blieb nur Patrick so lange? Sein Beistand käme Theo jetzt sehr gelegen.

Als hätte das Schicksal ein Einsehen mit ihm, hörte Theo die Eingangstür ins Schloss fallen. Er verließ seinen Platz neben dem Telefon und ging Herrn Fiedler entgegen.

»Mensch, die Leute kaufen, als ob es morgen...«

»Patrick, hör mir zu. Wir haben eine ernste Situation.«
Theo berichtete in knappen Sätzen, was sich in der letzten halben Stunde zugetragen hatte. Herr Fiedler hatte den Reißverschluss seiner Jacke halb aufgezogen und stand, die Hand immer noch an der Jacke, regungslos vor ihm. Dann ließ er sich auf die Bank sinken.
»Was tun wir, wenn Mr. Spock uns eine Ortung geben kann?«
Theo stutzte. Daran hatte er noch nicht gedacht.
Herr Fiedler stand wieder auf. »Ich gehe nach nebenan zu Frau Heidrich und rufe Martin an. So bleibt unsere Leitung frei für Mr. Spock. Martin soll sich schon mal auf den Weg machen. Ich glaube, wir brauchen ihn hier.«
Herr Fiedler schnappte sich sein abgenutztes Adressbuch und verließ das Haus. Theo setzte sich neben das Telefon. Er ertappte sich dabei, wie er wieder mit den Fingern trommelte. Üblicherweise war es sehr schwer, ihn aus der Ruhe zu bringen, aber diese Situation überforderte ihn.
Herr Fiedler kam zurück. »OK, Hilfe ist unterwegs, Martin war sowieso schon in Geilenkirchen bei Feinkostkönig, das heißt, er muss nicht den ganzen Weg aus Köln kommen. Das spart etwas Zeit.«
Er zog Jacke und Schuhe aus und setzte sich neben Theo. »Wie genau kann man das Handy eigentlich orten?«
Theo zuckte die Schultern. »Das weiß ich leider nicht. Wenn ich mich recht erinnere, dann kann man eigentlich nur feststellen, in welchem Sendebereich sich das Ding befindet. Das heißt, dass es in der Stadt ein Gebiet mit mehreren Straßen wäre. Auf dem Land, wo die Sendemasten nicht so häufig sind, ist der Radius sogar noch größer.«
Herr Fiedler dachte einen Moment nach. »Worauf hoffst du genau?«, fragte er dann.
»Ich hoffe, dass die Ortung ergibt, dass Charlie sich in dem Bereich befindet, in dem Beetke wohnt. Dann würde ich einfach annehmen, dass sie bei ihm ist. Wenn die Ortung ihr Telefon irgendeinem beliebigen Mast auf dem platten Land zuordnet, hilft uns das nicht weiter. Dann kann sie in einem großen Umkreis praktisch überall sein.«

»Immer vorausgesetzt, dass Charlie auch dort ist, wo ihr Handy ist«, murmelte Herr Fiedler.

Als das Telefon klingelte, starrten beide einen Augenblick nur starr darauf. Dann griff Theo zum Hörer.
»Streckbein.«
»Diese Information war nicht legal zu beschaffen. Wenn ich dafür in den Knast gehe, nehme ich Sie mit.«
»Akzeptiert. Wo ist sie?«
»Nordöstlich Brüggen. Beetkes Adresse liegt im Radius.«
Mr. Spock gab die Anschrift durch und legte auf, um die Leitung nicht weiter zu blockieren.
Herr Fiedler rief Martin an und gab auch ihm die Adresse durch. Dann wählte er erneut.
»Fiedler hier. Die Adresse ist wie folgt...«
Theo sah ihn erstaunt an. »Mit wem hast du denn jetzt gesprochen?«
Herr Fiedler grinste. »Wir haben noch einen Joker in der Hinterhand. Ruf mir ein Taxi, ich mache mich auch auf den Weg. Ich fahre direkt zu Beetkes Adresse. Du bleibst am Telefon und fungierst als Schaltzentrale.«
Herr Fiedler steckte sich das gesamte im Haushalt vorhandene Bargeld ein und eilte los, als es klingelte. Theo blieb allein. Jetzt konnte er nur noch hoffen. Seine Finger begannen wieder zu trommeln.

*

Charlies Wangen waren nass, aber sie weinte nicht mehr. Sie starrte vor sich hin, ohne etwas zu sehen. Die Seidenkrawatten, mit denen Beetke ihre Hände und Füße gefesselt hatte, nachdem er sie mit einem schweren Aschenbecher halb besinnungslos geschlagen hatte, schnitten wenigstens nicht ins Fleisch. Gute Qualität hatte immer ihren Vorteil.
Beetke saß ihr im Wohnzimmer in einem der beiden großen Sessel gegenüber und stellte Fragen. Sie antwortete nicht. Im Geiste ging sie die Geschehnisse der letzten Tage wieder und wieder durch. Warum hatte sie nie die Zeichen gedeu-

tet? Sie hätte schon stutzig werden müssen, als er sie in das Weinlokal einlud, nur wenige Stunden, nachdem sie bei ihm gewesen war und von Annabelles Tod gesprochen hatte.
Am Sonntagmorgen, als sie in seinem Bett lag, hatte sie ihm von ihrer Schnüffelei bei Feinkostkönig und von den Fotos erzählt, und als sie wenige Stunden später nach Hause gekommen war, hatte der Einbruch, bei dem die Fotos samt Kamera und Computer gestohlen worden waren, bereits stattgefunden.
Aber am wenigsten konnte sie fassen, dass sie geglaubt hatte, diese Affäre hätte etwas mit Liebe zu tun gehabt. Dass ein gut aussehender und beliebter Mann wie Professor Dr. Robert Beetke sich gerade zu ihr, Charlotte Helene Wagenrad, hingezogen fühlte. Wenn sie jetzt allerdings nochmal darüber nachdachte, war sie gar nicht mehr sicher, ob er wirklich so gut aussah. Plötzlich sah sie ihn mit ganz anderen Augen. Seine Haut war von zu viel Kunstsonne ausgedörrt, seine vermeintlich so sportliche Figur hielt nicht, was die sorgfältig gewählte Kleidung versprach. Sein Auftreten war wichtigtuerisch, sein Gehabe affektiert. Und sein Esprit? Nun, wenn man etwas für Irre übrig hatte, konnte man sicher auch seinen geistigen Vorzügen etwas abgewinnen. Wie hatte sie nur so verblendet sein können?
»Sag mir, wer noch von meiner Verbindung zu Südinger weiß«, forderte Beetke sie zum wiederholten Mal auf.
»Hey, Arschloch. Die ganze Welt weiß inzwischen davon«, schrie sie ihn plötzlich an.
Seine Hand schlug so schnell zu, dass die Ohrfeige als Reflexhandlung durchgehen konnte.
Charlie war nur einen kurzen Moment still, in dem sie ihren Kiefer vorsichtig bewegte. Kein größerer Schaden feststellbar. Gut.
»Du kommst da nicht mehr raus. Herr Fiedler weiß Bescheid und er hat hervorragende Kontakte zur Kriminalpolizei. Das dürftest du doch wissen, nachdem mich ein waschechter Kriminalkommissar aus Kletzenraths Klauen befreit hat.«
Beetke zuckte zurück. Es sah so aus, als habe er das nicht gewusst. War das möglich? Charlie selbst hatte ihm von

ihrem Eindringen in die verbotene Halle drei erzählt. Daraufhin hatte Beetke den Einbruch in ihre Wohnung veranlasst. Aber sie hatte ihm nicht erzählt, dass sie Kletzenrath in die Arme gelaufen war. Vielleicht hatte Beetke wirklich geglaubt, dass Charlie unbemerkt eingebrochen und auch wieder verschwunden war. Kletzenrath würde sich hüten, die Sache von sich aus zu erzählen. Also hatte Beetke, der sich wohl für besonders schlau hielt, diese wichtige Information nicht gehabt.
Beetke war blass. Charlie verbuchte diesen Punkt für sich. Beetke stand auf und verließ das Wohnzimmer. Kurze Zeit später kehrte er mit Charlies Tasche zurück. Er schüttete den Inhalt auf den Wohnzimmertisch, nahm das Handy und schaltete es aus. Dann nahm er den schweren Kerzenleuchter und hieb ihn mit aller Gewalt auf das Gerät. Plastiksplitter flogen durch die Luft. Charlies Stimmung sank. Sie hatte zwar noch nicht genau gewusst, wie sie es anstellen sollte, zu telefonieren, aber sie hatte Hoffnungen in ihr Handy gesetzt. Damit war es jetzt wohl vorbei.

*

»Das Signal ist weg.«
Theo musste erst die Stimme zuordnen. »Mr. Spock?«
»Ja. Ich habe in regelmäßigen Abständen Charlies Handy angewählt. Der Ruf ging durch, aber es ging keiner ran. Jetzt geht der Ruf nicht mehr durch.«
»Hat sie das Handy ausgeschaltet?«
»Glaube ich nicht. Ich hatte ihr mehrere SMS geschickt und sie kann eine Anruferliste auf dem Display sehen. Sie hätte sich bestimmt gemeldet, bevor sie das Ding ausschaltet.«
»Sie meinen...«
»Ich meine, dass Sie jetzt die Polizei einschalten sollten.«
»OK.«
Theo wählte die Nummer des Gladbacher Polizeipräsidiums.
»Kommissar Bechstein, bitte.«
»Der ist nicht im Haus.«

»Wie kann ich ihn erreichen?«
»Worum geht es denn?«
»Eine Studentin ist in Gefahr...«
»Wo?«
»In Brüggen.«
»Dafür sind wir gar nicht zuständig.«
Theo fluchte innerlich. Jetzt war Überzeugungskraft gefragt.
»Die Studentin ist eine wichtige Zeugin im Mordfall Annabelle Sievers. Sie wird genau deswegen bedroht, weil sie die Hintergründe der Tat kennt und sogar den Täter. Also sagen Sie mir jetzt besser ganz schnell, wie ich Kommissar Bechstein erreichen kann, bevor ich mir diese Information vom Polizeipräsidenten persönlich holen muss.«
Seine Strategie hatte Erfolg, die Dame diktierte eine Mobilnummer. Theo wählte.
»Bechstein.«
»Streckbein. Es geht um den Mordfall Annabelle Sievers. Diesmal ist es ernst.«
»Hören Sie, ich habe jetzt wirklich keine Zeit, ich bin auf dem Weg zu ...«
»Der Selbstmord von Feinkostkönig-Chef Südinger, der in den letzten Tagen durch die Presse ging, ist der vorläufige Höhepunkt im Mordfall Annabelle Sievers. Professor Dr. Robert Beetke von der Hochschule Niederrhein war sein heimlicher Compagnon, die beiden haben gepanschte Lebensmittel verkauft. Charlie, eine Kommilitonin von Annabelle Sievers, ist Beetke auf die Schliche gekommen. Sie ist in seiner Gewalt.«
Es war einen Augenblick still
»Beetke...?«, murmelte Bechstein. »Beetke und Südinger waren Kompagnons? Annabelle Sievers hat bei Südinger gearbeitet? Und Beetke hat eine Studentin in seiner Gewalt? Jetzt werden Sie mir gleich noch erzählen, dass Beetke auch Südinger umgebracht hat?«
Theo wurde heiß. Das hatte er gar nicht behauptet, aber es klang einleuchtend. Egal, jetzt ging es um Charlie, sollte der Kommissar über Südingers Tod glauben, was er wollte. Bechstein musste sich um Charlie kümmern, und zwar sofort.

»Ich meine, dass Beetke dringend daran gehindert werden sollte, weitere Menschen umzubringen.«
»Was erwarten Sie jetzt von mir?«
»Fahren Sie zu Beetke, sehen Sie zu, dass Sie Charlie heil da heraus bekommen, und nehmen Sie Beetke fest.«
»Sie sind nicht bei Trost.«
»Wir werden alle untröstlich sein, wenn Sie das nicht tun.«
»Ich fahre hin.«
»Die Adresse ist...«
»Die habe ich. Halten Sie sich da raus, das ist für alle Beteiligten das beste.«
Theo legte den Hörer auf. Er zitterte am ganzen Körper.
Es war kein Wunder, dass Bechstein ihn für verrückt hielt. Aber das war ihm im Moment herzlich egal. Wenn Bechstein nun wenigstens bei Beetke vorbeifuhr, war Theo schon etwas leichter ums Herz. Dann war Herr Fiedler nicht mit einem herzensguten Martin und einem geheimnisvollen Joker allein auf weiter Flur.

*

Das Taxi bog in die Straße ein, die Herr Fiedler genannt hatte. Das Straßenschild zeigte den Straßennamen und die Information, dass auf diesem Abschnitt die Hausnummern zwei und vier zu finden waren. Eine einsame Gegend, allerdings parkten etliche Autos am Straßenrand. Die Einfahrt zu Nummer zwei ließen sie hinter sich, das Taxi wurde langsamer. Je weiter sie fuhren, desto weniger Autos standen am Rand. Dafür strebten etliche Gestalten die Straße entlang.
»Fahren Sie zu einer Feier, oder warum stehen hier schon so viele Autos?«, fragte der Taxifahrer, der immer wieder versucht hatte, ein Gespräch zu beginnen.
»Ich weiß nichts von einer Feier«, murmelte Herr Fiedler und ließ das Taxi wenige Meter vor der Einfahrt zu Nummer vier anhalten. Er zahlte und stieg aus.
»Hallo, ich bin R2D2. Ich hab mich schon mal umgeschaut, aber aufs Grundstück kommt man nicht. Das Tor ist zu«,

raunte ihm ein Mann zu, der plötzlich neben ihm auftauchte.
Herr Fiedler zuckte zusammen. »Wie bitte? Wer sind Sie?«
»R2D2. Mein Nickname im Netz. Wie der Roboter aus dem Krieg der Sterne.«
Herr Fiedler konnte sich erinnern, dass ›nickname‹ das englische Wort für Spitzname war, aber was dieser Mann ihm gerade hatte erklären wollen, das hatte er nicht begriffen. »Was tun Sie hier, Herr R2D2?«
Der Mann mit dem Namen eines Filmroboters sah Herrn Fiedler zweifelnd an. »Na, Mr. Spock hat mich hierherbeordert. Dich doch auch, oder?«
Herr Fiedler dachte angestrengt nach. Bevor er zu einem Schluss gekommen war, traten weitere Menschen zu dem Mann mit dem seltsamen Namen und ihm.
»Habt ihr schon etwas erkennen können?«, raunten einige Stimmen, und R2D2 wiederholte seine Information.
»Moment, ich muss jetzt mal dumm fragen. Was wollen Sie alle hier?«, fragte Herr Fiedler nochmal.
»Was willst du denn hier, wenn du nicht von Mr. Spock hergeschickt worden bist?«, fragte eine Stimme aus der Dunkelheit zurück. Unruhiges Gemurmel erhob sich ringsum. Herr Fiedler fühlte sich unwohl.
»Mein Name ist Fiedler und ich hege die Befürchtung, dass eine Freundin von mir in diesem Haus dort gegen ihren Willen festgehalten und vermutlich sogar mit dem Tode bedroht wird. Und was tun Sie hier?«
»Mr. Spock unterhält einige Chatrooms und hat uns aufgefordert, hierher zu kommen, weil auch seine Freundin hier sein soll.«
»Sind jetzt mehrere Frauen hier in Gefahr, oder was?«, fragte eine Stimme dazwischen.
»Nein, es handelt sich um ein und dieselbe junge Frau«, stellte Herr Fiedler klar.
»Hier, das ist sie. Sie heißt Charlie«, ließ sich eine Stimme vernehmen und ein junger Mann zeigte sein Handy hoch. Auf dem Display war ein Foto von Charlie zu erkennen.

»Ich verstehe immer noch nicht…«, murmelte Herr Fiedler nochmal.
»Mensch, was glauben Sie, wie diese ganzen spontanen Demonstrationen, Lichterketten und so'n Zeugs zustande kommen? Glauben Sie, so was passiert zufällig? Quatsch. Es gibt einen Aufruf in einem Chatroom oder einer Newsgroup oder so und dann geht man halt hin.«
Herr Fiedler wurde immer verwirrter. »Aber ich dachte, diese Chatrooms werden von Leuten aus ganz Deutschland benutzt. Woher kommen dann diese Leute hier alle?«
R2D2 winkte ab. »Im Prinzip ist das Internet sogar international, mit Teilnehmern aus aller Welt. Aber hier in der niederrheinischen Pampa ist im echten Leben besonders wenig los, also gibt's besonders viele Teilnehmer. Zumal Mr. Spock noch eine Regionalseite unterhält, auf der er Computerläden testet.«
»Und was wollen Sie jetzt hier tun?«, fragte Herr Fiedler.
»Die Lage checken und Bericht erstatten«, antwortete R2D2. »Ich rufe Mr. Spock jetzt an. Wollen Sie ihm auch etwas sagen?«
»Du hast eine Nummer zum Anrufen? Wir haben alle nur die Nummer für die SMS«, erklang eine Stimme mit einem, wie Herr Fiedler fand, neidischen Unterton.
R2D2 zog Herrn Fiedler etwas zur Seite und zwinkerte ihm zu. »Ich kenne ihn persönlich.«
»Wen?«
»Mr. Spock.«
»Warum kommt er nicht selbst?«
»Er ist gelähmt. Wussten Sie das nicht?«
Herr Fiedler schüttelte den Kopf. Er dachte angestrengt nach. Mr. Spock hatte diese Aktion hier ganz gut geplant, aber warum hatte er ihn, Herrn Fiedler, nicht eingeweiht? Ihn wenigstens ein bisschen auf das vorbereitet, was ihn hier erwartet hatte? Nämlich ein ganze Menge Leute, die offenbar einer Aufforderung aus ihrem Computer gefolgt waren, hierher zu kommen, weil eine Frau, die die meisten augenscheinlich gar nicht kannten, in Not war. Herr Fiedler versuchte sich zu sammeln.

»Also, rufen Sie Mr. Spock an und fragen Sie nach neuen Erkenntnissen. Sagen Sie ihm, dass ich neben Ihnen stehe. Und danach möchte ich gern mit Theo, meiner Kommunikationszentrale, sprechen.«

R2D2 telefonierte und informierte Herrn Fiedler, dass Charlies Handy nicht mehr empfangsbereit war.

»Warum hat er Ihnen das nicht mitgeteilt? Er hätte Sie doch anrufen können«, sagte Herr Fiedler.

R2D2 schüttelte den Kopf. »Wir haben vereinbart, dass nur ich mich melde. Können Sie sich vorstellen, dass ich am Fenster stehe und versuche, in die Hütte hineinzuspähen, und plötzlich bimmelt mein Telefon? Viel zu gefährlich.«

Herr Fiedler erfuhr von Theo, dass der zuständige Kommissar Bechstein sich auf den Weg zu Beetke gemacht hatte. Er war zwar etwas verwundert, atmete aber auf. Es konnte nicht schaden, einen Fachmann und behördliche Unterstützung vor Ort zu haben.

Dann kam ein junger Mann zu ihm gelaufen. »Da sind sechs Typen, die sehen nach Ärger aus. Die suchen Sie.«

Herr Fiedler wandte sich um. Tatsächlich, die Menschenmenge teilte sich und bildete eine Gasse, durch die sechs Männer auf Herrn Fiedler zuschlenderten. Der Anführer war sehr groß und kräftig gebaut, seine Begleiter waren nur wenig kleiner. Alle hatten streng zurückgekämmte Haare, in denen das Gel glänzte, an ihren Ohren blitzte es golden und alle trugen schwarze Lederjacken. Sie machten Eindruck, das musste Herr Fiedler ihnen lassen. Er begrüßte den Anführer, der mit breitem Grinsen auf ihn zukam.

»Jusuf! Vielen Dank, dass Sie gekommen sind.« Herr Fiedler reichte dem Mann die Hand.

Jusuf sah sich um. »Was können wir hier tun? Wo ist dieser Mörder?«

»Wahrscheinlich ist er im Haus, vermutlich ist Charlie bei ihm. Das Grundstück ist allerdings eingezäunt, deshalb wissen wir noch nicht mehr.«

»Gibt es eine Alarmanlage?«, fragte Jusuf.

R2D2 schüttelte den Kopf. »Nicht am Tor, das habe ich untersucht. Ob am Haus etwas ist, weiß ich nicht.«

Jusuf sprach kurz in Arabisch mit seinen Begleitern. Zwei Männer nickten, drehten sich um und verschwanden unter den Bäumen.
»Gleich wissen wir mehr.«
Inzwischen standen etwa zwanzig Männer und Frauen in kleinen Grüppchen auf der Straße. Herr Fiedler bat sie, sich in die Deckung der Bäume zu begeben. Er wusste nicht, was er sonst mit ihnen anfangen sollte. Dann wartete er mit Jusuf auf die Rückkehr der Kundschafter. Es dauerte nicht lang.
»Ein Mann, der im Haus herumläuft und zu packen scheint. Eine Frau im Wohnzimmer. Die Frau ist gefesselt. Sie hat ein blaues Auge, scheint aber ansonsten unverletzt zu sein.«
Herr Fiedler atmete auf. Es war also noch nicht zu spät. Aber was sollte er jetzt tun?
Die Entscheidung wurde ihm zunächst abgenommen, als sich zwei Autos der Menschenansammlung näherten. Die Wagen wurden geparkt, dann stiegen die Fahrer aus. Martin sah sich suchend um und entdeckte Herrn Fiedler, der winkend auf sich aufmerksam machte. Er lief auf ihn zu.
»Wie sieht's aus?«, fragte er atemlos.
»Ich erkläre die Situation sofort, aber lassen Sie uns noch sehen, wer nach Ihnen gekommen ist.«
Ein kleiner, untersetzter Mann in einem kurzen Wintermantel watschelte auf Herrn Fiedler zu. In der Dunkelheit war sein Gesicht kaum zu erkennen, aber Herr Fiedler war sicher, dass er den seltsamen Gang des Mannes schon einmal gesehen hatte. Im Polizeipräsidium war es dieser Gang gewesen, der den ersten negativen Eindruck von Kommissar Bechstein bei Herrn Fiedler hinterlassen hatte - und die weiteren Geschehnisse hatten nicht dazu geführt, dass diese Einschätzung sich großartig geändert hätte. Trotzdem war Herr Fiedler jetzt erleichtert, Bechstein zu sehen.
Dieses Gefühl beruhte ganz offensichtlich nicht auf Gegenseitigkeit. »Was läuft hier ab, Fiedler? Und erzählen Sie mir jetzt bloß keinen Quark.«
Herr Fiedler bot Bechstein die Hand an, aber der Kommissar schlug nicht ein. Gut, dann eben nicht. Man war ja auch nicht hier, um Freundschaft zu schließen.

Dann berichtete Herr Fiedler, was die beiden Kundschafter herausgefunden hatten.
»So, den ersten Hausfriedensbruch hatten wir also bereits. Wen soll ich jetzt festnehmen? Die beiden Eindringlinge?«
»Nein, den Professor. Wir sind praktisch sicher, dass er mehrere Morde und Mordversuche auf dem Kerbholz hat. Und dass Charlie da drin gefesselt ist, wirft auch kein gutes Licht auf ihn.«
Bechstein wippte auf den Füßen von vorn nach hinten und wieder nach vorn, während er nachdachte.
»Haben Sie Beweise?«
Herr Fiedler schüttelte den Kopf.
»Wer ist die Frau da drinnen?«, fragte Bechstein.
»Charlotte Wagenrad. Eine Kommilitonin von Annabelle Sievers.«
»Die Sie angestiftet haben, sich in diese Sache reinzuhängen?«
Herr Fiedler nickte.
»Himmelarsch und Zwirn. Jetzt ist die Situation völlig verfahren und ich soll den Karren aus dem Dreck ziehen?«
Herr Fiedler verzichtete auf eine Erwiderung.
Bechstein machte einen Schritt aufs Tor zu, wandte sich aber noch einmal um und sagte laut, an alle Anwesenden gewandt: »Sie bleiben alle, wo Sie sind.«

Jusuf murmelte einige Worte zu seinen Begleitern, sobald Bechstein zum Tor gegangen war, und innerhalb von Sekunden waren die sechs Araber verschwunden. Herr Fiedler hatte nicht einmal bemerkt, wohin sie gegangen waren. Diese Leute waren unheimlich.
R2D2 rief leise seine Leute zusammen. »Der Kommissar ist ganz allein und er geht jetzt zu dem Typ. Wir sollten ihm ein bisschen Rückhalt geben.«
»Moment«, wandte Herr Fiedler ein, »er hat uns aufgefordert, zu bleiben, wo wir sind.« Er grinste.
R2D2 grinste zurück. »Sie werden das ja auch tun, immerhin sind Sie ein ordentlicher Bürger und bei der Staatsmacht namentlich bekannt. Was wir machen, dafür können Sie

nichts.« Er wandte sich wieder den Computerfreaks zu. »Das Grundstück ist nach hinten nicht sehr dicht bepflanzt, sondern relativ offen. Wir beziehen Stellung am rückwärtigen Zaun und überall dort, wo wir vom Haus aus zu sehen sind. Auf mein Zeichen haltet ihr alle eure Handys so vor die Stirn, Display nach unten.«

Er machte vor, was er damit meinte. Herr Fiedler staunte. Ein blasser Schein fiel auf Augenbrauen, Nase und Wangenknochen. Der Rest der Gesichter blieb dunkel. Es sah aus, als trügen die Personen dunkle Helme, die mit einer matten Lichtquelle ausgerüstet waren. Der Effekt war beeindruckend.

R2D2 beendete die Vorführung. »Los, Leute. Aber haltet euch auf jeden Fall außerhalb des Grundstücks. Dann kann euch nichts passieren.«

Die Männer und wenigen Frauen, die bereits dem Aufruf von Mr. Spock, einem offenbar sehr geachteten Computerspezialisten, gefolgt waren, akzeptierten vor Ort diskussionslos R2D2 als ihren Führer. Sie setzten sich in Bewegung. Herr Fiedler wunderte sich kurz darüber, was die modernen Kommunikationsmittel an Kulturen, Subkulturen und Gruppenverständnis hervorgebracht hatten. Schließlich hatten sich die meisten dieser Menschen noch nie vorher gesehen.

Bechstein hatte inzwischen durch lang anhaltendes Klingeln erreicht, dass die Gegensprechanlage zum Leben erwachte. Was er genau sagte, konnten weder Herr Fiedler noch Martin, die allein zurückgeblieben waren, verstehen. Immerhin schien er aber das Richtige gesagt zu haben, denn das Tor schwang auf. Bechstein betrat das Grundstück.

*

Charlie verfluchte inzwischen die Qualität von Beetkes Krawatten. Die Seide hielt die Form und ließ sich nicht ausleiern. Die Knoten, die Beetke geknüpft hatte, waren sicher Seemannsknoten, immerhin hatte er damit angegeben, dass er ein begnadeter Segler sei. So kam sie nicht weiter.

Die Türglocke läutete. Sie zuckte zusammen. Wer wohl um diese Zeit hier klingelte? Vielleicht brauchte der Nachbar Zucker? Sie grinste schief. Nein, für solche Lappalien würden sich Nachbarn einer solch exquisiten Wohngegend sicher nicht gegenseitig in ihrer Privatsphäre stören. Es läutete wieder. Sie hörte Beetke fluchen. Es läutete wieder und gleich noch einmal. Jetzt hörte sie ein lautes »Ja?«, dann einen Moment nichts.

Beetke kam mit einem gemusterten Seidenschal ins Wohnzimmer, ging zum Fernseher und stellte ihn an. Er drehte die Lautstärke höher.

»Wir bekommen Besuch«, sagte er mit einem grimmigen Ausdruck im Gesicht. »Wenn du einen Mucks machst, bist du tot.«

Charlie holte tief Luft und öffnete den Mund. Beetke schlug ihr die Fingerknöchel an die Schläfe. Ihr wurde schwindelig und übel. Dann schlang er ihr den Schal um den Mund und verließ das Wohnzimmer.

Charlie hätte es nie für möglich gehalten, aber es geschah tatsächlich: Sie sah Sterne. Der Raum drehte sich um sie und dann hatte sie auch noch eine Halluzination. Ein dunkles Gesicht mit einem feinen Ziegenbärtchen in der Mitte des Kinns schwebte plötzlich vor ihr. War dies der Flaschengeist, der ihr einen Wunsch erfüllen würde?

»Bring mich hier raus«, flüsterte sie und merkte, dass ihr die Sinne schwanden. »Ich lasse dich auch frei...«

*

Herr Fiedler stand neben Martin und starrte auf das Schattenspiel in dem hellen Rechteck der geöffneten Haustür. Bechstein war von hinten zu sehen, von Beetke, der eine Stufe höher stand, sah man nur den Kopf. Sein Gesichtsausdruck war nicht zu erkennen. Plötzlich gab Beetke Bechstein einen festen Stoß vor die Brust und warf mit aller Macht die Tür zu. Bechstein versuchte durch einen Schritt rückwärts, das Gleichgewicht wiederzufinden, doch sein Fuß ging ins Leere. Er fiel hintenüber die zwei Stufen der Treppe hinab.

Schneller, als Herr Fiedler ihm zugetraut hätte, rappelte er sich wieder auf und eilte, halb watschelnd, halb humpelnd, um die rechte Ecke des Hauses herum. Herr Fiedler und Martin hatten sich ebenfalls bereits in Bewegung gesetzt, links herum. Martin lief schneller, Herr Fiedler eilte trotz Behinderung und Stock hinterher.
»Zeigt euch, Männer«, hörte Herr Fiedler die Stimme von R2D2 aus dem Dunkel zu seiner rechten Seite kommen. Aus dem Augenwinkel waren plötzlich Gesichter zu erkennen, die wie aus dem Nichts zwischen den Bäumen auftauchten. Gespenstisch!
Ein lautes Geräusch lenkte Herrn Fiedlers Aufmerksamkeit nach vorn, wo ein Mann auf der von Herrn Fiedler gerade noch einsehbaren linken Ecke der großzügig angelegten Terrasse erschien. Beetke! Er blieb abrupt stehen, als er die geheimnisvoll angestrahlten Menschen an der gesamten Rückseite seines Grundstücks entdeckte. Ein heller Lichtkegel erschien plötzlich auf Beetkes Brust. Er sah sich hektisch um und verschwand nach rechts.
Herr Fiedler schloss schwer atmend zu Martin auf, der bereits an der Terrasse angekommen war. Beetke war nirgends zu sehen. Dafür eröffnete die Glasfront ihnen einen freien Blick ins hell erleuchtete Wohnzimmer, das ein Bild des Chaos bot. Mehrere Standkerzenleuchter lagen im Zimmer herum, ein großer Sessel war umgestoßen. Daneben lag Charlie auf dem dicken Teppich. Zwei Araber bemühten sich um sie, ein weiterer Mann trug gerade ein Glas Wasser aus der Küche herein.
Die Glastür zur Terrasse war geöffnet. Martin hastete hinein und kniete sich neben Charlie.
Im Gebüsch auf der anderen Seite der Terrasse konnte Herr Fiedler nun Bewegungen ausmachen. Er ging vorsichtig um einen immergrünen Strauch herum und näherte sich dem Rascheln und Schnaufen, das an sein Ohr drang. Dort lag ein Mann, halb auf dem Rasen, halb unter dem Strauch, mit dem Gesicht nach unten. Einer von Haruns Cousins hockte auf seinem Rücken, ein anderer hielt seine Füße fest. Bechstein beugte sich über den Mann und schloss gerade

die zweite Handschelle. Jusuf stand wie ein Tigerdompteur daneben und beobachtete die Vorgänge. Aus dem dunklen Garten leuchtete weiterhin eine ganze Reihe bleich angestrahlter Gesichter. Herr Fiedler musste grinsen. Der Trick hatte funktioniert, Beetke hatte sich lange genug von der unerwarteten Übermacht aus dem Konzept bringen lassen.
»Hey, was...«, begann Jusuf zu Bechstein, wurde aber sofort von diesem unterbrochen.
»Kein Wort in seiner Gegenwart.« Er zeigte auf Beetke. Dann stand Bechstein auf, nickte den beiden Männern zu, die Beetke festhielten, und kam auf Herrn Fiedler zu.
»Mensch, Fiedler, wir sitzen ganz schön im Schlamassel. Ich habe einen Professor festgenommen, den ich lediglich vorsichtig befragen wollte. Sein Widerstand gegen die Staatsgewalt wird zwar Fragen aufwerfen, aber wenn ich nicht innerhalb kürzester Zeit stichhaltige Beweise vorlege, warum ich überhaupt von einer Beteiligung an einem Verbrechen ausgehe, dann kommt er ungeschoren davon und ich werde am Ende noch unehrenhaft aus dem Dienst entlassen. Haben Sie sich schon überlegt, wie Sie das, was Sie mir da eben über seine Verwicklung in diverse Mordgeschichten erzählt haben, beweisen können?«
Herr Fiedler schüttelte den Kopf. »Aber die Tatsache, dass er Charlie gewaltsam festhielt...«
»Sind Sie sich ganz sicher, dass es eine Freiheitsberaubung war? Und nicht doch ein Beisammensein in gegenseitigem Einverständnis?«
Herr Fiedler öffnete den Mund, wurde aber von Bechstein mit einer kurzen Handbewegung zum Schweigen gebracht.
»Außerdem hätten wir da noch diese Bande arabisch sprechender Männer, die hier eingebrochen sind und den Herrn Professor niedergeschlagen haben. Also nochmal: Wenn Sie Vorschläge haben, wie wir diese gewaltsame Festnahme einer geachteten Persönlichkeit sinnvoll erklären können, dann ist jetzt die richtige Zeit, mich einzuweihen.«
»Also, Charlie wurde definitiv gegen ihren Willen hier festgehalten. Das kann man ja schon daran sehen, dass sie an diesen Sessel gefesselt war.«

Herr Fiedler zeigte durch das Glasfenster ins Wohnzimmer, wo Martin immer noch damit beschäftigt war, Charlie die Haare aus dem Gesicht zu streichen, ihr in eine bequemere Lage zu verhelfen und ihr mit einem feuchten Tuch über die Stirn zu wischen. Es war nicht zu erkennen, ob sie bei Bewusstsein war.

»Und die Band Araber sind keine Einbrecher, sondern Retter. Da wir Sie nicht so schnell erreichen konnten, mussten wir selbst hierherkommen, um Charlie zu befreien«, fuhr Herr Fiedler fort.

»Sie haben also schnell so etwa vierzig Leute angerufen, und die sind alle hergefahren, um Charlie zu befreien.« Bechsteins Stimme troff vor Sarkasmus.

Herr Fiedler rechnete kurz nach. »Nun tun Sie doch nicht so unvorbereitet, Herr Kommissar. Die Tatsache, dass Sie so schnell hier waren nach Theos Anruf, sagt mir, dass Sie schon hierher unterwegs waren. Also werden Sie ja schon eine Idee haben, wie Beetke in dieser ganzen Angelegenheit drin hängt, richtig?«

Bechstein blickte ihn mit gerunzelter Stirn an.

Herr Fiedler spürte, dass ihn die Kraft verließ. Die letzten Tage und die Aufregung um Charlie waren zu viel für ihn. Wenn er doch endlich nach Hause gehen könnte. Er konnte sich kaum noch auf den Beinen halten. Aber erst musste er sicherstellen, dass Bechstein nicht in letzter Minute kalte Füße bekam und Beetke freiließ. Außerdem war Sorge zu tragen, dass Charlie anständig versorgt wurde - wenn auch Martin sich weiterhin sehr intensiv um sie kümmerte.

»Also, Herr Kommissar. Ich komme zurück auf meine Vermutung, dass Sie bereits aufgrund eines Verdachts den Weg hierher genommen hatten. Und das Verhalten von Beetke, als er Sie sah, spricht ebenfalls eine deutliche Sprache. Er hat einen Kriminalkommissar die Treppe hinunter gestoßen, ihm die Tür vor der Nase zugeworfen und wollte sich durchs Hintertürchen verdrücken. Erleben Sie so etwas häufig, wenn Sie honorige Professoren befragen?«

Bechstein massierte sich die Nasenwurzel. »Ich fordere Verstärkung an, damit Beetke in Gewahrsam genommen wird.

Dann brauche ich von allen Anwesenden die Namen und Adressen. Und Sie, Fiedler, kommen gleich mit zum Präsidium.«
Herr Fiedler nickte. Das würde eine lange Nacht werden. Er ließ sich erschöpft auf einen Stuhl sinken.

*

Theo saß mit einer Tasse Tee und der Zeitung am Esstisch und las, wie es seine Art war: Wort für Wort, in aller Ruhe. An die Tippfehler in allen handelsüblichen Druckerzeugnissen hatte er sich zähneknirschend gewöhnt. Er regte sich nicht mehr allzu sehr darüber auf, seit er wusste, unter welchem Zeitdruck Journalisten ihre Texte direkt in die Druckvorlage schreiben mussten. Texterfasser und Korrekturleser gab es ja nicht mehr. Unter diesen Bedingungen waren Fehler vorprogrammiert.
Insgesamt zwölf Artikel beschäftigten sich mit den Ereignissen des gestrigen Abends und den Hintergründen. Die Lokalausgabe, die Regionalseiten und der überregionale Teil behandelten die Frage, wie ein geachteter Wissenschaftler über mehrere Jahre hinweg seine gesamte Umgebung so hatte täuschen können. Wieso niemandem aufgefallen war, dass die Todesfälle der Studentinnen aus Münster und Mönchengladbach und der beinahe tödliche Unfall des Harun Rafik aus Dortmund zusammenhingen. Niemandem außer einem Rentner, der am Stock ging und ein bisschen tüddelig aussah. An der Stelle musste Theo grinsen. Die Formulierung traf ins Schwarze.
Eben dieser Rentner war offenbar gerade aufgestanden, denn Theo hörte das unverkennbare Geräusch seines Stocks auf den Fliesen des Badezimmers. Kurz darauf betrat Herr Fiedler das Wohnzimmer. Er war nicht nur ungekämmt, was bei seinem wirren Haar sowieso schwer festzustellen war, sondern auch unrasiert und sah noch sehr mitgenommen aus. Sein Pullover war auf links gedreht.
»Guten Morgen, Patrick. Tee?«
»Tee.«

Damit erschöpfte sich die Konversation für die nächsten drei Minuten. Theo wartete geduldig. Dann war es soweit. Herr Fiedler hatte seine erste Tasse Tee getrunken und benahm sich erwartungsgemäß wie ein ganz neuer Mensch. Er grinste Theo müde an.
»Guten Morgen, Theo. Hast du gut geschlafen?«
»Nein. Du?«
»Ja. Wie ein Säugling. Was sagt die Zeitung?«
»Unfassbar, dass ein Wissenschaftler Lebensmittel gepanscht und dann auch noch mehrere Morde begangen haben soll. Ebenso unfassbar, dass niemand etwas bemerkt hat. Außer einem tüddeligen Rentner, der die Zusammenhänge als erster begriffen hat und somit kurz vor der Kriminalpolizei auf die richtige Spur gekommen ist.«
»Tüddelig? Steht da wirklich tüddelig?« Herr Fiedler griff nach der Zeitung.
Theo deutete auf die betreffende Stelle.
»Frechheit!«, murmelte Herr Fiedler mit einem breiten Grinsen, während er den Absatz las.
Auch Theo lächelte. »Ich finde das Wort eigentlich ganz treffend.«
»Natürlich stimmt es. Aber früher hätte ein ordentlicher Journalist so etwas trotzdem nicht geschrieben.«
»Willst du mir jetzt den Hergang des gestrigen Abends aus deiner Sicht erzählen?«, fragte Theo und lehnte sich zurück.
Herr Fiedler berichtete bis zur Ankunft der von Bechstein angeforderten Verstärkung. »Martin hatte inzwischen einen Krankenwagen gerufen, obwohl Charlie schon wieder bei Bewusstsein war. Die Untersuchung im Krankenhaus hat eine Gehirnerschütterung festgestellt. Sie ist über Nacht dort geblieben.«
Theo nickte. »Das hast du mir diese Nacht bereits berichtet.«
»Ach ja. Also weiter. Bechstein war zu Beetke gekommen, um ihn zu befragen. Insofern war er mit der Situation etwas überfordert, weil Beetke ihn so unerwartet angegriffen hat und dann schon von Haruns Cousins überwältigt war, als Bechstein hinterm Haus ankam. Also hat der arme Bechstein in seiner Dienststelle angerufen, etwas von einer

Eskalation gefaselt und Verstärkung angefordert. Die haben Beetke mitgenommen, Bechstein hat mich einkassiert, und die Chatroom-Freunde von Mr. Spock haben schnell das Feld geräumt, als Bechstein ihnen erklärt hat, dass seine Kollegen sich alle Ausweise zeigen lassen würden. Dann waren Haruns Cousins an der Reihe.«

Herr Fiedler grinste bei der Erinnerung. Jusuf war zu ihm gekommen und hatte sich verabschieden wollen.
»Moment mal«, hatte Bechstein protestiert. »Sie können nicht einfach so verschwinden. Sie haben unbefugterweise das Grundstück betreten, sind in das Haus eingebrochen und haben den Hausherrn geschlagen und zu Boden geworfen. Diese Sachlage muss erst einmal geklärt werden. Ich brauche alle Ihre Namen und Adressen. Vermutlich sind Sie ja schon polizeilich bekannt.«
Herr Fiedler hatte beschwichtigen wollen, was aber gar nicht nötig gewesen war. Jusuf und seine fünf Begleiter, die inzwischen einen Halbkreis um Bechstein gebildet hatten, hatten breit gegrinst.
»OK, Herr Polizist, jetzt mal ganz langsam. Sie waren ja nicht dabei, also erkläre ich Ihnen gern, wie die Sache abgelaufen ist. Wir sind durch das per Türdrücker geöffnete Tor auf das Grundstück spaziert, haben Hilferufe aus dem Haus vernommen und sind durch eine geöffnete Hintertür hineingegangen. Sie werden keinerlei Einbruchsspuren oder Beschädigungen feststellen. Beweisen Sie uns das Gegenteil.«
Bechstein hatte Luft geholt, war aber von Jusuf gleich wieder unterbrochen worden.
»Und auf Ihre unhaltbare Vermutung über unsere kriminelle Vergangenheit darf ich erwidern, dass wir nicht deshalb ohne Beschädigung in dieses Haus gelangt sind, weil wir kriminell sind. Ganz im Gegenteil. Wir sind geachtete und hochqualifizierte Mitglieder dieser Gesellschaft. Mein Schwager hier ist Zimmermann, er wird im Juni seinen Meisterbrief bekommen.«
Der Mann mit dem breitesten Kreuz und riesigen Händen hatte eine Verbeugung angedeutet.

»Diese zwei hier«, die Genannten hatten die Hand gehoben, »sind Schreinermeister und Dachdeckermeister. Und dann gibt es noch einen Fliesenlegergesellen, einen Gas-, Wasser-, Sch....mutzwasserinstallateur,« Jusufs Grinsen war während der Aufzählung immer breiter geworden, »und mich. Ich bin der Kopf dieser ›Bande‹. Diplom-Kaufmann und Geschäftsführer der ›Generalunternehmung Haustechnik Rafik‹.« Jusuf hatte sowohl Herrn Fiedler als auch Kommissar Bechstein jeweils eine Visitenkarte überreicht.
Bechstein hatte erst die Karte, dann Jusuf angestarrt. »Entschuldigung. Es tut mir Leid.«
Jusufs Grinsen war noch breiter geworden, so dass neben dem goldenen Eckzahn noch zwei goldene Backenzähne mit den Ohrringen um die Wette glänzten. »Mit dem unbefugten Eindringen hatten Sie Recht, aber diese Aussage werde ich niemals wiederholen, schon gar nicht vor Zeugen.«
Bechstein hatte den Kopf geschüttelt.
»Aber die Fertigkeiten, die wir dazu genutzt haben, gewisse Türen zu öffnen, sind ehrlich erworben und werden üblicherweise für gesetzeskonforme Reparaturleistungen eingesetzt. Herr Fiedler hatte gesagt, dass es eine junge Frau zu befreien gilt, deshalb habe ich diesen Teil der Verwandtschaft mitgebracht. Ansonsten hätte ich auch noch einen Taxifahrer, einen Koch, zwei Energieanlagenelektroniker und einen Orthopäden zur Auswahl gehabt.«
Kommissar Bechstein hatte Jusuf und seinen Männern die Hand gegeben und ihnen das Versprechen abgenommen, die nun offizielle Version, auf die man sich gerade geeinigt hatte, ordentlich zu Protokoll zu geben. Dann war die Handwerkerbande aus tausendundeiner Nacht nach Dortmund zurückgefahren.

Theo lachte. »Sehen diese Typen wirklich so aus, wie ich sie mir vorstelle?«
Herr Fiedler nickte. »Ja. Wie Ali Baba und die vierzig Räuber in einer modernen Variante mit Haargel und schwarzem Leder. Aber nett sind die Jungs, wirklich.«
»Und dann?«, fragte Theo

»Dann bin ich mit Bechstein ins Präsidium gefahren und habe ihm alles erzählt, was wir herausgefunden haben.«
Theo überlegte einen Moment. »Wieso kam Bechstein eigentlich plötzlich auf Beetke?«
Herr Fiedler schüttelte den Kopf. »Keine Ahnung. Über seine Ermittlungen oder Erkenntnisse hat er nichts verraten. Ich war auch ganz erstaunt, dass er überhaupt in dieser Sache tätig geworden ist.«
Theo nickte. Er wollte etwas sagen, wurde aber von der Klingel unterbrochen. Eine blasse Charlie stand vor der Tür.
»Hallo. Ich durfte das Krankenhaus verlassen, wollte aber nicht allein nach Hause. Darf ich hereinkommen?«
Theo half ihr aus der Jacke und ins Wohnzimmer. Herr Fiedler schloss Charlie in die Arme. Sie schob ihn sanft von sich und sah auf die Uhr. »Machen Sie das Radio an, in vier Minuten kommt Martin mit einem Bericht und einem Interview.«
Die Zeit reichte nicht, für Charlie Kaffee zu kochen, sie begnügte sich fürs Erste mit einer Tasse Tee.

Exakt zur angekündigten Zeit begann die Berichterstattung im WDR Hörfunk.
»Die Festnahme von Professor Dr. Robert Beetke hat für Aufregung nicht nur in Mönchengladbach gesorgt«, sagte eine Frauenstimme nach dem Schlussakkord eines Popsongs. »Hören Sie ein Exklusivinterview, das WDR-2-Reporter Martin Bellhaus mit Kriminalkommissar Walter Bechstein geführt hat.«
Herr Fiedler stellte den Ton lauter.
»Die Festnahme von Professor Dr. Robert Beetke in seinem Haus in der Nähe von Mönchengladbach steht offenbar im Zusammenhang mit mehreren Todesfällen, die sich in den letzten zweieinhalb Jahren ereignet haben. Kommissar Bechstein von der Mönchengladbacher Kriminalpolizei kann uns mehr dazu sagen. Herr Kommissar Bechstein, wie hängen diese Todesfälle zusammen?«
»Professor Dr. Robert Beetke, der im Fachbereich Oecotrophologie der Hochschule Niederrhein lehrt, hatte offenbar

enge Beziehungen zu einem Unternehmen der Lebensmittelbranche, das in Geilenkirchen Fleisch- und Wurstprodukte herstellte. Es gibt Hinweise, dass in der Produktion ein nicht genehmigter Zusatzstoff Anwendung fand. Wie unsere Ermittlungen bisher ergeben haben, muss diese Tatsache in den letzten Jahren mehrfach von Praktikantinnen innerhalb des Unternehmens entdeckt worden sein. Diese Frauen starben, wie jetzt erst bekannt wurde, bei Autounfällen, deren Hergang im Licht dieser Erkenntnisse neu untersucht wird. Wir vermuten, dass es sich um Morde handelt, die sehr geschickt als Unfälle getarnt und bisher nicht als solche erkannt worden waren.«

»Aber wie sind Sie jetzt auf die Spur dieser jahrelangen Verschwörung gekommen?«

»Der tödliche Fahrradunfall einer jungen Frau in Mönchengladbach in der letzten Woche warf Fragen auf. Die Art ihrer Verletzung passte nicht in allen Einzelheiten zu dem vermeintlichen Unfallhergang. Bitte haben Sie Verständnis dafür, dass ich momentan keine Details nennen kann. Die Ermittlungen sind noch nicht abgeschlossen.«

Theo und Herr Fiedler sahen sich enttäuscht an. Charlie lächelte.

Kommissar Bechsteins Stimme erläuterte derweil die weiteren Erkenntnisse. »Wir haben also diesen Unfall genauer untersucht und sind am Fahrrad der Studentin auf fremde Lackspuren gestoßen. Nach einer Analyse des Lacks durch das Landeskriminalamt konnte die Automarke ermittelt werden, die mit diesem sehr speziellen Lack beschichtet ist. Zu unserem Glück handelt es sich um sehr exklusive Fahrzeuge in gehobener Preisklasse, von denen es nicht allzu viele gibt in unserer Region. Wir haben dann durch Befragung der Werkstätten im Umkreis erfahren, dass zwei Tage nach dem Unfall ein solcher Wagen mit entsprechenden Lackschäden zur Reparatur gebracht worden war.«

»Und den Halter des Wagens konnten Sie ermitteln?«

»Ja, der Halter ist Professor Dr. Robert Beetke.«

Herr Fiedler und Theo sahen sich erstaunt an. So war Bechstein also auf Beetke gekommen. Ziemlich clever!

»Hat auch der Tod des Markward Südinger mit dieser Sache zu tun?«, fragte Martin.
»Wir gehen davon aus, dass er mit dieser Angelegenheit zu tun hat. Außerdem untersuchen wir, ob es sich ebenfalls um einen Mord handelt, diesmal nicht als Unfall getarnt, sondern als Selbstmord.«
»Herr Kommissar Bechstein, vielen Dank für das Gespräch.«

Theo stellte das Radio ab und sah Charlie an. »Sie wissen doch noch mehr, oder?«
Charlie nickte. »Annabelle Sievers starb an einem Genickbruch, der dem Rechtsmediziner irgendwie komisch vorkam. Vermutlich hat der Mörder ihr im wahrsten Sinne des Wortes den Hals umgedreht. Bechstein geht davon aus, dass Beetke so etwas könnte. Er hat früher asiatische Kampfkunst trainiert und sogar einige Wettkämpfe gewonnen. Die medizinischen Details von Annabelles tödlicher Verletzung habe ich nicht mehr im Kopf, aber ein kleiner Hinweis im Obduktionsbefund hat Bechstein, zusammen mit Ihrem Auftritt, von Anfang an stutzig gemacht.«
»Woher wissen Sie das?«, fragte Herr Fiedler verblüfft.
»Von Bechstein selbst. Er war bei mir im Krankenhaus, um mich zu befragen. Martin war auch gerade da und konnte so gleich das Exklusivinterview machen, bevor Bechstein heute Nachmittag die Pressekonferenz gibt.«
»Wieso hat Bechstein sich zu diesem Exklusivinterview bereit erklärt?«, fragte Theo.
Charlie grinste. »Weil wir ihm versprochen haben, dass von den Laien, die in diesem Fall ermittelt haben, niemand ihm persönlich oder der Polizei Untätigkeit oder Versagen vorwirft. Er schien wirklich Sorge zu haben, dass jetzt eine Schlammschlacht losgeht. Immerhin hat die Polizei mehrere Morde jahrelang nicht als solche erkannt.«
Herr Fiedler lachte. »Ich sehe, dass es Ihnen wieder gut geht. Was hat Martin Ihnen versprochen als Dank für dieses Interview, das Sie ihm verschafft haben?«
Charlie errötete. »Äh, nichts. Ich war ihm noch etwas schuldig.«

Herr Fiedler und Theo zwinkerten sich zu.
»Annabelles Großmutter ist übrigens wieder aufgetaucht«, fuhr Charlie fort. »Sie war ein paar Tage bei einer Freundin, die sich rührend um sie kümmert. Es geht ihr den Umständen entsprechend gut.«
»Was ist mit Beetke?«, wollte Theo wissen.
»Bechstein wollte sich nicht im Detail äußern, aber Beetke hat wohl bisher nichts gesagt.«
Herr Fiedler sah Charlie aufmerksam an. »Hat er Ihnen gegenüber etwas zugegeben?«
Charlie schüttelte den Kopf. »Als ich ihn fragte, wer die Frauen umgebracht hat, sagte er ›dreimal darfst du raten‹. Aber sein Gesichtsausdruck dabei war für mich genauso klar wie ein in Worte gefasstes Geständnis. Er war's, da bin ich mir sicher.«
»Wie geht es Ihnen denn jetzt? Kommen Sie damit zurecht?«, fragte Theo vorsichtig.
Charlie überlegte einen Moment. »Ich bin schon ziemlich durcheinander. Ich war nämlich auch, äh, also ich hatte...«
»Ein Verhältnis mit Beetke, jaja, das wissen wir.« Herr Fiedler schenkte Tee nach.
»Das wissen Sie?« Charlie klang entsetzt. »Woher?«
Theo wand sich auf seinem Stuhl. »Nun, Ihre Kollegin vom AStA meinte, dass es ein offenes Geheimnis sei. Sie hat es mir allerdings erst erzählt, als sie den Eindruck hatte, dass ich es sowieso schon wusste.«
Charlie schloss die Augen. »Ach du liebe Güte. Jetzt stehe ich aber ziemlich doof da, oder?«
Herr Fiedler schüttelte den Kopf. »Es war ganz schön schlau von Ihnen, sich wie ein weiblicher James Bond das Vertrauen des Professors zu erschleichen und ihn so zu überführen...« Er lächelte.
Theo und Charlie sahen sich an, erst erstaunt, dann immer breiter grinsend.
»Genau«, bestätigte Charlie, wobei sie Herrn Fiedler mit einem Auge zuzwinkerte. »So war's. Natürlich ist Beetke gleich auf meinen Charme hereingefallen und hat sich nicht eine Minute lang Gedanken darüber gemacht, dass

ich vielleicht einen Hintergedanken bei dieser Affäre haben könnte.«
»Verständlich«, bestätigte Herr Fiedler. »Wenn ich noch an Ihren leicht bekleideten Auftritt in meiner Küche denke, muss ich gleich wieder einen Blutdrucksenker einnehmen.«
»Alter Charmeur«, murmelte Charlie und griff nach ihrer Tasche. »Ich fahre nach Hause und lege mich ins Bett. Und wenn es mir wieder besser geht, backe ich Ihnen zum Dank für alles einen leckeren Christstollen.«
»Und von dem selbst gebrauten Bier hätten wir auch gern etwas«, rief Herr Fiedler hinter ihr her, während Theo sie zur Tür brachte.

Herr Fiedler war mit den Zeitungen noch nicht fertig, als es wieder klingelte. Kommissar Bechstein stand vor der Tür.
»Ich wollte Ihnen danken«, begann er, als er am Tisch saß und eine Tasse Tee vor sich stehen hatte. »Allgemein gesprochen ist es gut, dass es Menschen gibt, die die Augen offen halten, wenn plötzlich seltsame Todesfälle passieren. Und mir persönlich haben Sie mit Ihrer Zurückhaltung, was die Öffentlichkeit bei diesem Skandal angeht, einen tollen Abgang in die Pension verschafft.«
»Pension? Sie gehen in Pension? Wann denn?«, fragte Theo.
»Planmäßig wäre morgen mein letzter Arbeitstag gewesen, aber ich darf noch bis Ende des Jahres an diesem Fall arbeiten. Mein Resturlaub wird mir dann ausgezahlt.«
»Was gibt es denn noch zu tun? Hat Beetke gestanden?«, fragte Herr Fiedler neugierig.
»Nein, er hat nichts gesagt. Aber genau das belastet ihn in unseren Augen mehr als alles Andere. Wir sind sicher, dass wir den Richtigen haben. Jetzt müssen nur die Ermittlungen Beweise zu Tage fördern. Wir lassen die Pasteten analysieren, ein Kollege ist bei diesem Harun und legt ihm ein Bild von Beetke vor, bei der Firma in Euskirchen forschen wir nach, ob Beetke dort bekannt ist, und der Unfall der beiden Studentinnen aus Münster wird neu aufgerollt.«
Herr Fiedler und Theo sahen sich an. »Die Analyse. Daran habe ich ja gar nicht mehr gedacht«, rief Herr Fiedler und

ging zum Telefon. Er wählte, sprach kurz in den Hörer und kam wieder zum Tisch.
»Sie werden das auch noch selbst ermitteln wollen, aber das erst von Annabelle und dann von uns beauftragte Neusser Analyse-Labor hat das Fungizid in der Trüffelleberpastete nachgewiesen. Sie wissen schon, dieses Labor, dessen Brief wir Ihnen damals mitgebracht haben.«
Bechstein nickte. »Gut, dann kann ich mit dieser Information schon etwas offensiver umgehen, als wenn ich erst auf die offiziellen Untersuchungsergebnisse warten muss. Ich danke Ihnen nochmal. Jetzt muss ich aber wieder los. Dieser Fall ist der mit Abstand ungewöhnlichste meiner ganzen Karriere – und das nur wenige Tage vor der Pensionierung.«

Als Theo wieder ins Wohnzimmer kam, nachdem er Bechstein zur Tür gebracht hatte, saß Herr Fiedler bereits am Computer.
»Hast du dich jetzt schon mit diesem Computervirus angesteckt?«, fragte Theo erstaunt. »Du weißt schon, diese Seuche, die Menschen dazu bringt, ihre reale Umgebung zu vergessen und nur noch in der Welt des Internet zu existieren.«
»Ich habe heute meine E-Mails noch gar nicht abgerufen«, erwiderte Herr Fiedler.
Theo sah ihn ungläubig an. »Welche wichtige Nachricht erwartest du denn jetzt noch? Es ist doch alles geklärt.«
Herr Fiedler sah plötzlich schuldbewusst aus. »Also, ich habe dir den Fortgang meiner privaten Ermittlungen zu meinem Enkel gar nicht erzählt.«
Theo wurde blass. »Sag bloß...«
Herr Fiedler nickte. »Ja, ich habe einen Enkel. Er wurde im Januar 1969 geboren.« Er hatte inzwischen den Computer eingeschaltet und rief seine E-Mails ab.
Theo schwieg. Jahrzehntelang war dieses Thema tabu gewesen. Er hatte gewusst, dass der Computer hauptsächlich zu diesem Zweck angeschafft worden war, aber dass diese Suche innerhalb von wenigen Wochen zu einem Erfolg führen würde, das hätte er niemals vermutet. Er trat hinter seinen Freund.

»Auf welche Nachricht wartest du denn jetzt? Hast du ihm eine E-Mail geschickt und wartest auf Antwort?«
»Nein. Ich habe seine E-Mail Adresse nicht und hätte auch gar nicht gewusst, was ich schreiben soll. Aber ich weiß, dass mein Helfershelfer in Australien, Johannes von Karst, ihm meine Adresse gegeben hat. Es ist zwar unwahrscheinlich, aber...«
Er schwieg abrupt. Eine Nachricht war eingegangen. Von patrick.fiedler@australianet.com. Beide Männer starrten auf den Bildschirm.
»Er heißt Patrick?«, fragte Theo entgeistert.
»Hm.« Herr Fiedler nickte. Sprechen konnte er nicht.
»Mach die Mail auf«, forderte Theo ihn auf.
Herr Fiedler drückte die entsprechenden Tasten.
»Liebe Großvater, Dad sagt, das du am Leben bist und mich suchst. Ich sende ein Foto von mir und einen Einladung. Bitte komm. Patrick.«
Einen Moment sagte niemand etwas. Dann stupste Theo seinen Freund an. »Lass den Anhang sehen.«
Herr Fiedler öffnete die angehängte Datei. Ein Foto baute sich auf dem Bildschirm auf. Ein Paar, das sich glücklich lächelnd umschlungen hielt, blickte in die Kamera. Die Frau war schwanger. Die beiden alten Männer schnappten nach Luft. Dieser Mann, der hier vor ihren Augen erschien, war dem jungen Piet Fiedler, genannt Patrick, zum Verwechseln ähnlich. Unter dem Foto erschien eine Einladung zur Hochzeit mit Mary Silvercamp. Die Feier sollte am 20. Januar stattfinden.
Theo hatte Mühe, das Offensichtliche zu begreifen. Wie es aussah, hatte sein Freund nicht nur einen Enkel, sondern würde bald auch noch Urgroßvater werden.
Herr Fiedler drehte sich mit Tränen in den Augen zu seinem ältesten Freund um. »Theo, wir fliegen nach Australien!«

Pralinés

Marc de Champagne-Trüffel

MÖNCHENGLADBACH (dpa) - Wie die Staatsanwaltschaft Mönchengladbach meldet, wurde die Anklage gegen Marianne Schwerdtfeger fallen gelassen. Sie war bezichtigt worden, ihren Mann, Hubert Wilhelm Schwerdtfeger vergiftet zu haben. Inzwischen konnte ermittelt werden, dass der Tod von Hubert Schwerdtfeger in direktem Zusammenhang mit dem Lebensmittelskandal steht, der in den letzten Wochen in ganz Deutschland für Aufregung gesorgt hatte. Die Eheleute Schwerdtfeger betrieben einen Delikatesseneinzelhandel in Mönchengladbach-Rheydt. Dort verkauften sie auch die Trüffelleberpastete der Firma Feinkostkönig, die mit einem Pestizid versetzt worden war, das den Geschmack der Pastete verbesserte. Der regelmäßige Genuss des angeblichen Feinkostproduktes hat bei Hubert Wilhelm Schwerdtfeger eine Schädigung der Nieren und der Leber bewirkt, die in der Folge zu seinem frühen Tod führte. Seine Witwe erwägt eine Schadenersatzklage gegen die Firma, die die gesundheitsgefährdende Pastete herstellte. Das Unternehmen hat inzwischen Insolvenzantrag gestellt. Der Prozess gegen den Hauptangeklagten Dr. Robert Beetke, ehemaliger Professor der Hochschule Niederrhein, beginnt in wenigen Wochen.

Sie haben so richtig Appetit auf die essbaren Überschriften bekommen? Michael Volgmann, Küchenchef des Mercure Parkhotel Mönchengladbach, hat sich bereit erklärt, Ingredienzen und Zubereitung zu verraten. Wenn Sie die Rezepte anfordern oder Fragen und Anregungen loswerden möchten, schreiben Sie eine Mail an: krimi@profijt.de.